10 Centimes la Livraison. ANGES ET DÉMONS **50** Centimes la Série.

PIERRE-LA-TEMPÊTE

PAR

JULES BOULABERT

A. DEGORCE-CADOT, ÉDITEUR, 9, RUE DE VERNEUIL, PARIS

PIERRE-LA-TEMPÊTE

PROLOGUE

I.

COMMENT UN BON CURÉ SUT METTRE A PROFIT L'OCCASION DE FAIRE DEUX HEUREUX

En 1796, Jean Nivart, passait à juste titre pour le pêcheur le plus habile, le plus adroit et le plus courageux de la côte qui s'étend de Lorient à Nantes.

Il avait alors vingt-six ans, et descendait d'une honnête famille de paysans bretons, pêcheurs ou matelots au cabotage de père en fils. Le premier de la famille, il avait servi dans la marine de l'État; et était resté plusieurs années sur la flotte de la République.

Il n'était pas riche. Son père lui avait laissé en mourant une petite cabane, bâtie au pied d'une falaise, à trois cents pas du rivage qui baignait la lame à la marée haute. Cette chaumière était entourée d'un petit jardin, improductif en raison de la mauvaise qualité du terrain, un composé de sable et de cailloux; elle était construite en galets reliés entre eux par un mortier de sable et de chaux mêlés. L'héritage paternel comprenait encore une barque de pêche, quelques filets, un pauvre, antique, mais solide mobilier et quelques hardes; c'était tout.

A son lit de mort, le père avait ajouté, au futur patrimoine de son fils, quelques bons conseils, dictés par la sagesse et l'expérience. Ces conseils, s'ils étaient suivis, ne devaient pas, suivant le moribond, être la partie la moins productive de sa succession.

Au jour où commence cette histoire, il y avait six ans que Jean avait perdu son père. Le temps avait apaisé le chagrin que lui avait causé la mort du brave homme. S'il pensait à ce dernier, il s'agenouillait et priait pour le repos de son âme.

Malgré quelques lointains voyages, en 1796, Jean n'était pas plus riche que le jour où il avait fermé les yeux à son meilleur ami.

Mais, exempt d'ambition, il ne désirait rien des biens de la terre et se trouvait heureux dans son infime et périlleuse position.

S'il était pauvre, Jean avait, en revanche, de nombreuses qualités.

C'était un grand et beau garçon admirablement découplé. A le voir, on l'eût prit pour un pêcheur de Léopold Robert, au teint coloré par le soleil de l'Adriatique. D'une santé de fer, il n'avait jamais éprouvé la moindre indisposition. Précisément pour cela il avait cette insouciance naturelle aux gens qui n'ont jamais connu la souffrance.

Au moral, Jean avait l'âme noble, le cœur généreux, le caractère facile. Il était doué de la poésie instinctive des gens sans instruction — la plus naturelle de toutes— il aimait sa falaise, l'immensité de l'Océan et les dangers, si fertiles en émotions, auxquels l'exposait sa profession.

Ce n'était cependant pas tout ce qu'aimait le beau et poétique pêcheur.

Rose Nivel avait dix-huit ans. Elle était la fille unique d'un riche paysan dont la ferme, quoique dans l'intérieur des terres, n'était située, qu'à une petite lieue de la cabane de Jean. Distance qu'un amoureux de vingt ans franchit en quelques minutes et au pas de course.

Rose était la plus jolie fille du pays; elle ne manquait pas de soupirants; car elle était aussi bonne et aussi douce que belle, mais elle n'avait rien des robustes apparences des filles du pays, à qui l'air de la mer et les rudes travaux des champs donnent une santé exubérante et des forces presque viriles. Aussi, quoique la jeune fille eût le teint frais et charmant, quoiqu'elle ne souffrît pas, sa santé inspirait-elle quelques inquiétudes à ceux qui l'aimaient.

Le père de Rose était riche, entêté; il exigeait que son futur gendre fût riche avant tout.

La fortune, c'était la seule chose qui manquât à Jean Nivart, et Jean aimait Rose, éperdument, plus que sa cabane, sa falaise, l'immensité de l'Océan et la tempête qui rendait ses courses dangereuses.

Quant à Rose, aimait-elle le pêcheur? elle n'en savait rien, quand un jour, par une belle soirée du printemps de l'année 1796, elle aperçut Jean assis et rêveur sur un rocher. Elle tressaillit en le voyant, et sans qu'il s'en doutât, le contempla longtemps. Enfin, elle s'éloigna en murmurant dans la charmante naïveté de son cœur :

— A quoi ou à qui donc Jean peut-il penser ainsi?... Si je savais que ce fût à moi, je serais bien heureuse!

Nous n'avons pas à raconter le roman des amours de Jean et de Rose : disons seulement qu'à une fête d'un village voisin, en reconduisant Rose à sa place, après une contredanse, Jean eut assez d'audace pour faire à la jeune fille un aveu qu'il osait à peine formuler : que Rose ne put cacher le plaisir que lui causa cette déclaration, suivie de serments dont on conçoit facilement la formule, puisque nous les avons tous faits : nous n'ajouterons pas que tous nous les avons tenus, ces bienheureux serments faits avec tant de conscience et d'enthousiasme!...

Disons seulement que les amours de Rose et de Jean, comme tant de choses ici-bas, eurent leurs épines. Le fermier Nivel s'emportait à la seule pensée de marier sa fille à un homme qui n'avait rien.

— C'est un beau garçon, disait-il, en parlant du pêcheur, un honnête homme, un travailleur, mais c'est un imbécile. Pourquoi a-t-il refusé l'or que voulait lui donner ce riche Anglais naufragé à qui il a sauvé la vie en exposant la sienne? Il n'a pas le sou, et il ne fera jamais fortune, parce qu'il est trop bon enfant.

— Mais, mon père, je l'aime, répondait Rose.

— Ça se passera... disait l'entêté Breton d'un ton bourru.

Jean et Rose n'eussent peut-être jamais été mariés sans le curé du village : un demi-savant, qui, par amour de Dieu, et bien que sa cure lui rapportât tout juste de quoi vivre, était gratuitement le médecin et l'instituteur, voire même le juge de paix de ses paroissiens, grands ou petits.

Ce digne homme aimait Jean et Rose, surtout parce qu'il appréciait les charmantes et solides qualités des deux jeunes gens. De plus, il était au moins aussi entêté que le père Nivel, et il s'était mis en tête de marier les deux amoureux, afin de ne pas manquer l'occasion de faire deux heureux et un bon ménage.

C'était un terrible adversaire, pour le riche fermier, que le pauvre curé. En Bretagne, la parole de l'apôtre avait alors du retentissement, bien que la République eût eu des jours de démence, qu'il ne faut attribuer qu'à quelques-uns, aboli le culte et renversé l'autel.

Un jour que Nivart avait raconté ses peines au vénérable pasteur, celui-ci le renvoya en lui disant :

— Tâche de voir Rose le plus tôt possible, envoie-la-moi; je lui parlerai; et, avant huit jours, le vieux Nivel ira te supplier d'épouser sa fille. Il faut enfin qu'il cesse de vous désespérer, Rose et toi.

Nivart ne comprit peut-être pas bien le curé; néanmoins il s'empressa de faire ce que celui-ci désirait.

Quand le curé vit Rose, il lui dit :

— Ma chère enfant, nous allons jouer un petit tour à votre père : si madré qu'il soit, je le ferai tomber dans le guet-apens.

— Un guet-apens, M. le curé! se récria Rose, en attachant sur le vieillard un regard plein d'étonnement et d'effroi.

— Sans doute un guet-apens, reprit le curé, vous aimez Jean et vous voulez l'épouser, n'est-ce pas?

— Oh! oui, si mon père voulait...

— Il voudra, vous verrez; ce mariage deviendra l'objet de ses plus chers désirs. En cachette vous pouvez déjà vous mettre à travailler à votre trousseau.

Rose ne comprenait toujours pas; mais elle se rassurait en voyant le bon sourire malicieux qui entr'ouvrait les lèvres du prêtre.

— Vous allez faire la malade, reprit ce dernier.

— Je suis déjà fort tourmentée, dit Rose avec naïveté; seulement je n'en fais rien voir afin de ne pas affliger mon père.

Le curé haussa les épaules et dit :

— Craint-il de vous en faire, lui, le bourreau! Eh bien, mon enfant, si vous voulez que Jean devienne votre mari, il faut agir tout autrement que vous ne l'avez fait jusqu'à présent : il faut simuler une maladie, devenir maussade, bourrue, ne plus parler ni rire, ne plus manger. Vous viendrez prendre vos repas ici, et vous me direz des nouvelles de ma cuisine. Quand votre père vous interrogera, vous répondrez comme si vous alliez rendre le dernier soupir. « Que vous ne savez pas ce que vous avez, mais que vous souffrez partout et que vous n'avez pas faim. »

— Le pauvre cher homme, dit Rose attendrie, il n'a que moi d'enfant; il m'aime tant qu'il risque d'en tomber malade.

— En ce cas, reprit l'impitoyable curé, je vous guérirai tous les deux; vous, en vous mariant avec Jean; lui, en lui prouvant qu'il a fait votre bonheur.

Rose finit par se rendre à d'aussi éloquentes conclusions.

Le stratagème du bon curé eut un plein succès; Les résultats ne se firent point attendre. Le fermier Nivel, sérieusement alarmé de la prétendue maladie de sa fille, après en avoir référé à plusieurs amis, sans oublier le bon prêtre, se décida à faire ainsi qu'il eût dû le faire depuis longtemps.

Il maria les deux amoureux.

Ce fut un beau jour pour bien des gens que celui où leur vieil ami donna la bénédiction nuptiale à Rose et à Jean !...

II

UNE COLÈRE AU MILIEU D'UNE TEMPÊTE.

La noce terminée, les deux nouveaux époux allèrent occuper la cabane du pêcheur, située sur une plage d'où l'on découvrait un splendide horizon.

Ce fut dans cet humble réduit, aussi nu, aussi peu orné que la cellule d'un anachorète, que Rose et Jean passèrent les heures d'enivrante félicité de la lune de miel. Combien de fois le hardi pêcheur oublia sa barque, ses filets et la plaine humide pour rester auprès de sa femme !

Rose était pauvre, mais elle ne regrettait en rien le confort de la ferme de son père. C'était souvent elle qui, prétendant que le temps était à l'orage, empêchait Jean de sortir.

Quant à son mari, il était tout entier à son bonheur.

Ce bonheur était cependant, à l'insu de ceux qui l'éprouvaient, menacé d'un terrible et prochain orage.

La santé de Rose devait être bientôt une source d'inquiétude et de chagrin pour le jeune ménage. La jeune femme ne ressentit rien jusqu'à ce qu'elle donnât le jour à un enfant. Cet enfant né, le mal qui couvait sans doute en elle, se révéla avec autant de promptitude que de violence. A voir le changement qui s'opéra sur ses traits, on eût pu croire que son fils lui avait enlevé la sève bienfaisante de vie, de santé et d'admirable fraîcheur.

Tout à coup Rose maigrit, perdit les brillantes couleurs qui allaient si bien à son nom ; ses traits se tirèrent, et sa marche s'alanguit. Des rides naissantes commencèrent à courir sur son front. Ses yeux perdirent de leur brillant et de leur voluptueux éclat.

Dans le principe, Rose ne souffrit pas de cet état de langueur ; aussi ne voulut-elle pas confier à une nourrice le soin d'élever son enfant.

Ce fut un grand malheur.

Plus elle avait souffert pour donner le jour à l'innocente créature, plus l'existence de l'enfant lui coûtait, plus elle l'aimait. Dans sa tendresse pour son fils et pour son mari, elle s'illusionnait même sur le danger de sa position. Quand elle commença à souffrir, elle n'en dit rien à Jean, afin que ce dernier ne lui retirât pas son enfant, pour le donner à une étrangère.

Le pêcheur ne disait rien, et bien qu'il se fût aperçu de l'état maladif de Rose, il affectait en sa présence, une gaieté qui était loin de son cœur ; mais, quand il était seul, en mer, sous le regard de Dieu, il réfléchissait, et se surprenait à maudire la Providence au lieu de l'implorer.

Ce drame intime, affreux, horrible, fut long, Rose vécut quatorze ans, assez longtemps pour élever son fils; mais comment l'éleva-t-elle ?

Jean, qui, le plus souvent, n'était pas chez lui, qui sous aucun prétexte, n'eût voulu contrarier sa femme, la laissa élever Pierre comme elle l'entendit. La pauvre mère, qui l'aimait avec folie, peut-être parce qu'elle sentait qu'elle ne l'aimerait pas longtemps, fut pour lui d'une inconcevable faiblesse.

Pierre avait en germe toutes les qualités de son père : il eût été facile de les cultiver jusqu'à complet développement. Mais, malgré la bonté de son cœur, il était d'un caractère entier, volontaire et surtout irascible.

Enfant, il voulait ce qu'il désirait avec une opiniâtre colère.

Ces dispositions pernicieuses se développèrent et devinrent des vices, sous la trop indulgente tutelle d'une mère idolâtre et mourante.

Jean était impuissant à combattre les défauts de son fils ; s'il faisait parfois acte d'autorité, la malade s'emportait contre lui ; son cœur se déchirait, et c'était souvent en pleurant qu'il abdiquait son rôle de Mentor en embrassant sa femme.

Quand sa mère mourut, Pierre avait quatorze ans, le pli de son caractère était pris. Il était trop tard pour assouplir cette rude nature. Qu'allait-il en advenir ?

Quatre années s'écoulèrent encore. Jean ayant enfin compris que le métier de pêcheur n'enrichissait que difficilement celui qui l'exerçait, s'était décidé à faire apprendre un métier à son fils. La pensée que ce dernier, une fois en apprentissage chez des étrangers, qui n'auraient pas pour lui la tendresse d'un père, réformerait peut-être son caractère peu sociable, était entrée pour beaucoup dans cette détermination. Vain espoir ! en quatre ans, Pierre eut plus de vingt patrons d'apprentissage, sans pouvoir rester plus de trois mois chez les plus conciliants d'entre eux.

Tous, en le renvoyant à son père, rendaient justice à son bon cœur, à son intelligence et à son amour pour le travail. Malheureusement, ils ajoutaient, en parlant au père comme à un ami :

« Cet enfant a le caractère intraitable ; pour une bagatelle, il se met dans des colères qui le rendent fou et lui prêtent des instincts de bête furieuse. Il ne pourra jamais vivre avec personne. Une femme qu'il aimerait pourrait seule peut-être le guérir de ses emportements. Ce que tu as de plus simple à faire, Jean, c'est d'en faire un pêcheur comme toi. Seul, entre le ciel et l'eau, il aura moins de raisons de se mettre en fureur. »

Jean, le cœur navré et sérieusement indisposé contre son fils, fut obligé de garder ce dernier auprès de lui et d'en faire le compagnon de ses excursions. Le malheureux souffrait; il était bon et aimait beaucoup Pierre, le souvenir vivant de la seule femme qu'il eût aimée et à laquelle il ne pouvait penser, sans que ses yeux s'emplissent de larmes; il lui était donc très pénible de tenir rigueur à Pierre, de le traiter en étranger, afin de l'engager à réformer son caractère, et de se rendre digne ainsi de l'affection de son père.

Dans l'intervalle de ces quatre années, le fermier Nivel, grand-père de Pierre, était mort. Un incendie, allumé par la foudre, disait-on, avait anéanti son riche matériel et détruit son attirail. Il n'avait rien laissé; car il n'était que locataire des terres et des bâtiments de la ferme. On affirmait bien que le fermier était avare, riche, et qu'il avait la manie de cacher son argent, depuis l'époque où les émigrés avaient été dépouillés de leurs biens, mais il était mort au milieu du sinistre, en essayant de sauver ses bestiaux ou son argent, et personne n'avait reçu de lui aucune confidence sur le lieu où était le trésor supposé.

Cet événement devait singulièrement engager Pierre, le seul héritier du défunt, s'il avait de l'ambition, à ne compter, pour faire fortune, que sur ses bras et son travail.

Telle était la situation du père et du fils, quand un jour du mois de juin 1816, ils sortirent de la cabane commune :

Il était quatre heures du matin; le temps paraissait devoir être beau; le soleil se levait; la mer était magnifique, malgré les brouillards qui planaient à l'horizon.

Pierre avait dix-huit ans. Depuis trois mois, il accompagnait son père à la pêche et le secondait avec intelligence et activité, quoique cet obscur et pénible métier de pêcheur ne lui convînt que fort peu.

Par une anomalie étrange de son caractère, et sans s'apercevoir qu'il déraisonnait complètement en pensant ainsi, Pierre avait de vagues idées de se lancer dans la carrière qui lui convenait le moins.

Bien qu'il n'eût jamais pu s'accorder un mois avec personne, il songeait à s'engager dans la marine, où la discipline est et était surtout alors si sévère.

Jean connaissait les désirs de son fils; celui-ci les lui avait communiqués; et il lui avait répondu :

— Mais, malheureux! tu veux donc te faire fusiller? Toi marin, avec le caractère que tu as, y penses-tu...?

La conversation ne s'était pas prolongée; Pierre, comprenant combien son père partageait peu sa manière de voir, ne l'avait jamais ramené sur ce sujet. Cependant, il tenait compte à son père de sa réponse; car il en avait compris les raisons :

— Quoiqu'il ne me parle pas, se disait-il, mon père m'aime beaucoup; s'il en était autrement, s'opposerait-il à ce que je mette ma résolution à exécution? Non; car il est courageux et professe une grande estime pour l'homme qui, d'une façon ou de l'autre, paie sa dette à la patrie. Il a servi sur nos flottes : il ne m'empêcherait pas d'en faire autant, s'il ne craignait pour mon maudit caractère, qui m'a déjà attiré tant de mauvaises affaires. Si j'étais doux, patient, mon père serait fier de moi, me laisserait partir, et rêverait pour moi un avancement quelconque; ce qu'il redoute surtout, c'est de ma part quelque acte d'insubordination : Tu veux donc te faire fusiller? m'a-t-il dit, il eût pu ajouter : Tu tiens donc à te déshonorer, à déshonorer mon nom et à me faire mourir de chagrin?

Décidément, ajouta Pierre en terminant ces réflexions, il faut que je m'observe, que je me corrige, si je veux que mon père me rende son amitié, si je tiens à ce qu'il ne contrarie pas mes projets d'engagement, si je tiens surtout à ne point être fusillé une fois que je serai marin...

Il y avait quinze jours que Pierre avait pris cette bonne résolution; Jean n'avait pas eu le moindre écart à lui reprocher.

Si cela pouvait continuer, se disait-il de son côté, que je serais heureux de le laisser s'engager, de le voir abandonner notre pénible et obscur métier, pour la noble carrière des armes. Qui sait? il est intelligent, courageux, robuste, travailleur, il y a du Jean Bart en lui; et je ne serais pas étonné qu'un jour il arrivât tout comme un autre. Il arriverait toujours au moins au grade de capitaine au long cours, cela vaudrait infiniment mieux que le métier de pêcheur, mais il faut qu'il se corrige. Enfin, nous verrons...

Jean accompagnait ces conclusions peu décisives d'un soupir, car il tremblait pour l'avenir de son fils.

Un matin donc, ils partaient tous deux pour la pêche; Pierre marchait le premier et portait des filets et différents agrès; Jean, moins chargé que son fils, le suivait avec un panier contenant les provisions nécessaires pour passer la journée dehors.

Les deux hommes n'échangeaient pas une parole.

Sur le rivage, Pierre, qui saisissait toutes les occasions d'éviter une fatigue à son père, mit seul la barque à flot, la chargea et dit à Jean :

— Monte et place-toi au gouvernail ; la mer est unie comme une glace ; la brise est favorable ; je suffirai à la voile et gagnerai le large.

Jean fit ce que son fils désirait.

Quelques coups de gaffe suffirent à Pierre pour éloigner la légère embarcation du rivage ; puis, il étendit la voile, qui, bientôt, gonflée par une fraîche brise du matin, disparut dans les brumes de l'horizon.

C'était à peine si l'on pouvait l'apercevoir comme un point blanc sur l'azur du ciel et des flots empourprés par le soleil levant.

La pêche commença.

Sur l'avis de Jean, et afin de sortir des parages trop fréquentés par les pêcheurs, si nombreux sur ces côtes, Pierre avait gagné le large.

La pêche fut abondante, si abondante que, absorbés par leur travail, les deux pêcheurs ne se rendaient pas compte de l'heure et n'observaient point le temps.

Vers midi, pourtant, s'étaient manifestés des signes précurseurs d'orage, qui ne trompent pas l'œil et l'instinct du pêcheur.

Le soleil, étincelant jusqu'alors, sembla tout à coup pâlir dans une atmosphère lourde et épaisse ; la chaleur devint étouffante ; sous ce ciel gris et terne, le mer ressemblait à un métal en fusion.

— Un temps qui ne m'annonce rien de bon, dit Jean.

— Il est favorable pour notre pêche, répondit Pierre.

— Oui, mais ce soir nous aurons de l'orage, peut être une tempête. Il fait si peu de vent, et le ciel est si terne, que nous ne pourrons voir le grain ; l'ouragan éclatera tout à coup.

— Mais à nous deux, mon père...

— Tu as raison, nous serions des poltrons d'avoir peur d'un grain. Nous sommes robustes, ma barque est aussi légère qu'une mouette et aussi solide que le roc ; puisque la pêche est bonne, continuons...

La pêche continua.

Comme l'avait prévu Jean, vers le soir, le vent s'éleva tout à coup, et balaya le ciel des vapeurs qui l'encombraient. Le temps fraîchit ; la mer se rida d'abord ; puis, les vagues commencèrent à s'élever, en soulevant de larges nappes d'écume à chaque pointe des flots.

— Le temps devient froid, le vent s'élève et vient de terre pour nous pousser au large, la mer moutonne, attention à la voile, Pierre ! tu vas avoir vent debout, dit Jean à son fils.

Pierre n'écoutait pas son père ; son attention était ailleurs : se laissant emporter par son imagination, il ne voyait aucun des symptômes de tempête que lui signalait son père, et caressait des rêves de gloire et d'avenir.

De beaux rêves, ma foi ! que ceux que l'amour inspire peuvent seuls faire oublier.

Un brick-goélette de la marine royale, venant de Lorient, passait au large, à une faible distance des pêcheurs.

Ceux-ci pouvaient parfaitement le voir. Jean ne l'avait pas encore aperçu, mais Pierre ne voyait que lui.

Le brick passait rapidement, fier et coquet ; il avait le vent grand largue, le vent le plus favorable pour la course, et filait ses quatorze nœuds à l'heure, légèrement appuyé sur un côté. Sa mâture, ses agrès dénotaient un fin voilier ; son allure ne laissait aucun doute sur la nature de l'équipage, composé de matelots choisis.

Le brick faisait le courrier de Brest à Saïgon (Cochinchine).

Pierre l'admirait, l'œil en feu et le cœur gros.

Que n'eût-il pas donné pour faire partie de l'équipage dont il admirait la manœuvre ?

Jean, voyant que son fils ne lui répondait pas, suivit le regard de ce dernier et aperçut la goélette.

Il comprit ce qui se passait dans l'esprit de Pierre.

— Un spectacle dangereux pour lui, se dit-il, car il n'est pas encore assez corrigé, pour que je le laisse partir.

Puis, voulant éloigner l'attention de son fils du brick, qui éveillait en lui mille pensées d'amertume, il reprit à haute voix :

— Allons, Pierre, la tempête approche, le vent s'élève, attention !

L'ambitieux pêcheur ne répondit pas. Il n'avait pas entendu la voix de son père.

— Pierre ! fit Jean en élevant la voix.

Le fils se retourna aussitôt vers son père par un mouvement brusque et lui dit avec un commencement d'humeur :

— Eh bien, après ?

— Ne m'entends-tu pas ? reprit Jean ; ne vois-tu pas que la mer grossit ? ne sens-tu pas bondir notre barque ? Dans une heure, la tempête sera terrible ; il n'en est jamais autrement, quand le vent vient du côté du *Mont du Naufrage* ; et il n'en faut pas davantage pour que nous ayons beaucoup de peine à gagner le rivage.

— Vous vous effrayez pour rien, mon père, dit Pierre, sans détacher son regard du brick-goélette.

— Mais malheureux, il nous faut deux heures pour arriver.

— Qu'importe?

— Comment, qu'importe? dit Jean; à quoi bon t'occuper de ce brick qui ne fait qu'éveiller d'amères pensées dans ton esprit?

— D'amères pensées, parce que vous le voulez bien, mon père, dit Pierre avec un ton de reproche.

— Ce n'est ni le lieu ni le moment pour discuter, dit froidement Jean.

— Oh! la discussion sera bientôt terminée, reprit Pierre, je veux me faire marin, et vous refusez de consentir à ce que j'embrasse cette glorieuse carrière.

— Oui, je refuse.

— Vous ne me refuserez pas toujours.

— Que veux-tu dire?

— Ce que je veux dire? reprit Pierre, que l'opposition de son père irritait déjà, je veux dire que j'ai dix-huit ans révolus, que j'ai l'âge qui me permet de m'engager, soit dans la marine, soit dans l'armée. Je suis robuste et fort; aussitôt que le capitaine de recrutement m'aura vu, il m'enrôlera sans hésitation. Je me suis renseigné et je sais ce qu'on m'a répondu. Une fois matelot, nous verrons bien si vos prévisions de mauvais augure se réaliseront.

— Ainsi, tu veux t'engager malgré mes conseils et sans mon consentement? demanda avec douceur Jean à son fils.

— Il le faut bien, répondit Pierre, puisque je suis fatigué de cette existence de pêcheur, une carrière sans avenir, sans débouché, qui ne conduit à rien, pas même à la fortune, une vie de brute, en un mot.

Pierre avait fait cette réponse sur un ton d'ironie et avec colère déjà. Il était facile de voir que cette discussion lui était désagréable, et que c'était à grand'peine qu'il s'imposait une modération en dehors de son caractère et de ses habitudes.

— Écoute, Pierre, lui dit son père d'un ton grave, qui avait quelque chose de solennel, j'ai été pendant neuf ans mousse et marin sur la flotte de l'État; depuis vingt ans je suis pêcheur. Je connais donc par l'expérience et la pratique, les avantages et les ennuis de ces deux professions : l'une, celle de pêcheur est humble, obscure, austère, elle ne peut donner la fortune qu'exceptionnellement, c'est celle qui convient à ton caractère ombrageux et violent, parce que c'est celle d'un homme libre. Pêcheur, tu ne dois obéissance à personne, tu es ton maître et n'as pour supérieur que Dieu qui, en un jour de tempête, te brise, et t'anéantit. Seul, dans ta cabane comme sur l'Océan, tu ne dois aucun respect ni aucune soumission, que tu ne manquerais pas de considérer comme humiliants, à un homme comme toi. Si tu te résignes à cette vie isolée, à cette position indépendante, je t'avoue que je ne désespère ni de toi ni de ton avenir. Nous te chercherons une épouse qui te plaise; cette femme que tu adoreras, tes enfants que tu aimeras, ton vieux père qui sera toujours ton meilleur ami, te composeront un intérieur, dans lequel tu trouveras le bonheur. Vois-tu, Pierre, il n'y a rien comme la vie de famille pour rendre heureux certains hommes et adoucir des caractères comme le tien.

Jean parlait sagement, chacune de ses paroles semblait être un écho de la tendresse qu'il éprouvait pour son fils. On sentait que cet homme simple, bon et généreux voulait, avant tout, le bonheur de son enfant.

Celui-ci, aveuglé par des idées de gloire et d'ambition, ne le comprenait pas et voyait, au contraire, dans son mentor, un père entiché de son autorité, qu'il était jaloux d'exercer. Il répondit avec une mauvaise humeur croissante :

— Mais, mon père, me prenez-vous pour un animal féroce qu'il faille apprivoiser ?

— Non, reprit Jean; après t'avoir dit ce qui t'attend, si tu veux continuer à exercer la profession de ton père, laisse-moi te prévenir du sort qui t'est réservé, si tu persistes à vouloir t'enrôler dans la marine.

Pierre eut un mouvement d'impatience. Ce haussement d'épaules disait assez combien il goûtait peu les conseils et les exhortations de son père.

Dis-le tout de suite, continua Jean néanmoins: ce n'est pas la fortune qui te tente, c'est surtout la gloire. Tu es intelligent, tu penses à t'instruire, afin de devenir officier; tu rêves d'épaulettes, de croix, de brillants uniformes. Tu as tort. Ne sais-tu pas qu'une discipline de fer pèse sur le mousse comme sur le matelot? que tous deux doivent obéir, sans hésiter, sur un mot... Souvent les contre-maîtres auxquels ils ont affaire leur enseignent l'obéissance avec des paroles grossières, des menaces, des bourrades. Comment, avec ton caractère entier, supporterais-tu un tel régime, toi qui n'as pu te soumettre aux exigences naturelles pourtant de plus de vingt professions que tu as essayées les unes après les autres? Comment pourras-tu opposer du sang-froid et de l'impassibilité à des outrages sérieux et souvent non mérités, quand à Nantes, tu n'as pas su maîtriser assez ta colère

Il tomba à la mer sans avoir le temps de jeter un cri ou de se retenir (page 10).

pour ne pas te battre avec un de tes patrons d'apprentissage et ne pas jeter un marteau à la tête d'un autre? dernier fait qui eût pu devenir très grave et te conduire en prison, si le marteau n'avait pas passé à deux pouces de la tête du malheureux à qui tu destinais le coup. Cependant, je les connais, ces deux hommes, je sais qu'ils sont très doux, et je suis convaincu que, dans les différentes querelles que tu as eues avec eux, tu as eu tous les torts.

— Oh! je sais bien, mon père, répliqua Pierre, qui, au lieu de convenir de ses torts, se tenait à quatre pour ne point éclater; je sais bien que, dans tous les différends que j'aurais avec quelqu'un, vous me donnerez toujours tort. C'est une manie chez vous de me trouver plus mauvais que je ne suis. C'est plus fort que vous.

— Non, Pierre, crois-le bien, j'éprouve au contraire beaucoup de peine à te dire toutes ces vérités, qui te sont pénibles à entendre; prouve-moi qu'à Nantes, à Vannes ou à Lorient un patron, te connaissant, veuille se charger de toi, alors j'avouerai que j'ai l'esprit prévenu contre toi.

— Je me moque bien des patrons, industriels et chefs ouvriers, dont vous parlez, répondit Pierre qui, dans sa colère, ne trouva pas une réponse plus sensée à faire à son père.

— Tu dis une bêtise, reprit ce dernier, mais ce n'est point de cela qu'il s'agit; pour finir, voici ce qu'il t'adviendra dans la marine. Tu n'y passeras pas huit jours avant d'être choqué des manières de tes supérieurs envers toi, et de regretter l'engagement que tu veux contracter. Avant six mois, tu commettras quelque acte d'insubordination et tu passeras devant un conseil de guerre. Un conseil de guerre, penses-y donc!

— Advienne que pourra, mon père, reprit Pierre avec fermeté, mais je ferai ce que j'ai dit.

Il continua, en s'emportant en quelque sorte au bruit de ses propres paroles :

— D'ailleurs, n'y a-t-il pas assez longtemps que je me fais violence pour supporter vos représentations? Est-ce ma faute à moi, si vous avez un caractère à voir tout en noir? Croyez-vous que j'éprouve un vif plaisir à entendre du matin au soir vos sinistres prédictions, à vous voir auprès de moi sombre et silencieux comme un reproche permanent?

— Ainsi, dit Jean en proie à une pénible émotion, tu ne désires, tu ne veux qu'une chose : te débarrasser de moi, de mon amitié et de mes conseils?

— De vos conseils et de vos reproches surtout, dit Pierre dont la colère commençait à obscurcir le raisonnement.

Un éclair déchira tout à coup la nue et vint

éblouir les deux pêcheurs, en éclairant en plein leur visage.

Jean était calme. Seulement un sentiment pénible donnait à sa physionomie une douloureuse expression. On sentait, en le voyant, combien était terrible le coup que son affection pour son fils venait de recevoir.

Pierre avait les traits contractés par la colère; il était sombre, avait les yeux pleins d'éclat, le regard presque menaçant. La tempête agissant sans doute sur son système nerveux trop délicat, paraissait le rendre encore plus irritable.

Pendant la discussion qui venait d'avoir lieu, et sans que les deux pêcheurs le remarquassent, la tempête avait pris des proportions formidables. La foudre grondait au loin, le ciel s'était soudainement obscurci, le vent soufflait avec violence, sifflait et hurlait, en caressant la crête des vagues, qui commençaient à bondir sous ce ciel sombre, comme autant de monstres marins à la croupe luisante et aux gigantesques dimensions.

La frêle embarcation, depuis quelques instants, étaient presque le jouet des vagues. Le père et le fils, oubliant le danger qui les menaçait, n'avaient pas pensé à la diriger, de sorte que la lame et le vent, au lieu de la pousser vers la falaise, où la plage était d'un abord facile, l'avaient lancée vers le nord, sur un rivage hérissé de récifs et de brisants, sur lesquels la barque pouvait se briser et sombrer en un instant.

Jean, à la lueur de l'éclair, avait entrevu le danger.

— Nous chassons sur le mont du *Naufragé*! s'écria-t-il; nous sommes perdus! Cette côte est garnie de rochers sous-marins qui ont des arêtes aussi pointues que des aiguilles et aussi tranchantes que des rasoirs!...

Ce cri de détresse était poussé un peu tard.

Tout à coup la nuit se fit sombre, terrible, impénétrable; le hardi pêcheur, habitué depuis longtemps à parcourir ces dangereux parages, ne pouvait plus se rendre parfaitement compte de l'endroit où il se trouvait.

— Perdus! fit Pierre avec ironie, toujours vos sinistres prévisions.

— Tu ne connais pas plus le danger que ces parages, répondit Jean à son fils. Tu n'es qu'un imprudent et un fanfaron; laisse-moi me mettre à la manœuvre.

Jean, en parlant ainsi, se leva et se dirigea vers son fils pour le remplacer à la voile.

— Restez au gouvernail, mon père, répondit Pierre qui, comme toujours, dans ses accès de colère, éprouvait l'impérieux besoin de faire de l'opposition sans la raisonner.

— Malheureux, dit Jean, tu ne vois donc pas qu'en laissant beaucoup trop de prise au vent, tu paralyses les efforts que je fais à la barre?

Et il continua à s'avancer vers son fils.

— Allons, lui dit-il, couche-toi dans la barque et cède-moi ta place.

— Me coucher, riposta Pierre en s'animant, me prenez-vous pour un propre-à-rien?

— Non, mais fais ce que je te dis.

— Laissez-moi faire.

— Non.

Les deux hommes étaient debout; Jean fit un mouvement pour s'emparer de la manœuvre malgré son fils. Ce dernier, qu'une sourde et violente colère agitait depuis longtemps et qui n'avait plus sa raison, repoussa son père plus rudement qu'il ne pensait le faire... Jean, qui ne s'attendait pas à cette rébellion grossière, chancela; ses pieds, roulant sur une gaffe, trébuchèrent. Il tomba à la mer, sans avoir le temps de jeter un cri ou de se retenir aux agrès de la barque.

— Mon père! s'écria Pierre d'une voix déchirante, en faisant, pour retenir le malheureux, un mouvement qui faillit faire chavirer l'embarcation.

III

SEUL ET SANS CONSEIL SUR LA TERRE PAR SA FAUTE.

En présence d'une si horrible catastrophe, à laquelle il était loin de s'attendre, Pierre sentit la colère tomber tout à coup. Il aimait ardemment son père, car, si violent qu'il fût, il avait le cœur généreux, et était reconnaissant de ce que Jean avait fait pour lui.

En voyant ce dernier disparaître dans la lame, il avait ressenti au cœur un coup affreux, comme si la pointe d'une lame acérée et empoisonnée lui eût lacéré les entrailles, sa douleur se traduisit par un cri d'affreux désespoir, puis il appela :

—Mon père! mon père! je t'en prie, réponds-moi, je t'en conjure.

Ses clameurs étaient couvertes par le sifflement du vent, par le bruit lointain de la foudre, par la voix des éléments déchaînés; car la tempête grandissait toujours; mais Pierre ne voyait plus, ne songeait plus au danger et ne faisait rien pour le conjurer.

— Oh! quel tableau, s'écria-t-il, pour accompagner une scène de parricide, oh! je suis maudit!... Si la foudre pouvait m'écraser, et la vague m'engloutir!

Ces paroles se perdirent dans la tourmente. Il ne pût en dire davantage.

Debout, sur le bord de la barque complètement

abandonnée à la fureur des flots, affolé de désespoir, tremblant d'épouvante, il essayait de sonder du regard l'abîme immense que la nuit rendait impénétrable: il retenait jusqu'à sa respiration pour écouter s'il n'entendait pas quelque cri d'appel et de détresse.

Il attendit une minute ainsi. Un siècle!

Pierre savait que son père était le meilleur et le plus fort nageur de toute la côte. Vingt fois le hardi pêcheur s'était jeté dans la lame furieuse pour sauver des naufragés. Pierre espérait donc; il était même certain que Jean allait reparaître sur la vague, et c'était avec la plus cruelle, la plus terrible anxiété qu'il épiait cette apparition.

Mais après avoir attendu une minute en vain, son cœur se gonfla au point de rompre sa poitrine.

— Mon père! murmura-t-il; puis, il reprit à haute voix et avec l'indomptable énergie de son caractère:

— Il faut que je le sauve! je ne peux plus tenir dans cette barque. Ce pont me brûle les pieds. Comment je resterais là, tranquille, pendant que mon père, mon meilleur ami, se débat et se meurt au milieu des vagues qui l'ont englouti!

Pierre s'était débarrassé d'une partie de ses vêtements; il prit l'extrémité d'un long câble, dont l'autre bout restait amarré à la barque, et se jeta à la mer, en se répétant avec conviction:

— Il faut que je le sauve.

Pierre était au moins aussi robuste que son père, et il était plus agile. Comme nageur, il n'avait point de rival. Il se jouait dans les flots furieux, comme un enfant se roule sur le gazon.

S'il avait attendu si longtemps, une minute seulement, avant de prendre la détermination que nous venons de lui voir mettre à exécution, c'était parce qu'il avait été d'abord convaincu que son père se retirerait seul, et en se jouant, de la lame furieuse.

Pierre plongeait et fouillait les replis homicides du flot, malgré l'horreur de la tempête; puis, il remontait sur la lame et prêtait l'oreille, cherchant à démêler les accents d'une voix humaine, au milieu de l'effroyable concert qui l'étourdissait sans l'épouvanter.

Où était-il? où la tempête l'emportait-t-elle? Il n'en savait rien. Le poussait-elle sur les récifs du rivage pour l'y briser? ou bien, le lançait-elle vers la pleine mer, afin de l'y engloutir? il ne cherchait pas à s'en rendre compte. Que lui importait?...

Il ne savait qu'une chose: Que son père était tombé à peu près à l'endroit où il le cherchait; il n'éprouvait qu'un désir, mais un désir ardent, impérieux, celui de sauver l'homme qu'il avait frappé, son père, le malheureux!

Il chercha longtemps. Il ne ressentait aucune fatigue; l'émotion qui le poignait au cœur décuplait ses forces et l'empêchait de ressentir aucune fatigue. Un témoin de cette scène eût tremblé en voyant cet homme lutter pendant une heure contre la tempête.

Après une heure de lutte, il commença à désespérer, mais son désespoir ne fit qu'augmenter son énergie. Il avait comme une vague pensée de mourir, de ne sortir de l'eau qu'avec son père ou de périr.

Cette heure s'était passée longue, terrible et pleine d'angoisses. Pierre commençait à penser que celui qu'il cherchait, poussé par une vague indocile au souffle du vent, s'était peut-être sauvé en gagnant le rivage.

Il s'arrêta une fois encore, profitant, pour prêter l'oreille et écouter, d'un moment où la tempête faisait trêve, où le vent se taisait, comme afin de reprendre haleine, et de se déchaîner ensuite avec plus de violence et d'emportement.

L'heure était solennelle.

Tout à coup, Pierre entendit ou crut entendre un appel désespéré.

— Au secours! à moi! disait la voix.

Le son glissait plein d'épouvante et plaintif sur les flots courroucés.

Le hardi sauveteur ne réfléchit pas qu'il pouvait être le jouet d'une hallucination résultant de son état de violente surexcitation et de sa fatigue.

— Mon père!... enfin!... dit-il.

Puis il bondit d'un élan sauvage sur la vague mugissante, en criant:

— Je suis là, je vais à vous, où êtes-vous?

— Par ici, dit la voix distincte, mais entrecoupée.

Dans l'espace de deux secondes, les deux voyageurs s'étaient rapprochés. Pierre s'en aperçut et redoubla d'efforts énergiques.

Il avait fait quelques brasses et franchi quelques lames; il supposait ne pas être loin de celui qui l'avait appelé, quand un éclair déchira la nue et incendia l'immensité des flots d'une lueur blafarde.

Pierre aperçut un homme qui se débattait à trois brasses de lui. Cet homme allait disparaître sous le flot; il était à bout de forces.

Pierre ne fit que l'entrevoir.

Il bondit sur lui avec la rage et l'énergie que met une bête féroce à s'élancer sur sa proie. En ce moment, l'intrépide jeune homme se sentait la force de renverser une montagne, pour arriver à celui qu'il voulait atteindre. Effet du désespoir de l'amour filial!

Il eut le bonheur de saisir l'homme que la vague allait sans doute ensevelir pour ne le rejeter sur la plage qu'à l'état de cadavre.

Cet homme que Pierre venait de saisir, cet homme, qui quelques secondes plutôt jetait des cris de détresse, avait été saisi par son sauveur au moment où il allait disparaître, en laissant aller son âme dans l'éternité. Depuis longtemps il luttait contre la tempête; peu à peu ses forces l'avaient abandonné ; l'asphyxie commençait et l'avait transformé en une masse inerte, insensible.

Pierre saisit cette masse, la serra d'un bras contre lui, comme il put. Il savait que la moindre submersion, que quelques gouttes d'eau pouvaient tuer celui qu'il tenait entre ses bras, pouvaient rompre le dernier fil qui le rattachât à l'existence.

Le câble ou plutôt le long *filin* — pour nous servir d'une expression maritime, que Pierre tenait d'une main, était une forte corde, de la grosseur du petit doigt; derrière lui elle se déroulait dans la mer.

Aucune secousse n'avait encore indiqué au nageur que la barque lui faisait résistance. Il en eût été ainsi, que la situation fût devenue terrible. Il lui eût fallu ou lâcher le filin, ou désespérer de son sauvetage et se laisser remorquer par la barque, en suivant l'impulsion que les lames ou le vent lui donneraient.

Mais Pierre, l'homme à la colère indomptable et au cœur généreux, comptait sur la Providence, et se disait à cette heure de sublimes efforts :

« Il n'est pas possible, si misérable que je sois, que Dieu ne soit pas touché de mon repentir, et ne me permette pas de sauver mon père...»

Si ce n'étaient ses paroles mot pour mot, c'en était du moins le sens.

Cette espérance, cette foi qu'il avait que sa faute presque involontaire était largement expiée par les efforts qu'il venait de faire pour la racheter, lui donnant une force surhumaine, il mit le câble entre ses dents, prit le naufragé dans ses bras et le tint un instant au-dessus de la vague qui hurlait, comme pour réclamer sa proie, et faisait entendre de sourds gémissements, comme si elle se fût plainte de ce que cette proie lui échappât.

Y avait-il encore de la colère dans le cœur de Pierre ? Oui, il tenait dans ses bras son père qu'il avait outragé, il le croyait vivant ; mais il s'emportait contre la tempête et contre celui qui la tient dans sa main. Il s'emportait contre les éléments qui lui disputaient une existence qu'il eût volontiers prolongée au prix de la sienne.

En ce moment sa colère était sublime !

Elle était l'écho de ses regrets, de son repentir ! Ne sentant pas ses forces l'abandonner encore, il se disait toujours :

— Il faut que je le sauve, je le sauverai !

Pour la première fois, il sentit la corde se tendre, la secousse allait se produire, il saisit le câble d'une main vigoureuse tout en pensant que c'en était fait. Qu'il était perdu !

Le câble se tendit, Pierre se sentit rouler dans la lame avec le corps qu'il portait dans ses bras.

Cette lame aux plis flottants ressemblait à un suaire.

Dans sa rage vaincue, mais non domptée, il eut encore cette pensée :

— Mon père et moi nous aurons au moins le même linceul...

Il se trompait.

A l'heure où il désespérait de tout, en cet instant où il jetait peut-être un cri de sublime malédiction vers son passé, au moment où il se disait sans doute : « C'est ma faute ! pauvre mère, pourquoi as-tu été si faible pour moi ! » il sentit un choc violent et douloureux, dont il ne se rendit pas bien compte d'abord.

A moitié étourdi, il eut une pensée que lui dictait seul l'instinct de la conservation, inné chez tout être vivant, celle de résister au choc, de se rouler sur l'obstacle...

Pour lui, peut-être n'eût-il pas eu la force d'exécuter un projet si rapidement conçu...

Mais Pierre sauvait son père; et, nous le répétons, son cœur était bon, son amour filial immense !...

L'obstacle, c'était la plage bordée de quelques rochers. Pierre s'en aperçut; il abandonna le câble qui, s'il persistait à le tenir, pouvait le rejeter en pleine mer.

Il leva les yeux au ciel comme pour lui rendre des actions de grâce et lui demander pardon de sa faute.

Le ciel était sombre, menaçant, inexorable... Un coup de tonnerre retentit strident et bref !

Pierre était debout sur la plage. Au loin une lueur vacillante s'agitait en quelque sorte dans les nuages.

L'humanité et la fraternité veillaient.

De malheureux pêcheurs, des amis de Jean, n'ayant pas vu ce dernier rentrer à l'heure habituelle, avaient fait un grand feu, pour indiquer au retardataire en péril l'endroit où il devait débarquer.

Ce feu ne devait pas étonner Jean. Il l'allumait, quand, par une tempête, un de ses confrères était en pleine mer.

Pierre, moins habitué a ces signaux de convention, en fut surpris. Revenu à lui, il crut que des contrebandiers, fuyant devant la tempête, étaient les singuliers veilleurs de nuit, qui entretenaient par hasard, un phare protecteur, sur les falaises en vue desquelles de gros navires n'approchaient jamais.

Et reprenant haleine, il étreignit le corps qu'il tenait entre ses bras.

Ce corps était encore chaud.

Il le palpa au cœur, aux tempes...

La vie, le sang, circulaient encore sous ses mains brûlantes de fièvre.

Il comprit qu'une seconde de retard pouvait être funeste à celui dont l'exsitence lui était si précieuse.

Il se releva d'un bond, reprit le corps dans ses bras et s'éloigna à la hâte de l'élément qui avait vingt fois failli lui servir de tombeau.

Il arriva au pied d'une montée presque à pic.

Ses jambes fléchirent, son front ruisselait de sueur et d'eau de mer. Son corps était ensanglanté des chocs qu'il avait reçus.

Il n'eut pas la force d'aller plus loin; étranger aux sentiers qui sillonnaient la falaise et aidaient à la gravir, il tomba, en poussant un cri qu'il répéta de toute la force de ses poumons et tant qu'il eut un souffle dans la poitrine.

. . . .

Les pêcheurs qui avaient allumé le feu, les amis de Jean, entendirent l'appel du naufragé.

Ils coururent au rivage.

Quand, après une course périlleuse, ils revinrent près du feu allumé par eux, ils portaient deux corps étroitement enlacés.

Ils les séparèrent à grand'peine. Tout à coup l'un d'eux s'écria:

— Voici Pierre ! mais ce n'est pas là Jean, son père!.... cet homme, que Pierre a sauvé, c'est la Boucherie!

A ce nom : *la Boucherie*, les pêcheurs firent cercle autour des deux corps inertes.

Ils étaient stupéfaits et en quelque sorte épouvantés...

La Boucherie était pêcheur comme Jean, comme Pierre, comme les hommes naïfs et grossiers qui venaient de le recueillir.

Jean, l'homme toujours disposé à venir en aide à son prochain, était aimé. La Boucherie était haï, au contraire, mais comme la crainte qu'il inspirait était plus forte encore que la haine générale, personne n'osait lui témoigner son aversion ou son mépris.

C'était un homme sinistre que ce la Boucherie. Expliquons-nous.

D'abord, on lui connaissait tous les vices, mais on le savait surtout hypocrite. D'autres causes bien autrement sérieuses motivaient l'effroi qu'il inspirait. Le peuple des campagnes, il y a cinquante ans, en Bretagne, était naïf, crédule, dévot, superstitieux et fanatique. Les loups-garous, les revenants et le reste étaient, ainsi que les bons ou mauvais génies, fort en honneur dans ces pays primitifs, surtout parmi les populations du littoral.

La Boucherie avait la réputation d'être sorcier. Les uns prétendaient qu'il avait fait un pacte avec le diable, d'autres affirmaient qu'il lui avait vendu son âme et le faisait venir quand bon lui semblait, afin de s'entretenir avec lui. Ce bruit, très accrédité, n'était pas fait pour engager les Nivart père et fils à entretenir des relations d'amitié avec le prétendu sorcier.

Ce dernier était issu d'une pauvre famille; il avait longtemps végété dans la misère; ce n'était guère que depuis la mort du fermier Nivel, grand-père de Pierre, mort dans l'incendie de sa ferme, qu'on avait remarqué de grands changements dans la position de la Boucherie.

Celui-ci vivait comme un homme riche qui n'a rien à se refuser.

On en conclut que la Boucherie, s'étant fait aider par Satan son compère, avait fini par découvrir le trésor du fermier et s'en était emparé, au détriment de Pierre, petit-fils et seul héritier du défunt.

Le matin, la Boucherie était parti à la pêche comme ses confrères; comme Pierre, il avait essuyé la tempête, qui avait poussé son embarcation dans la même direction que celle des Nivart. Grâce au hasard, il avait eu la chance de se trouver sous la main de l'intrépide nageur, au moment où il allait probablement succomber dans la lutte qu'il soutenait contre la tempête, qui avait déjà brisé et englouti sa barque.

Un hasard providentiel auquel l'ignoble personnage devait mal à propos son salut !

Les deux naufragés, que leurs compagnons entouraient, étaient toujours sans connaissance.

Les pêcheurs, qui composaient le cercle, échangèrent quelques regards anxieux et inquiets.

Ils semblaient s'interroger sur ce qu'ils avaient à faire.

— Vite, dit le plus âgé d'entre eux, qu'on approche Pierre du feu, qu'on lui rende l'usage de ses sens et celui de ses facultés. Il pourra sans doute nous renseigner sur ce qui s'est passé, il nous dira ce que son père est devenu et comment il a sauvé l'homme qui passe pour lui avoir volé sa fortune, l'homme à qui, comme tant d'autres, il n'a jamais témoigné que de l'aversion et du mépris.

— Oui, il faut que Pierre nous explique ce mystère étrange, dit un autre pêcheur.

— Et que faisons-nous de la Boucherie? demanda une voix?

— Si vous vouliez me croire, reprit une autre voix d'un ton menaçant, nous rejetterions, dans notre intérêt à tous, cette bête malfaisante dans la mer d'où elle sort.

— Attendons que Pierre se soit expliqué, reprit le doyen.

Le jeune Nivart fut aussitôt approché du feu. Il ne fallait qu'un instant et un verre de rhum pour lui rendre l'usage de ses sens; car son état d'immobilité ne résultait que d'un excès de fatigue, et non d'un commencement d'asphyxie.

— Mon père! demanda Pierre avec angoisse en ouvrant les yeux, et en promenant un regard interrogateur sur les visages de ceux qui l'entouraient.

— Ton père? où est-il? demandaient plusieurs pêcheurs, qui tous étaient les amis dévoués de Jean.

— Mais ne l'ai-je pas sauvé?

— Non, répondit le doyen avec un embarras de mauvais augure.

Ainsi que ses compagnons, il commençait à deviner ce qui s'était passé.

— Mais l'homme avec qui vous m'avez ramassé sur la plage? demanda l'infortuné Nivart avec une sorte d'égarement.

— Ce n'est point ton père.

Cette réponse trouva Pierre debout; par un mouvement de sublime énergie, il s'était mis sur ses pieds.

— Vous me trompez, dit-il, je veux voir cet homme; ce ne peut être que mon père.

Des pêcheurs, portant des torches, conduisirent Pierre auprès du corps de la Boucherie.

— C'est cet homme infâme que j'ai sauvé!...s'écria Nivart avec colère et désespoir, en reconnaissant le prétendu sorcier.

Il ne pût en dire davantage. La colère, la rage le suffoquaient. Il s'affaissa, en se débattant dans d'horribles convulsions.

. . . .

Le lendemain matin, la mer, dans ses dernières fureurs, rejeta un cadavre et des épaves de barques de pêche sur la plage.

Le cadavre, c'était celui de Jean Nivart.

Le malheureux avait une horrible blessure, un trou à la tête. Il s'était fait cette blessure quand il était tombé dans la mer, sur la pointe recourbée d'un harpon de pêche.

Ce coup, qui avait dû déterminer la mort ou au moins l'évanouissement instantané, expliqua comment Jean, le meilleur nageur de la côte, n'avait pu se sauver comme son fils, lui qui avait arraché tant de victimes à la fureur des flots.

Quant à Pierre, il n'était pas en état de comprendre l'étendue de la perte qu'il venait de faire.

Malade, dévoré par une fièvre maligne, qui le tint onze jours entre la vie et la mort, il ignorait aussi bien la mort de son père que sa ruine à lui; la barque qu'il venait de perdre, était son unique ressource.

Le malheureux ne devait pas mourir.

N'avait-il pas la mort de son père à expier?

Dès qu'il fût à même de sortir, il alla, vêtu de deuil, faire un pieux pèlerinage sur la tombe de son père.

Il s'agnouilla sur cette tombe, au pied de la croix qui recouvrait les restes de son meilleur ami. Il y pria longtemps et l'arrosa de larmes bien amères. Enfin, il murmura, en baisant une dernière fois le petit tertre de terre fraîchement remuée.

« — Mon père, ma première pensée, en recouvrant la raison, a été de mourir; mais là, sur cette tombe je viens de prendre la résolution de vivre, afin de me résigner et d'expier ma faute. Protégez-moi, vous qui m'entendez. Je vous jure de ne jamais remettre le pied sur la mer, qui me rappellerait de trop tristes souvenirs, et de faire tous mes efforts pour mériter votre pardon. »

Après avoir fait ce serment, Pierre s'éloigna un peu consolé.

Le jour même, il partait pour Nantes, afin de faire son apprentissage comme forgeron, dans la magnifique usine de Lindreck.

Quant à la Boucherie, le lendemain de la tempête que nous n'avons que sommairement décrite, un pêcheur lui disait:

— Si c'eût été la vache d'un pauvre homme, elle y fut restée. Il en a été autrement pour lui, tant pis! Dieu n'est pas juste.

FIN DU PROLOGUE

I

LE CONTRE-MAITRE ET L'APPRENTI.

Nous ne ferons aucune description de Nantes. A quoi bon? Quand nous aurions appris au lecteur que Nantes est traversé par la Loire et un chemin de fer qui occupe un côté d'une large voie, sans être séparé des passants autrement que par une grille; que cette ville possède un passage curieux, le passage Pommeraye; un théâtre, bâti sur l'ordre de Louis XVIII; un château qui a successivement servi de prison et de caserne. L'infortuné Chalais, l'intéressante victime de Richelieu; le somptueux Fouquet, cette autre victime de l'envie, représentée par Colbert et Louis XIV; et, enfin, les victimes si nombreuses de la Terreur avec lesquelles le proconsul Carrier, trouvant que la guillotine ne fonctionnait pas assez vite, organisa ses hideuses noyades, que ses sbires farouches opéraient sur la Loire, grâce à des bateaux à soupapes, rappellent, d'une triste et sanglante façon, l'existence de la prison dont nous parlons. Quand nous aurions ajouté que Nantes possède une belle place, décorée de la statue du fameux Cambronne, cette place porte le nom de l'immortel général de la garde à Waterloo; — quelques beaux ponts etc., etc., le lecteur saurait-il ce que Nantes était en 1822, époque à laquelle nous reprenons notre récit, en laissant dans l'ombre les faits, insignifiants du reste, qui se passèrent pendant les six années qui suivirent la mort de Jean Nivart? Non, le lecteur n'aurait tout au plus qu'une idée très imparfaite des curiosités que possède aujourd'hui la ville importante où nous le laissons pénétrer.

Nantes est presque un port de mer; aussi estce une ville animée, commerçante et essentiellement vivante.

On s'y amuse, et, en 1822, la partie de Nantes appelée la Ville-en-Bois, était généralement, le dimanche, un lieu de rendez-vous pour la jeunesse qui venait y prendre ses ébats.

A la même époque, Lindreck était déjà alors un fort village, dont la prospérité promettait de devenir florissante, grâce aux forges et aux ateliers de construction pour machines à vapeur, récemment établis dans le pays. Aujourd'hui, ces forges et ces ateliers, en raison surtout de l'extension de nos voies ferrées et de l'application de la vapeur à la navigation et à la marine, ont pris une telle importance et un si grand développement qu'ils sont une source de richesse pour le pays.

Lindreck est situé à 10 kilomètres de Nantes environ, à l'embouchure de la Loire. Disons, en passant, que le hameau, composé d'habitations de pêcheurs, où Pierre était né et dont la cabane abandonnée de son père, devenue sa propriété, faisait partie, n'était situé qu'à 6 ou 7 kilomètres de Lindreck, en suivant la côte de Nantes à Lorient. Aujourd'hui, ce hameau est devenu un bourg considérable; les pêcheurs qui l'habitent y vivent dans l'aisance; car, depuis qu'un chemin de fer a mis Nantes aux portes de Paris, ils ne sont plus embarrassés de leur poisson, qu'ils vendaient autrefois à vil prix, faute de moyens de transport.

C'est aux forges de Lindreck même que nous allons conduire le lecteur, par une belle journée du mois de mai 1822, à l'heure où tous les ouvriers sortent des ateliers pour prendre leur repas de midi.

Au dehors, le temps était splendide, le soleil semait partout ses joyeux rayons. Il donnait alors la vie aux plantes et à la végétation, qu'il devait, quelques semaines plus tard, calciner de ses feux. Des brises folles se jouaient dans l'air. A l'horizon lointain, l'azur des flots se confondait avec l'azur du ciel et une teinte uniforme.

La cloche de l'usine venait de sonner.

Des six longs corps de bâtiments, formant six parallèles, sortaient des groupes d'ouvriers, tous courageux travailleurs : des forgerons, des chauffeurs, des ouvriers de la lime et du marteau, des mécaniciens, et enfin des hommes de peine.

Nouveaux cyclopes, ils portaient la modeste et honorable livrée du travail. Leurs mains et leurs visages conservaient les noires empreintes de leur pénible labeur. Tous étaient gais et paraissaient heureux, comme des gens qui sentent leur bonheur et leur avenir assurés.

On entendait encore quelques coups de marteau, retentissant à de longs intervalles, c'était la clôture de cette demi-journée de travail.

Enfin, le silence régna dans les ateliers.

Les huit cents ouvriers qu'occupait l'usine, tous gens d'ordre et surtout d'économie, s'étaient pour la plupart installés à l'ombre, par groupes de huit à dix à peu près.

Chacun d'eux, comme certains élèves de nos écoles communales, sortait son dîner d'un panier garni avec soin par une ménagère, mère, femme ou sœur.

C'était là de la vie presque patriarcale au milieu de l'usine.

Les ouvriers mangeaient et buvaient; les lazzis, mais les lazzis en patois breton, se croisaient de toutes parts; et les éclats de rire, des éclats francs et bruyants accompagnaient le bruit des mâchoires des six cents affamés et les tintements joyeux des verres et des fourchettes.

Pénétrons dans un des groupes les plus importants, celui des contre maîtres de l'usine, qui, pour différentes raisons, mangeaient ensemble.

D'ordinaire, ce groupe se composait de six hommes, chaque corps de bâtiment, formant un atelier à part, obéissant à un contre maître spécial. Parmi ces hommes, il y avait deux mécaniciens, un ajusteur, deux contre maîtres des ateliers de limeurs, et enfin, le cyclope par excellence, le contre maître des forgerons, le roi du marteau, du soufflet et de la fournaise, le premier des hommes-salamandres.

qui, à Lindreck, travaillaient au milieu d'un brasier en feu, un enfer !

Ces six hommes, nous pourrions nous abstenir de le dire, étaient les six meilleurs ouvriers de l'usine, chacun dans sa partie. Ils avaient tous été ouvriers, avant d'être contremaîtres. A Lindreck, ils jouissaient de grands avantages pécuniaires et autres; mais aussi, outre les qualités qu'on exigeait d'eux, étaient-ils chargés d'une grande responsabilité, qui, souvent, leur créait de nombreux ennuis. Ils étaient nourris au compte de l'usine et avaient un apprenti pour les servir à table. S'ils mangeaient dehors, et sans plus de préparatifs que les autres ouvriers, c'était que, dans la belle saison, la chose leur plaisait ainsi; car indépendamment d'un logement particulier, ils avaient une salle à manger commune dans l'usine.

En 1822, les six contremaîtres étaient garçons; l'administration de l'usine s'arrangeait parfaitement de leur position de célibataires.

Le jour où nous commettons l'indiscrétion d'assister au dîner des contremaîtres, ces derniers n'étaient que cinq à table.

Le Cyclope n'était pas parmi eux.

A quelques pas, et assis comme eux sur le gazon, un jeune ouvrier déjeunait, les yeux et les oreilles tendues vers le groupe, dont il était, aux heures des repas, le très humble serviteur.

C'était toute une histoire que celle de ce jeune homme. Il est d'autant plus indispensable que le lecteur la connaisse, qu'Ange l'Ormeau — le Breton s'appelait ainsi — deviendra bientôt un des personnages les plus importants de cette histoire.

Ange l'Ormeau avait vingt deux-ans. A le voir et à en juger par l'exiguïté de sa taille, la finesse de ses traits, la délicatesse de ses membres, surtout de ses pieds et de ses mains, et la fraîcheur de son teint, on lui eût donné dix-huit ans tout au plus; on l'eût plutôt pris pour un enfant élevé bourgeoisement dans quelque grande ville, que pour le fils d'un paysan rompu aux rudes travaux des champs.

Il avait une figure si jolie, si joyeusement épanouie, une expression de physionomie si douce, que son nom, Ange, allait parfaitement à ses traits.

Il avait tiré au sort et avait été exempté du service militaire, pour défaut de taille et faiblesse de complexion.

Quant à cette faiblesse de complexion, le conseil de revision avait été généreux en trouvant ce second cas de réforme au conscrit; Ange, malgré la délicatesse de ses membres, se portait bien et s'était toujours bien porté. Il était même à supposer que, comme certaines natures tardives, Ange se développerait avec le temps et se fortifierait par le travail et l'exercice.

L'Ormeau était né dans une ferme bretonne perdue dans les bois, au milieu des genêts, des landes, et en pleine campagne.

Son père était un de ces rudes paysans, dont l'existence a quelque analogie avec celle des bêtes de somme qu'ils conduisent au labour. Ils vivent en quelque sorte rivés au sol, comme le bœuf l'est à son sillon.

Sorte de cultivateurs qui se soucient peu d'habiter une belle ferme, et d'être les locataires de belles et bonnes terres, appartenant à un riche propriétaire; mais qui tiennent énormément à leur indépendance et à devenir eux-mêmes propriétaires un jour, en ne laissant jamais échapper une occasion de *s'arrondir*.

Ces fourmis humaines représentent peut-être la catégorie la plus terrible des ambitieux. Cependant, quelle vie que la leur !

Un galérien est heureux auprès d'eux ! Les travaux forcés lui laissent des loisirs que ne connaît pas le pionnier dont nous parlons.

L'inventeur, l'utopiste, le chercheur, quels qu'ils soient, si tendu que soit leur esprit, ne sont jamais préoccupés par une idée aussi fixe que celle qui nuit et jour torture notre paysan.

Celui-ci ne recule devant aucun sacrifice, pour atteindre son but. Il se surcharge de travail, lui et les siens; il se nourrit mal, lui et sa famille; enfin, il économise la somme nécessaire à acheter la parcelle de terre qu'il convoite; mais, une acquisition faite, *sa soif des terres* le reprend; il ne cesse d'être son bourreau et celui de ceux qui l'entourent.

Être étrange, qui ne soupçonne pas ses défauts et ses cruautés...

Ambitieux terrible : s'il meurt jeune, les siens n'ont qu'à se réjouir de sa mort. Si, malheureusement, il est en quelque sorte bâti de fer et de granit, et qu'il parvienne à un grand âge, il fait le désert autour de lui, ses siens ont succombé à la tâche; à sa mort, il arrive souvent que son bien, qu'il a eu tant de peine à réunir, est partagé entre des parents éloignés et peu reconnaissants.

Châtiment terrible, mais qui ne porte aucun fruit. Ce n'est tout au plus qu'une inutile leçon, perdue pour ceux qu'elle menace d'un avenir inexorable.

Ici, nous ne parlons de l'espèce qu'au point de vue de la généralité. Partout, en France, elle est à peu de chose près la même.

A Paris, ce paysan, dans un autre ordre d'idées, serait avantageusement représenté par l'Auvergnat, porteur d'eau ou charbonnier. Cet homme, lui aussi, finit pour mourir dans sa maison et sur son *lopin* de terre; mais c'est à Paris qu'il gagne sou à

Tout à coup ils aperçurent Pierre Nivart qui sortait du brasier ardent (page 23).

sou, en se privant et en travaillant fort, l'argent nécessaire à l'achat de l'un et l'autre.

Ici, en parlant du père d'Ange l'Ormeau, nous avons affaire à un Breton : c'est assez dire que notre homme, notre ambitieux, était dix fois plus entêté, plus sobre, plus avare et plus âpre au travail que s'il eût été Gascon ou Champenois.

Cet homme, par le tempérament et la force de sa constitution, était de fer et de granit. Il devait donc mourir âgé, à moins d'accident.

Autour de lui, commençait à se réaliser le fait que nous avons dit. Le désert se faisait : il avait perdu sa femme, une bonne et douce créature, qui s'était tuée au travail et était morte à trente ans, pour réaliser son rêve à lui.

Notre paysan avait sincèrement pleuré sa femme, et était resté convaincu qu'il l'avait toujours rendue très heureuse.

Plus tard, il avait essayé de faire d'Ange un second lui-même ; Ange, n'ayant ni les dispositions sordides, ni la force de son père, s'était, à vingt et un ans, soustrait à la domination paternelle.

— Mon père, avait-il dit à ce dernier avec autorité, en lui annonçant son intention de le quitter :

les travaux et la vie de la campagne ne me sont pas bons. L'État a déclaré que j'étais trop faible pour le service militaire; je suis donc trop faible pour faire un cultivateur, selon votre manière de voir. Quant à vous, vous n'avez pas besoin de moi. Vous êtes riche, reposez-vous. A quoi bon continuer à vous tuer, comme vous le faites?

— Riche, moi!... Me reposer, moi! s'écria Nicolas l'Ormeau avec fureur. Qui t'a dit ces mensonges malheureux?

— Admettons que ce soient des mensonges, et qu'on m'ait trompé, reprit Ange avec douceur, et n'en parlons plus.

Il ne voulait ni se quereller ni se quitter brouillé avec son père, car il avait d'excellentes raisons pour vouloir garder le droit de revenir à la maison paternelle.

Il avait une sœur plus jeune que lui, une belle et candide enfant, sur laquelle il voulait veiller, et qu'il se proposait de marier le plus tôt possible, afin de la soustraire aux conséquences d'une vie épuisante, d'un martyre.

— Oui, c'est cela, n'en parlons plus, mais puisque tu veux me quitter, dis-moi, au moins, ce que tu veux faire? reprit le père.

— Je m'arrangerai de façon à ne pas être à votre charge.

— C'est là, à coup sûr, une très belle résolution, mon fils; mais il ne suffit pas de dire : « Je ferai »: il faut que tu me prouves que tu pourras, que tu peux déjà faire. Explique-toi donc, s'écria Nicolas l'Ormeau avec une satisfaction évidente.

— Je vais aller à Lindreck, mon père, commença Ange, sans paraître remarquer l'étonnement de celui à qui il s'adressait.

— A Lindreck! Eh, bon Dieu! qu'est-ce que tu y feras? s'écria le fermier.

— Je demanderai à être employé dans les forges, repartit résolument Ange.

— Travailler aux forges! un avorton comme toi? reprit Nicolas, qui n'en pouvait croire ses oreilles; mais, rien qu'à regarder les fourneaux, tu cuirais comme un poulet à la broche, mon pauvre garçon: tu deviens fou.

— Non pas, mon père; l'usine, j'en suis sûr, n'occupe pas des géants comme le fameux Pierre Nivart; il y a, dans les chantiers de construction, des ateliers de mécanique où l'on trouvera bien des travaux appropriés à mes forces. Je veux d'autant mieux en essayer, que je suis convaincu qu'avec de la patience et de la bonne volonté, on arrive à tout; et je puis sans orgueil me flatter d'avoir l'un et l'autre.

Ange parlait doucement, mais avec une fermeté qui dénotait un parti bien arrêté chez lui.

Nicolas finit par être de l'avis de son fils.

— Au fait, dit-il, après avoir réfléchi un instant, tu as raison; tu ne m'es pas très utile à la maison. Un garçon de ferme, solide et bien bâti, qui me coûtera moins cher que toi, car il ne sera pas difficile à nourrir et je ne lui donnerai pas de gros gages, me fera en un jour le travail que tu pourrais me faire en dix.

Aux yeux de l'égoïste et ambitieux paysan, les enfants ne sont que des *machines à rapport*. Tant mieux donc, s'il y en a beaucoup.

Ange prit la route de Lindreck, après avoir embrassé son père et sa sœur, et avoir dit à cette dernière, qui se désolait :

— Ne pleure pas Céleste; je ne vais pas loin, de Lindreck, on voit encore le clocher de notre village; je ne cesserai donc pas de veiller sur toi, et je viendrai souvent te voir. Si je pars, c'est dans notre intérêt à tous deux.

— J'aimerais bien mieux te voir rester ici... lui avait répondu Céleste, en essayant d'arrêter ses larmes, afin d'adresser à son frère un sourire en guise de prière.

Ange fut inébranlable.

— Non, dit-il, c'est impossible, si je restais ici, notre père, tout en croyant nous faire travailler à notre bonheur, nous ferait périr pour le faire, comme notre pauvre mère; je fais ce que l'on m'a dit, et je ne tiens pas précisément à ce que le digne homme achète quelques journaux de terre à la sueur de notre front.

— Il est certain...

— Que je pars, dit Ange, en interrompant sa sœur et en l'embrassant une dernière fois.

Arrivé à Lindreck, dans l'usine qui lui parut immense, Ange ne fut pas aussi embarrassé qu'on pourrait le supposer.

Il était très intelligent, mais l'intelligence n'est qu'un don, et notre jeune Breton avait des qualités autrement solides, si elles étaient plus modestes.

Il jeta un regard d'admiration sur le vaste ensemble de l'exploitation et ce court examen, en le rassurant complètement, fit naître l'espérance en son cœur et lui donna subitement un aplomb qu'il n'avait jamais eu.

— Dans une aussi grande usine que celle-ci, se dit-il, il doit y avoir de la place pour un homme quel qu'il soit. Le faible comme le fort, s'il est de bonne volonté, doit trouver à s'employer et à gagner son pain. La différence qui existe entre les ouvriers est sans doute dans le salaire qu'ils reçoivent. Allons, du courage!

Sur cette réflexion pleine de sagesse, Ange avait demandé à un ouvrier où se trouvait le bureau du directeur de l'usine.

Ce dernier, M. Cousin, un riche propriétaire, un industriel expert, jeune encore, était un homme exceptionnel dans la catégorie des parvenus. Il devait à son travail, à son intelligence et à son infatigable persévérance, la magnifique position dont il jouissait avec grandeur, mais sans la moindre fierté.

L'usine ne lui appartenait pas ; il devait à son talent d'administrateur et à ses capacités en métallurgie et en mécanique de la diriger, au nom de ses associés ou pour le compte d'une compagnie d'actionnaires.

Soit qu'Ange lui eût plu à première vue, ou qu'il eût été touché de la franchise avec laquelle le jeune Breton lui avait fait l'aveu de sa position; soit encore qu'il eût deviné une haute intelligence chez le postulant, il lui répondit avec un bon sourire sur les lèvres :

— Mon ami, nous n'avons besoin de personne pour l'instant ; mais votre bonne volonté qui se lit dans vos yeux, à l'impatience qui s'y manifeste, mérite d'être prise en considération ; je vais vous inscrire sur le contrôle des apprentis. Allez, vous comptez au deuxième atelier des machines.

Ange fut enchanté de cette réponse.

M. Cousin sonna, un ouvrier parut aussitôt. Il eut pour mission de conduire Ange à l'un des contremaîtres mécaniciens que le directeur lui désigna.

L'apparition d'Ange fit sensation dans les ateliers de l'usine. Qu'on se figure une sorte de nain impropre au service militaire tout à coup incorporé dans les cent-gardes...

Quelques ouvriers crurent à une plaisanterie de M. Cousin et pensèrent la continuer en prenant Ange pour leur bouffon.

Le général Tom-Pouce n'avait pas encore exploré la France; on eût entendu parler de lui à Lindreck, qu'on eût certainement donné son nom au nouvel arrivant. A défaut du nom de Tom-Pouce, on appella Ange le *Maigriot*.

Notre Breton qui, de son naturel, était très doux et plus patient encore, qui, sans se croire un bel homme, se trouvait très bien comme il était, trouva fort naturelle la conduite de ses compagnons à son égard, et s'habitua facilement à leurs quolibets.

Il avait bien autre chose à faire que de se fâcher de ces plaisanteries.

Avant tout, Ange voulait apprendre son état; afin d'atteindre plus promptement ce résultat tant désiré, il sut, à force de douceur, de complaisance, se gagner l'affection de ses compagnons, qui tous s'empressèrent de lui apprendre les secrets de leur métier.

C'était aussi à sa grande aménité de caractère qu'Ange devait d'être le mousse — on l'appelait ainsi — des six contremaîtres.

Ce poste lui valait un logement gratuit dans l'usine, quelques pourboires et l'amitié de ceux qu'il servait ; car il était impossible de connaître Ange et de vivre avec lui sans l'aimer.

Telle était la simple histoire d'Ange, telle était sa position au moment où nous pénétrons avec le lecteur dans l'usine.

Il y avait un an qu'Ange y travaillait; il était toujours apprenti, et ne gagnait rien encore. Ses compagnons avaient remplacé son sobriquet de *Maigriot* par celui de *la Douceur*, qui convenait infiniment mieux à ses dehors et à son caractère.

Le compagnonnage était alors en grande faveur ; qu'un ouvrier fût compagnon ou ne le fût pas, il était d'usage de lui donner un sobriquet. Cette coutume n'avait pas épargné l'inoffensif apprenti.

Disons encore, avant de nous lancer, toutes voiles dehors, au milieu des péripéties émouvantes de notre récit que, si Ange Ormeau avait été surnommé *la Douceur*, le contremaître forgeron qui, ce matin, manquait à déjeuner, avait reçu le surnom significatif de *la Tempête*. Cet homme, c'était Pierre Nivart, alors âgé de vingt-quatre ans.

On sait à la suite de quelles circonstances Pierre, oubliant ses velléités ambitieuses et guerrières, s'était fait forgeron.

Il avait fait son apprentissage à l'usine. Comme il était alors toujours sombre et pensif, le malheureux était assiégé par ses remords et par ses souvenirs; on avait été longtemps sans pouvoir apprécier ni juger son caractère. Ses camarades, sans rien faire pour le distraire de son isolement, l'avaient plaint, supposant que la mort prématurée du père était l'unique cause des chagrins du fils.

Grâce à sa force herculéenne, à sa rare intelligence, à son âpreté au travail, à son exactitude, le fils du pêcheur, rapidement devenu le meilleur ouvrier de l'usine, n'avait éprouvé aucune difficulté à passer contremaître, quand cette place s'était trouvée vacante.

Cet avantageux changement de position, en créant à Pierre une responsabilité et des ennuis, permit à son caractère de se révéler dans son indomptable impétuosité.

Cet homme entier n'était point fait pour le commandement.

Autrefois, son père avait craint que, s'il s'engageait, il ne fît un mauvais marin. Nous pouvons affirmer que si, dans la même carrière, les rêves de Pierre eussent été exaucés, il eût fait un mauvais officier surtout..

Pierre était passé contremaître à vingt-trois ans.

Jusqu'alors, depuis cinq ans qu'il était à l'usine, on n'avait rien à lui reprocher.

Se souvenant du serment fait, en 1816, sur la tombe de son père, il s'était toujours imposé l'obligation d'y rester fidèle.

S'il était brusque parfois, il avait le cœur bon. On oubliait ses mouvements de brusquerie, qu'on attribuait à ses chagrins, et on ne tenait compte que de ses actes de générosité.

Alors il était honoré et estimé.

Mais quand Pierre fut contremaître, qu'il eut à répondre du travail d'ouvriers moins forts, moins habiles et moins exacts que lui, il fut très sensible aux reproches qu'il reçut par leur fait.

Il voulut se démettre de ses fonctions, prétendant que celles-ci n'étaient point faites pour son caractère et n'entraient pas dans ses goûts.

M. Cousin, qui le connaissait mal moralement, commit la faute de vouloir le maintenir dans l'emploi auquel il l'avait élevé.

—A quel ouvrier plus méritant que vous, donnerais-je ce poste? dit-il à Pierre, en le congédiant. Vous êtes le plus digne d'être contremaître, vous l'êtes. C'est bien.

Pierre rentra sombre et pensif dans son atelier, entourant du plus profond mystère une démarche qui lui eût fait honneur.

Il se méfiait de ses colères, et tremblait pour l'avenir.

Ces colères éclatèrent, en effet, terribles, violentes, sans motif et d'abord de loin en loin, puis elles finirent par devenir plus fréquentes, presque journalières.

L'avenir s'assombrissait.

Pierre n'avait pas un ami dans l'usine. Au contraire, on le détestait, tout en le craignant. Dans cet isolement, le caractère du contremaître devenait plus ombrageux et plus sombre.

N'eût été sa force bien connue, dans différentes circonstances, Pierre, par son emportement se fût attiré plus d'une mauvaise querelle.

Personne n'osait se mesurer avec lui.

Les plus raisonnables et les plus indulgents des ouvriers continuaient à l'estimer et à le plaindre; c'était le petit nombre.

Il est le premier à souffrir de son caractère intraitable, disaient-ils.

Si les ouvriers avaient su que Nivart avait voulu se démettre de ses fonctions, et que c'était M. Cousin qui l'avait forcé, en quelque sorte, à le conserver, peut-être eussent-ils changé de manière d'être vis-à-vis de leur contremaître; mais ils ignoraient cette circonstance, convaincus que Nivart avait postulé l'emploi, qu'il était enchanté de l'avoir obtenu, et fier d'exercer son autorité.

De plus anciens ouvriers que lui, qui aspiraient depuis longtemps à cette place de contremaître, et dont les espérances avaient été déçues, excitaient et ameutaient encore contre Nivart, qui avait été surnommé *la Tempête*.

Ces faits établis, il nous sera plus facile d'expliquer l'absence de Pierre à la forge.

Suivons la conversation des cinq contremaîtres, nous apprendrons ce que nous voulons savoir.

II

PIERRE, DIT *la Tempête*, EN PRÉSENCE D'UN DANGER.

Les contremaîtres devisaient, tout en faisant honneur à leur déjeuner, quand le plus ancien d'entre eux se permit cette réflexion un peu tardive :

— Mais où est donc la Tempête, qu'il ne vient pas déjeuner?

— Que t'importe? fit un autre, laisse donc cet ours où il est.

— Pierre n'a pas paru à son atelier ce matin, ajouta un troisième.

— C'est assez étrange, reprit le plus ancien, car Pierre est l'exactitude et la ponctualité même.

— Il est si ponctuel qu'à tout instant M. Cousin nous fait des reproches pour notre défaut d'exactitude, et nous le cite comme modèle.

— Un beau modèle, ma foi!

— Quant à moi, reprit le contremaître qui avait déjà qualifié Pierre d'ours, je crois que la Tempête file un mauvais coton.

— Que veux-tu dire?

— J'ai entendu des rumeurs.

— On n'entend que cela dans son atelier, les ouvriers forgerons l'ont joliment sur le dos.

— C'est pour cela que j'ai dit qu'il file un mauvais coton.

— Explique-toi!

— Vous me promettez le secret?

— Pardieu! ce que nous en disons, c'est seulement pour savoir.

Ange ne perdait pas un mot de la conversation des contremaîtres. Au reste, ceux-ci connaissaient son dévouement et sa discrétion.

— Hier, reprit le contremaître, d'une voix contenue, la Tempête a demandé à M. Cousin, quand ce dernier a fait sa ronde dans les ateliers, la permission de s'absenter deux heures avant sa journée terminée, en lui affirmant qu'il rentrerait pendant la nuit, et se trouverait ici, ce matin, pour la reprise des travaux. M. Cousin, qui ne refuse jamais ce genre de permission, lui permit de s'absenter. La Tempête partit à l'heure convenue.

Voici ce qui se passa dans son atelier après son départ :

D'après la conversation de Pierre et de M. Cousin, qui avait eu lieu à haute voix, les ouvriers savaient que leur contremaître allait dans son pays, pour s'entendre, quant à la vente d'une cabane, qui lui vient d'héritage, avec un pêcheur qui lui a proposé de la lui acheter. Pierre devait, il l'avait dit, revenir dans la nuit ; il n'avait qu'un chemin à prendre : le sentier qui longe les falaises et traverse les escarpements qui forment la ligne du littoral.

Eh bien, aussitôt que Pierre eut quitté l'usine, un complot s'organisa contre lui. Les ouvriers les plus furieux montèrent la tête aux autres; ils décidèrent qu'ils devaient profiter de l'occasion pour débarrasser l'usine de la Tempête, que six d'entre eux, désignés par le sort, iraient la nuit attendre Nivart par le chemin où il devait passer, l'attaqueraient et le précipiteraient dans la mer, si faire se pouvait.

— C'est un infâme guet-apens ! s'écria le vieux contremaître; Pierre est souvent violent, mais il est juste et serviable à sang-froid. Depuis qu'il est ici, il n'a jamais manqué, lui qui ne dépense rien, de soutenir ses camarades malades, d'aider largement les veuves et les orphelins des ouvriers morts. Il a même provoqué de bonnes mesures à prendre par l'administration, en faveur de ces derniers. C'est d'autant plus beau de sa part, qu'il n'a jamais eu besoin de personne, et sait ne pas devoir compter sur l'admiration, et encore moins sur la reconnaissance de ceux qu'il a obligés. Quant à nous, plus pour nous que pour lui, car vous savez qu'il est indifférent sur bien des choses; il a toujours soutenu et fait triompher nos droits, quand nous n'osions ni nous plaindre ni réclamer ; plusieurs fois nous avons profité des résultats obtenus par sa fermeté et ses emportements. Je me résume : Je n'aime pas Pierre, c'est avec plaisir que je le verrais quitter l'usine, mais je le répète, c'est un infâme guet-apens qu'on lui a tendu; des lâches, des envieux ont pu seuls monter ce complot et le mettre à exécution. Quant à toi, tu devais prévenir Pierre,ou nous avertir. Nous aurions avisé.

— Mais je n'ai su le complot que ce matin.

— C'est différent. Connais-tu les coupables ?

— Non, mais personne ne manquait ce matin à l'appel, dans l'atelier de Pierre; j'en suis sûr, c'est moi qui ai fait cet appel.

— Que supposes-tu, alors?

— Que le coup est fait, et que les coupables sont rentrés. Tout l'atelier des forgerons est en joie, comme si ces derniers venaient de recevoir une bonne nouvelle.

— Les lâches, s'écria le doyen.

— Alors, tu supposes que, si Pierre Nivart est absent, c'est qu'il a été assassiné ? demanda un contremaître à celui de ses collègues qui venait de révéler l'existence du complot homicide.

— Oui.

— Eh bien, les choses ne se passeront pas ainsi, car, ainsi que notre doyen, je suis indigné. D'ailleurs, il est de notre intérêt, dans cette affaire, de soutenir Pierre, et de venger sa mort, s'il a succombé. Où en serions-nous, si, pour un oui ou pour un non, nos ouvriers, parce que nous ne leur plaisons pas, se croyaient le droit de nous tuer pour satisfaire leurs rancunes ou leurs vengeances? Il faut, par tous les moyens possibles, que nous découvrions les assassins, afin de les livrer aux tribunaux. Pour nous, c'est un devoir de conscience.

— Fourangeau a raison, dit le doyen ; je propose que sur-le-champ nous allions avertir M. Cousin de ce qui s'est passé.

— Adopté ! dirent sans hésiter les quatre autres contremaîtres.

— Ange ! appela le doyen.

— Me voici, répondit l'apprenti en se levant, et en venant se placer auprès du vieux contremaître pour prendre ses ordres.

— Va, lui dit ce dernier, t'informer si M. le directeur a déjeuné, et s'il peut nous recevoir tous les cinq. Tu lui diras qu'il s'agit d'une communication importante et pressée.

La Douceur partit et revint après une absence d'un quart d'heure.

— M. le Directeur déjeune avec un armateur de Nantes, il ne peut vous recevoir en ce moment, dit l'apprenti en rendant compte de sa mission ; mais il m'a dit qu'en faisant sa ronde, il vous ferait appeler tous les cinq. Il m'a aussi demandé pourquoi Pierre n'était pas avec vous.

— Que lui as-tu répondu ?

— Que Pierre n'était pas à l'usine.

— C'est bien, reprit le doyen, nous attendrons le moment fixé par M. Cousin; quant à toi, Ange, jusqu'à l'arrivée du directeur, tu te tiendras dans la forge, — c'est par cet atelier que M. Cousin commencera sa ronde, — et tu viendras nous prévenir. Le reste nous regarde.

La cloche annonçant la rentrée dans les ateliers sonnait en ce moment. Tous les ouvriers se levèrent pour répondre à cet appel. Plusieurs d'entre eux étaient déjà à leurs différents postes, quand plus prompte que l'éclair, une terrible détonation se fit entendre, détonation formidable, qui retentit à plusieurs lieues au loin et fit trembler tout le terrain sur lequel l'usine était construite.

Une chaudière à vapeur venait de sauter, la partie supérieure de cette chaudière, projetée en l'air à une certaine hauteur, et renversant tout sur son passage, alla tomber, en écrasant tout sous son poids, sur un autre atelier.

De tels désastres se refusent à l'analyse.

Pendant deux minutes, le ciel fut obstrué par des nuages de fumée, que sillonnaient des jets d'eau bouillante, s'échappant des conduits rompus; puis ce fut comme une pluie de matériaux de toutes sortes, poutres, briques, ferrements, outils, qui tomba autour du chantier, d'où ils avaient été projetés, comme soulevés par une force volcanique.

L'épouvante gagna tous les cœurs.

Tous les ouvriers s'empressèrent de fuir, sans raisonner la panique qui les dominait.

Ils se croyaient tous perdus.

Ils s'enfuirent avec la rapidité d'un flot furieux, empressés de se soustraire à la pluie meurtrière dont nous avons parlé.

C'était un affreux spectacle.

La pluie de matériaux cessa enfin, mais l'incendie commença aussitôt.

Les ouvriers, tous en proie à la plus affreuse consternation, contemplaient le sinistre, sans rien faire pour arrêter le fléau.

A l'endroit où ils s'étaient réfugiés, ils n'étaient exposés à aucun danger. En pénétrant dans l'usine entièrement envahie par le perfide élément, ils se seraient exposés à être broyés par d'autres chaudières, qui pouvaient éclater d'autant plus facilement que l'incendie prenait des proportions gigantesques.

Au reste, les secours qu'ils eussent pu donner n'eussent été que de peu d'utilité. Il était évident que l'usine serait détruite, et qu'il n'en resterait que les décombres. L'usine était isolée; il n'y avait donc pas à faire la part du feu.

M. Cousin, si intéressé qu'il fût à la conservation de l'usine, s'étant parfaitement rendu compte des choses, n'excitait nullement ses ouvriers à s'exposer inutilement.

Entouré de sa famille et douloureusement ému, malgré son apparente impassibilité, il assistait au désastre, à sa ruine.

Autour de lui, les ouvriers désespérés s'entretenaient avec effroi du long chômage que la reconstruction des bâtiments et des ateliers allait nécessiter.

Quel contraste, entre le tableau animé, vivant et respirant la prospérité que présentait la forge une demi-heure auparavant, et la scène de désolation et de destruction que nous venons de mettre sous les yeux du lecteur!

Tout à coup, et le premier moment d'épouvante passé, une pensée remplie d'humanité vint à l'esprit du directeur.

— Que tous les ouvriers se réunissent, s'écria-t-il, qu'on fasse l'appel, afin de s'assurer que personne n'est resté dans les ateliers. Faites vite, contremaître, pendant que les murs des ateliers sont encore debout. On pourrait peut-être pénétrer dans ces bâtiments, si cela était absolument nécessaire, pour sauver quelques malheureux.

Tous les ouvriers comprirent l'importance de la mesure ordonnée par le directeur. Ils se groupèrent aussitôt autour de leurs contremaîtres.

L'appel se fit rapidement, au milieu d'un silence solennel. M. Cousin faisait lui-même celui de l'atelier de Pierre Nivart, toujours absent.

Cet appel général des huit cents ouvriers dura à peine deux minutes.

Trois hommes étaient absents: la Douceur était du nombre.

La consternation fut à son comble.

— Il faut les sauver! dit résolument M. Cousin.

Le danger était si imminent que ces généreuses paroles trouvèrent peu d'écho.

— Oui, il faut les sauver, monsieur Cousin, reprit une voix énergique, dont l'accent bien connu fit tourner toutes les têtes, et sans doute aussi frissonner quelques hommes.

C'était Pierre Nivart qui avait prononcé ces belles paroles.

Il arrivait, blessé à la tête, au visage, mouillé jusqu'aux os comme s'il venait de sortir de l'eau, mais toujours fort, intrépide.

On allait l'interroger sans doute. Il n'en donna pas le temps à personne et se précipita tête baissée vers les bâtiments en feu.

M. Cousin le suivit.

Quelques ouvriers venaient derrière eux.

Quand Pierre arriva au pied des murs du premier bâtiment, celui de la forge, ces murs et la toiture s'effondrèrent en partie.

Les ouvriers s'arrêtèrent. M. Cousin lui-même, malgré son courage, hésita un instant. Sa femme et ses enfants l'avaient rejoint; ils se cramponnèrent à ses vêtements et l'empêchèrent d'aller plus loin.

Quant à Pierre Nivard, il avait disparu dans un monceau de décombres, qui alimentait le gigantesque brasier.

Les flammes et la fumée l'engloutirent...

Il est perdu! se dirent tous les ouvriers, en ne le voyant plus.

Personne n'eut assez de courage pour suivre le généreux exemple du contremaître.

Que se passa-t-il dans l'ardente fournaise... ? Pierre ne s'en rendit pas compte à l'heure du danger. Plus tard, voici comment il raconta le fait :

— En arrivant sur le monceau de débris, je ne vis rien, la flamme et la fumée m'aveuglaient, mais j'entendis des voix qui criaient sur un ton déchirant : Au secours! mon Dieu! au secours... ! Ces appels désespérés, ces cris jetés par des créatures affolées, me firent tressaillir de la tête aux pieds; je ne sentais rien au milieu du feu; en ce moment solonnel les brûlures sont moins douloureuses qu'on ne le pense. Je me précipitai vers l'endroit d'où semblaient venir les cris, c'est-à-dire vers la forge, où les parois des murs étaient garnis de plaques de fer qui les rendaient en quelque sorte incombustibles.

Trois ouvriers s'étaient réfugiés dans cette partie de l'atelier, mais ils ne seraient pas restés longtemps vivants, car l'incendie devenait tellement intense, que les plaques de fer commençaient à former une cuirasse solide, mais chauffée à blanc.

Les trois malheureux, la tête perdue, ne se rendaient pas bien compte de leur position et ne faisaient rien pour échapper à la mort qui les menaçait.

Je pris dans mes bras la Douceur qui était le plus faible, et ne dis aux autres que ces mots : « Suivez-moi ou vous êtes perdus! » Mon arrivée avait relevé leur courage abattu, ils me comprirent et me suivirent. Je cherchai longtemps — cinq minutes peut-être — une issue sans pouvoir en trouver, le sol s'écroulait, sous mes pieds, car les caves étaient en feu; les toitures, les murailles tombaient avec fracas, les portes étaient encombrées de débris fumants; enfin je pris le parti de marcher au hasard, et je finis par trouver un passage; vous savez comment, puisque vous m'avez vu. Ce n'a pas été plus difficile que cela, l'affaire d'un mauvais quart d'heure à passer...

Si nous avons reproduit le récit de la Tempête, c'est que nous l'avons trouvé héroïque dans sa touchante, naïve et modeste simplicité. Que de modestie, dans cette éloquente peinture! Pierre ne parle pas du danger qui le menaçait.

Dans sa narration, on retrouve cette même grandeur d'âme, qu'il avait déjà mise à offrir sa démission au directeur de l'usine, dès qu'il s'était aperçu que ses fonctions ne pouvaient se concilier avec son caractère.

Mais ce récit, Pierre Nivart n'avait pu le faire qu'une heure après être sorti de l'incendie.

Dépeignons en deux mots cette sortie.

Les ouvriers, un instant électrisés par l'exemple de la Tempête; s'étaient rapprochés du foyer du désastre, sans cependant oser s'aventurer dans le brasier.

Les plus braves se contentaient de dire:

— Si on savait où ils sont, on se risquerait à aller à leur secours, mais que faire dans le doute..?

Et tous les assistants gardaient une prudente immobilité. L'imminence du danger paralysait tous les courages ; et personne ne songeait à accroître le nombre des victimes en s'exposant inutilement. Cependant, l'anxiété la plus cruelle était peinte sur toutes les physionomies. Les regards interrogeaient, pleins d'épouvante, l'incendie. Ce moment de cruelle attente dura un quart d'heure, ainsi que le dit Pierre dans son récit.

Quel quart d'heure !

A chaque seconde, les ouvriers s'attendaient à voir s'abîmer les derniers débris encore debout des bâtiments parallèles. Chacun retenait sur ses lèvres un cri d'angoisse, tout prêt à maudire le sinistre événement.

Tout à coup, ils aperçurent Pierre Nivart, qui sortait du brasier ardent, portant un des hommes et suivi des deux autres.

Un cri de joie s'échappa de toutes les poitrines : une immense clameur! Tous les bras se tendirent vers le groupe, qui, à travers mille dangers et pour ainsi dire en face de la mort, d'une mort horrible, tentait, guidé par Pierre Nivart, une descente difficile, afin de gagner l'emplacement où les autres ouvriers étaient en sûreté.

Pierre et ses infortunés compagnons arrivèrent enfin au milieu de leurs camarades. Il était temps.

Blessés grièvement, ils s'évanouirent et furent aussitôt l'objet des soins les plus attentifs et les plus empressés.

Vers le soir de la même journée, M. Cousin, qui avait fait installer les quatre blessés dans un appartement de son habitation particulière échappé à l'incendie, vint visiter Pierre et ses camarades.

C'était surtout au premier qu'il avait à parler.

Il tenait à éclaircir un fait qui lui paraissait obscur : celui de la subite apparition de Nivart, dans un état et une tenue qui ne pouvait qu'éveiller de sinistres soupçons. La curiosité de M. Cousin était d'autant plus vive et légitime, que les contremaîtres lui avaient avoué ce qu'ils savaient du complot tramé contre Pierre, dans l'atelier des forgerons.

— Pierre dit-il, — au contremaître, après s'être informé de l'état de sa santé, — je viens vous demander un aveu : me promettez-vous d'y répondre avec franchise ?

Cette demande de M. Cousin fit froncer les sourcils à l'irascible contremaître.

Pierre était emporté, mais il ne savait pas garder rancune de ce qu'on pouvait lui faire. Une idée de vengeance était incompatible avec son caractère tranchant. Il avait réfléchi aux événements de la nuit, et il avait pris la noble résolution de couvrir ces événements du plus impénétrable mystère, afin de ne pas impliquer plusieurs ouvriers qu'il avait reconnus, et parmi lesquels se trouvaient plusieurs pères de famille, dans une affaire grave, qui eût eu pour résultat inévitable d'ouvrir aux coupables les portes du bagne.

— Le bagne ! s'était-il dit, moi aussi j'y serais si les hommes savaient ce qui s'est passé entre mon père et moi, dans cette affreuse soirée du mois de juillet 1816. Je dois donc être indulgent pour les autres.

Si je veux rester contremaître, c'est à moi de changer de manière d'être envers mes ouvriers, je les malmenais : ils ont essayé de se débarrasser de moi, ils ont bien fait. Décidément, il faut que je dompte mes colères...

— Que voulez-vous dire, M. Cousin? demanda Pierre au directeur, en feignant la surprise.

— Hier, vous êtes allé chez vous? commença M. Cousin.

— Oui.

— Vous êtes revenu la nuit?

— Je ne pouvais faire autrement.

— Par le chemin qui longe la côte ?

— Je n'en avais pas d'autre à prendre.

— Sur ce chemin vous avez été attaqué?

— Qui vous a dit cela, monsieur Cousin? s'écria Pierre Nivart avec vivacité.

— Je le sais, reprit le directeur; vous avez été attaqué par six hommes, je devrais dire par six ouvriers de votre atelier; car je connais le complot tramé contre vous.

— C'est faux ! protesta Pierre Nivart avec énergie. Ceux qui vous ont renseigné vous ont trompé, monsieur Cousin. Voici ce qui est arrivé : la nuit était sombre, je suivais le petit sentier que vous connaissez, et qui traverse un terrain nu et aussi aride que le sentier lui-même. Pressé de rentrer, je voulus abréger la distance à parcourir, en suivant à travers champs la ligne droite, et en me dirigeant vers les lumières de l'usine que je voyais briller au loin. Sans m'en apercevoir, j'arrivais à un abîme, une sorte de crique, d'échancrure que forme la falaise, à cinq cents pas d'ici. Arrivé sur le bord du précipice, le pied me manqua et je roulai, d'une hauteur de quarante pieds au moins, dans la mer hérissée partout de rocailles anguleuses. Les rochers m'ont fait quelques blessures, et le flot mourant de la marée montante m'a à moitié submergé. Ce matin, des pêcheurs m'ont recueilli, et dès que je me suis senti en état de marcher, je suis revenu à l'usine.

— Pour y accomplir un nouvel acte de dévouement, dit M. Cousin, en attachant un regard scrutateur sur Pierre.

— Je n'ai fait que mon devoir, répondit ce dernier. Cet acte de dévouement, que vous exaltez tant, sans votre famille, vous l'eussiez accompli aussi bien que moi; et vous êtes marié; vous avez des enfants; huit cents ouvriers ont besoin de votre intelligence pour vivre, tandis que moi, je n'ai ni parents ni amis et ne suis utile à personne. Est-ce bien la peine de faire tant de bruit pour quelques blessures et quelques contusions, dont je ne me sentirai plus dans deux jours!

— Laissons l'affaire de l'incendie, reprit M. Cousin, un rapport sur votre belle conduite a été fait à l'autorité, c'est tout ce que je pouvais faire.

— Et c'est beaucoup de peine que vous avez pris, et dont je vous remercie.

— Ne diminuez point la grandeur de votre dévouement. Mais revenons aux événements de cette nuit.

— Sur ce point, je vous ai dit la vérité.

— Non.

— Eh bien, quoi qu'il en soit, dit la Tempête avec humeur, vous ferez ce que vous voudrez, je ne vous répondrai rien que ce que je vous ai déjà répondu.

— Vous avez tort, Pierre.

— Pourquoi?

— Il y a six assassins parmi les ouvriers de l'usine.

— Je n'en sais rien.

— Je les connais, répliqua M. Cousin, et je puis affirmer que les deux hommes à qui vous avez sauvé la vie ce matin, en la sauvant à la Douceur, étaient du nombre des hommes qui vous ont attaqué cette nuit. Sachant que l'affaire s'ébruitait et que j'étais décidé à poursuivre les coupables, afin de faire un exemple nécessaire, et de ne point laisser mes contremaîtres exposés à des tentatives d'assassinat de la part des ouvriers, et cela parce qu'ils remplissent bien leurs fonctions, ces deux hommes étaient rentrés dans l'atelier, avant les autres, afin de faire disparaître un marteau ensanglanté qui avait servi à vous frapper.

— D'abord, je ne remplissais pas bien mes fonctions, dit Nivart; je suis très violent; la colère me monte à la tête sans que je m'en aperçoive. Une fois en colère, je ne me connais plus. C'est dans ces tristes moments que j'ai maltraité quelques ou-

Acceptez-la, dit-il, en souvenir...

vriers. Je le regrette, aussi ne rentrerai-je pas comme contremaître dans l'usine.

— Cette explication ne me suffit pas, reprit l'opiniâtre directeur. Il faut, je vous le répète, que la justice ait son cours. A quelle extrémité n'en serais-je pas réduit, si j'étouffais une telle affaire? Demain, mes contremaîtres seraient le jouet de leurs ouvriers. Et en effet, qu'oseraient-ils dire ou faire à des gens qui auraient présent à la mémoire le souvenir de l'attaque dont vous avez failli être victime? Écoutez, Pierre, si personne ne connaissait cette affaire, certainement je consentirais à ce qu'elle fût étouffée; mais, je vous le déclare, personne n'en ignore un seul détail, et l'épouvante qui s'est emparée des employés supérieurs peut les obliger à se retirer de l'usine. D'un autre côté, en présence de l'impunité où s'arrêterait l'insubordination des ouvriers? Il faut donc que vous soyez franc, Nivart, que vous me disiez la vérité. Votre générosité, en pareil cas, serait une faute qui, plus tard, aurait pour moi, pour vos collègues, pour les ouvriers eux-mêmes des résultats déplorables.

La Tempête, quoique rien ne pût le faire changer de détermination, avait attentivement écouté M. Cousin.

— Monsieur, lui dit-il, je comprends toute la

justesse et toute la portée des observations que vous venez de me faire; mais, je vous le répète, je vous ai dit tout ce que j'avais à vous dire, et rien ne saurait m'obliger à en dire davantage. Cependant, si j'admets un instant que vous êtes bien informé, que les choses se sont passées comme vous le supposez, voici ce que j'en conclus :

— Que vous vous exagérez beaucoup l'importance et surtout les conséquences que les faits peuvent avoir. Un contremaître exerçait ses fonctions avec une insupportable tyrannie, les ouvriers ont, par un moyen violent, — le seul qui s'offrit à eux, — cherché à se débarrasser de lui; est-ce une raison pour que les autres contremaîtres, faisant consciencieusement leur métier, tremblent devant les ouvriers? En est-ce une pour que ces mêmes ouvriers s'insurgent contre une autorité justement instituée, afin de réglementer un travail qui les fait vivre? Non, monsieur, le fait dont vous parlez aurait-il eu lieu, que ce serait un acte isolé, sans importance et même en dehors des mœurs et du caractère de ceux que vous employez. J'eusse été attaqué, frappé, comme vous en êtes convaincu, qu'après avoir sauvé la vie à deux de mes agresseurs ce matin, comme vous le prétendez, je ne consentirais jamais à les impliquer dans une affaire dont, pour eux, le dénoûment pourrait être le bagne; surtout si le bagne devait faire des veuves et des orphelins.

Après une déclaration si formelle, M. Cousin dut quitter Pierre, sans conserver aucune espérance de le faire changer de résolution.

En s'éloignant, il se demandait ce qu'il devait le plus admirer de la générosité de Nivart, ou le plus déplorer de ses emportements; car il était convaincu que les rapports qu'on lui avait faits étaient exacts.

En effet, M. Cousin disait vrai, en affirmant que Nivart avait été attaqué, frappé, jeté à la mer, et qu'ensuite, n'écoutant que ses généreux instincts, il avait sauvé des flammes deux des hommes qui lui avaient tendu l'infâme guet-apens auquel il avait failli succomber.

III

PIERRE GARÇON DE FERME

Huit jours s'étaient écoulés depuis l'incendie de la forge, Pierre Nivart et Ange l'Ormeau causaient ensemble, en marchant le long de la mer. Ils étaient presque rétablis des blessures qu'ils avaient reçues; quelques jours de convalescence encore et ils seraient en état de reprendre leurs travaux.

Mais le travail était suspendu pour longtemps à Lindreck. Les bâtiments de l'usine avaient été presque complètement détruits; les débris qui avaient résisté à l'incendie ou à l'explosion avaient eux-mêmes été abattus afin de ne point gêner les architectes pour le tracé des nouvelles constructions.

Ces constructions devaient être gigantesques. Les ouvriers, disait-on, ne pouvaient guère espérer y être installés avant six mois.

Malgré une enquête minutieuse, les causes du sinistre étaient restées un secret comme cela arrive toujours en pareil cas.

C'était sur cette suspension des travaux que roulait la conversation d'Ange et de Pierre, qui, après huit jours de souffrances et d'intimité, étaient devenus bons amis.

Ange était doué d'une nature trop délicate et trop franche pour ne pas être infiniment reconnaissant de la vie qu'il devait à Pierre. Pierre, qui n'était aimé de personne, ressentait trop le besoin de s'attacher à quelqu'un ou à quelque chose pour ne pas aimer Ange, dont la faiblesse réclamait des attentions et pouvait avoir besoin d'être protégée à chaque instant.

Tous deux, au reste, s'étaient appréciés réciproquement; seulement, Ange, exempt de défauts, ne s'était pas aperçu de ceux de son ami.

Comment pouvait-il en être autrement, si l'on songe que le jeune Breton ne cessait de se faire ce raisonnement ?

— « Je serais mort dans l'incendie, que c'eût été un petit malheur ! On ne meurt qu'une fois, et je ne tiens pas plus qu'un autre à la vie. Mais que serait devenue ma petite Céleste, cette pauvre fleur que j'ai élevée et que j'aime bien plus que la vie et le reste? Que serait-elle devenue avec un père comme nous en avons un, qui donnerait ses enfants pour un arpent de terre? Décidément, Pierre a bien fait de m'arracher aux flammes; c'est grâce à lui que ma sœur m'a encore pour la protéger. Aussi Pierre me demanderait ma vie que je la lui donnerais. Qui sait?.. peut-être pourrai-je lui être utile un jour.. « On a souvent besoin d'un plus plus petit que soi.. » Je ne sais où j'ai lu cela, mais je l'ai bien retenu, c'est comme gravé dans ma mémoire. »

Pierre et Ange marchaient l'un près de l'autre; le temps était beau, la mer calme. Tout à coup Nivart laissa tomber la conversation, son regard pensif et voilé par une larme était fixé sur l'humide horizon de la pleine mer.

Ange, étonné de ce que le géant ne lui répondait pas, le regarda, et fut fort étonné de voir couler une larme sur la belle et énergique figure du contremaître. Il le laissa pourtant à sa muette et douloureuse émotion, car il était évident pour lui que son ami souffrait.

Ce silence dura un quart d'heure environ.

Tout à coup, Nivart fit un brusque mouvement, serra son épaisse moustache entre ses dents, afin sans doute de boire la larme qui y était restée et murmura :

Ces souvenirs me tueront.

— Quels souvenirs ! demanda Ange l'Ormeau, de plus en plus étonné.

— Que t'importe ? répondit brusquement le contremaître.

Il craignait d'en avoir assez dit à Ange, pour que celui-ci pût pénétrer son terrible secret : celui d'un parricide.

— Oh ! Pierre, dit Ange avec une extrême douceur, ne t'emporte pas. Si je t'ai demandé la confidence de tes secrets, c'est par amitié pour toi, et afin de partager tes peines, puisque tu souffres ; mais, si tes chagrins sont de ceux qu'on ne confie à personne, admets que je n'ai rien dit, et n'en parlons plus.

— Tu as raison, Ange, dit Nivart avec plus de calme; pardonne-moi ma brusquerie, et revenons à ce que tu disais.

— Je te demandais ce que nous allons faire ici, maintenant que nous sommes guéris, et que les travaux manquent.

— Dame ! répondit Pierre, je ne sais pas trop. Te serait-il désagréable de vivre quelque temps en rentier?

— Vivre ? demanda l'Ormeau et avec quoi?

— J'ai des économies, répondit Pierre. Est-ce que tu crois que Nivart le contremaitre était un homme à s'endormir sur l'enclume, le marteau à la main? J'ai douze cents francs à la caisse d'épargne.

— Il faut les y laisser, dit Ange.

— Plaisantes-tu ? reprit Nivart avec gaité. Et comment jouerions-nous au rentier? Ne sais-tu pas, mon cher petit l'Ormeau, que je serais heureux de te faire visiter les environs de Nantes, et de faire de compagnie un bout du tour de France ? Nous irons à Angers, à Saumur, à Tours et reviendrons par Poitiers, Angoulême, Bordeaux et la Rochelle. Sois tranquille, pour un ouvrier comme moi, il y a de l'ouvrage partout, je travaillerai suffisamment pour que notre magot n'ait pas trop à souffrir des frais de notre voyage.

— Ce serait un grand plaisir pour moi de l'entreprendre, surtout avec toi, reprit Ange, mais il m'est impossible de quitter le pays.

— Tu me laisseras partir seul ? demanda Nivart d'un ton peiné.

— Il m'est impossible de faire autrement.

— Explique-toi ?

— Tu sais que j'ai une sœur.

— Oui, dit Pierre, ta petite Celeste, que tu aimes tant, rien d'étonnant à cela; c'est toi qui lui as servi de mère.

— Et puis, elle est si bonne, si jolie ! dit Ange avec une sorte d'admiration.

— Il est certain que si elle te ressemble, c'est tout simplement un petit ange ; tu sais, je ne dis pas cela pour égratigner ta modestie, et te faire rougir, ajouta Pierre, mais je ne vois pas en quoi ta sœur peut être un obstacle à ce voyage. Que diable, elle n'est plus au biberon, ta sœur, et peut marcher toute seule.

— Non, mais mon père ?

— Ton père, mon cher, n'est pas un ogre aussi redoutable que tu veux bien le dire. Il ne mangera pas ta sœur, après tout.

— Non, mais écoute-moi ; aux yeux du père l'Ormeau, l'homme a une qualité supérieure à toutes les autres : l'argent.

— Je comprends cela; il aime l'argent parce qu'il permet d'acheter de la terre, et il aime la terre parce qu'elle rapporte de l'argent, dit Pierre en riant toujours ; car il ne voyait rien de sérieux dans les alarmes de son ami.

—Précisément, dit Ange d'un ton convaincu, mais mon père, avec ses deux passions pour la terre et l'argent, serait bien capable de faire le malheur de ma sœur.

— Que dis-tu ?

— Dame, s'il la mariait en mon absence, avec un homme que je connais et qui, j'en suis convaincu, rendrait la pauvre enfant infiniment malheureuse.

— Mais Céleste n'a que seize ans, observa Pierre.

— Une belle raison, pour des gens qui tiennent à conclure une affaire.

— Diantre ! ça se complique.

— C'est comme ça, mon bon Pierre, fit Ange; et je sais, par Céleste, que mon père a déjà donné, au sujet de ce mariage, sa parole à l'homme dont nous parlons. Tu vois donc bien que, si je veux protéger ma sœur, je ne puis partir avec toi.

— Le nom de l'homme ? dit Pierre.

— Un homme taré, mais riche, répondit Ange.

— Son nom ?

— A quoi bon ?

— Je t'en prie.

— Tu me promets au moins de ne te porter envers lui à aucun mauvais traitement, qui puisse t'attirer une mauvaise affaire ?

— Je te le jure.

— Eh bien, cet homme, c'est Jacques la Boucherie, dit Chien-couchant.

— Jacques la Boucherie ! s'écria Pierre en s'arrêtant brusquement.

— Oui, mais qu'as-tu ? demanda Ange avec anxiété.

Pierre était pâle ; il tremblait comme dans ses accès de fureur. Si sa colère était sourde, elle ne devait être que plus terrible.

Ce nom de Jacques la Boucherie, l'homme qu'il avait pris pour son père, et qu'il avait sauvé de la mort, en 1816, avait réveillé tous ses souvenirs, tous ses remords.

Quels souvenirs ! quels remords !

— Rien, fit Pierre, après s'être remis de sa passagère émotion.

— Tu hais cet homme, Nivart ? dit Ange.

— Oh ! oui, si tu savais...

— Tu te rappelles ce que tu m'as promis ?

— De ne lui faire aucun mal, sois tranquille ; je tiendrai ma promesse.

— Bien.

— Mais je te jure que Jacques la Boucherie n'épousera jamais ta sœur.

— Explique-toi ?

— Doublons le pas, dit Pierre, je t'expliquerai cela en marchant.

Les deux amis accélérèrent leur marche.

Pierre reprit la parole avec animation :

— Oh ! je brûle d'arriver chez ton pere, depuis que je connais ses intentions !

— Mais qu'y vas-tu faire, demanda Ange que l'empressement de Pierre d'arriver à la ferme effrayait.

— Ton père, reprit Pierre, est prévenu de notre arrivée ?

— Tu le sais bien, je lui ai écrit pour lui parler de l'incendie de la forge, et lui dire que j'avais failli en être victime : que, sans toi, j'étais perdu. Il m'a répondu que, si je voulais, je pouvais venir passer quelques jours chez lui pour me remettre, et que ce serait avec plaisir qu'il ferait ta connaissance, un verre de cidre à la main et un bol de *Pipp* sur la table ; ce sont ses propres expressions. Je t'ai fait voir sa lettre, et nous sommes partis ; ainsi, il nous attend.

— Et bien, dit Pierre, ce désir de ton père à faire ma connaissance, l'envie, je devrais dire le désespoir, que ta sœur éprouve à épouser un homme comme la Boucherie m'inspirent une idée.

— Voyons ton idée ? demanda Ange.

— Que dirait ton père d'un garçon de ferme comme moi, à cette époque de l'année où la campagne a besoin de bras et où les travaux sont indispensables, demanda tout à coup Pierre à Ange, abasourdi de la question.

— Dame, répondit-il, comme un homme qui a mal entendu ou mal compris ce qu'on vient de lui dire.

— Oh ! sois tranquille, dit Pierre, qui avait son idée ; je lui retournerai la terre à son idée : largement, habilement, et je lui userai plus d'outils que d'habits. De plus, je ne ruinerai ni la basse-cour ni son coffre-fort ; je ne suis pas difficile à nourrir et je ne lui demandrai point de gages.

— Et le voyage que tu méditais ?

— Je n'y songe plus.

— Alors tu ferais ce que tu dis ?

— Avec bonheur, répondit Pierre, de cette façon je pourrais veiller sur ta petite Céleste, qui te cause tant d'inquiétudes.

— Mais tu vas faire la conquête de mon père, dit Ange.

— J'en suis presque certain.

— Cependant il faut être prudent.

— Comment cela ?

— Jacques la Boucherie vient souvent à la maison, puisque mon père l'autorise à faire la cour à ma sœur.

— Après ? dit Pierre en fronçant le sourcil.

— Eh bien, il ne faut pas te proposer tout de suite comme garçon de ferme. Il croirait que c'est un moyen de nous installer à la métairie.

— Et il est jaloux ?

— Je ne sais ; mais nous devons agir comme si nous en étions certains. Toujours est-il qu'il exerce une grande influence sur mon père, et que, si nous lui faisions ombrage, il nuirait à notre projet et obtiendrait notre départ.

— Sois tranquille, je m'arrangerai de façon à me mettre petit à petit à la culture, et amener ton père à me retenir toujours, pour terminer un travail commencé.

— Pierre, que tu es bon ! dit Ange, en se jetant dans les bras de son ami. Tu vas encore nous sauver, ma sœur et moi, j'en est le pressentiment.

— A quoi bon chercher à me marier, pour rendre une femme malheureuse ? Est-ce que je ne dois pas, avec le caractère infernal que j'ai, vivre seul, souffrir seul ? Agir autrement serait une lâcheté, peut-être un crime...

Si Pierre eût aimé, eût-il raisonné ainsi ?

Non, il se fût, au contraire, abandonné à sa passion, avec toute la fougue de son caractère, et peut-être avec l'espérance d'en finir avec sa vie de paria.

Mais il n'aimait pas, et les jours se passaient sans qu'il parût remarquer les agaceries des jeunes filles à marier du pays qui, toutes, admiraient en lui le joli garçon, et convoitaient le bon ouvrier.

Cependant, Pierre n'avait pas un cœur de rocher. Depuis huit à dix jours qu'il s'était intimement lié avec Ange, il s'était un peu apprivoisé, était devenu plus expansif. Il riait et plaisantait, ce qui auparavant n'entrait pas dans ses habitudes.

De plus, Nivart était bon, mais de cette bonté active, bienfaisante, qui est particulière aux gens forts; de cette bonté qui s'attache au faible, pour le protéger et le défendre. Sans connaître Céleste, Nivart, s'enflammant au récit d'Ange, s'était senti envahir par un vif sentiment d'intérêt pour la jeune fille.

La haine qu'il ressentait contre la Boucherie devait sans doute augmenter encore l'affection et la sympathie de Pierre pour la jeune fermière. En dernier lieu, l'apparition subite de Céleste, si simplement belle, devait le jeter dans un trouble, dont il ne devait pas chercher à se défendre, car son cœur venait de s'ouvrir à l'amour.

Dans son extase, Nivart éprouvait une sorte de ravissement, et il était doucement ému.

Il sentait grandir sa haine pour la Boucherie et son affection pour Ange; autant de symptômes évidents de son amour.

Il n'osait faire un mouvement dans la crainte de troubler le frère et la sœur dans leur bonheur.

Ceux-ci pensèrent enfin à lui.

— Pierre Nivart, mon meilleur ami, mon sauveur, dit simplement Ange, en mettant une main de sa sœur dans celle du contremaître.

Au contact de la main de l'enfant, Pierre trembla et sentit son cœur se serrer.

Cette émotion était causée par un sentiment de bonheur inexprimable.

— Oh ! monsieur Pierre, s'écria Céleste avec une charmante naïveté, je vous aime, car je vous dois la vie de mon frère. Que c'est beau à vous d'avoir si généreusement exposé la vôtre pour sauver la sienne! Oh ! si vous saviez avec quelle impatience j'attendais votre arrivée pour vous remercier.

Céleste avait levé les yeux sur Pierre ; elle rougit aussitôt, en remarquant ce qu'il y avait dans le regard de l'ouvrier de tendre admiration.

Elle baissa les yeux.

Mais elle avait eu le temps de s'apercevoir que le contremaître était bien beau, beau selon son cœur, beau selon ses rêves.

La Tempête était presque aussi embarrassé que la jeune fille.

Ange souriait. Devinait-il déjà ce qui ce passait dans le cœur des deux jeunes gens... Nous n'oserions l'affirmer.

Evidemment il était heureux.

Il vint en aide aux jeunes gens.

— Céleste, je t'en prie, dit-il, n'accable pas ainsi notre ami de remerciements et de louanges, tu vas le faire fuir ou rentrer sous terre.

— Que veux-tu dire, Ange ?

— Je veux dire que Pierre est la modestie même et qu'il n'aime pas les compliments.

— Comment, dit Céleste d'un ton grondeur, tu veux m'empêcher de remercier M. Pierre et de lui témoigner de la reconnaissance pour...

— De la reconnaissance, ah ! bien oui, est ce que tu lui en dois ?

— Comment ?

— Il n'y a pas de *comment* qui tienne; Pierre n'entend pas de cette oreille-là. Nous, ses obligés, fi donc ! Il prétend au contraire, qu'il n'a encore rien fait pour moi, que mon amitié le dédommage cent fois de ce qu'il a souffert, de quelques brûlures insignifiantes, et qu'il va seulement à partir de ce moment, s'occuper de nous.

— Je ne te comprends plus.

— Et bien, Pierre, non content d'être un frère pour moi, veut aussi devenir le tien.

— Ah ! j'y consens de grand cœur, dit Céleste.

— Et il vient ici avec l'intention de te rendre un service bien autrement important que celui qu'il m'a déjà rendu.

— Il me semble pourtant que...

— Aujourd'hui il s'agit de ton bonheur. Il y a huit jours, ma vie seule était en jeu.

— Mais parle donc, explique-toi, tu me fais mourir d'impatience, s'écria Céleste ! Monsieur Pierre, de quoi s'agit-il?

— Mademoiselle, dit Pierre gravement, votre père veut vous marier avec un homme que vous n'aimez pas, avec la Boucherie ?

— Oui, et c'est un grand malheur !

— Ce malheur n'aura pas lieu, mademoiselle, car la Boucherie ne vous épousera point; je l'ai juré : rassurez-vous, dit Pierre avec conviction.

— Oh ! M. Pierre, si vous pouviez dire vrai !

— Attendez et vous verrez, mademoiselle, répondit Pierre.

— Si Pierre te fait cette promesse, il la tiendra, ajouta Ange. Aie confiance en lui.

Les trois jeunes gens arrivèrent à la métairie, alors un peu en désordre. Sans précisément tuer le veau gras, comme l'heureux père de l'*Enfant prodigue*, Nicolas l'Ormeau, avait cependant fait quelques apprêts pour recevoir les deux ouvriers.

Une fibre existait encore dans son cœur : son amour paternel, malgré son égoïsme et sa passion pour la terre et pour l'argent, avait puissamment parlé en lui, quand il avait appris que son fils avait failli périr dans le sinistre de Lindreck, et qu'il avait été sauvé par le fameux Pierre Nivart, *un pays*.

— Tonnerre ! s'était écrié le fermier breton, sans

Pierre, mon gars ne serait plus qu'un morceau de charbon. Alors, qui hériterait de moi, après ma mort? Quand ils arriveront, il faudra mettre les petits plats dans les grands.

Céleste avait merveilleusement secondé le vœu de son père. Avec l'aide d'une servante, elle avait fait de véritables ravages dans la basse-cour de la ferme. Elle avait mis des fleurs et des feuillages partout, comme s'il avait été question de son mariage ou d'une Fête-Dieu ; le linge avait été remplacé partout; pas un atome de poussière sur les meubles, frottés avec soin et luisants de propreté.

Le jour de l'arrivée des deux amis, longtemps à l'avance, la table et le couvert avaient été dressés. Nicolas l'Ormeau, faisant grandement les choses, avait mis en perce la meilleure pièce de cidre et avait pris quelques-unes des rares bouteilles de vin qu'il conservait, enterrées dans sa cave, pour les circonstances solennelles.

La Boucherie, le pêcheur enrichi depuis la mort du grand-père de Pierre, le prétendu avoué de Céleste, avait envoyé de magnifiques poissons, en faisant dire à son futur beau-père qu'il viendrait prendre le café en fumant une pipe à la métairie mais seulement après le dîner, afin de ne pas gêner, par sa présence, l'épanchement d'un premier moment de bonheur.

La ferme entière avait donc un air de fête, quand Ange et Pierre y pénétrèrent.

Qu'on se représente les premiers transports des assistants. Qu'on s'imagine l'entrain de la première partie du dîner; quant à nous, nous renonçons à les dépeindre. Comment analyser une conversation si animée que tout le monde parlait à la fois?

On était au dessert; le café allait être servi; le vin venait d'être bu.

La catastrophe de Lindreck avait été racontée en détails par Ange qui, malgré les protestations de Pierre, n'avait pas manqué d'exalter le dévouement, le courage et la force de son ami.

Ce récit avait eu un double effet.

Si timide qu'elle fût, Céleste, quoi qu'elle fît pour rester calme en apparence, ne cessait de regarder et d'admirer Pierre, qui, de son côté, peut-être aussi bien malgré lui, ne pouvait détourner les yeux de la jeune fille : ils rougissaient tous deux régulièrement toutes les deux minutes quand leurs regards se rencontraient.

Nicolas l'Ormeau, en entendant vanter la force athlétique de Pierre, à la vue de cet homme robuste qui, à la forge, frappait le fer rouge avec un marteau pesant quarante livres, tenu d'une seule main, faisait des réflexions aussi intéressantes qu'intéressées.

Si la terre et l'argent avaient de grands mérites aux yeux du fermier breton, la force, cette force physique qui triomphe des obstacles et creuse les sillons, était aussi une qualité qu'il estimait à sa juste valeur.

La force, pensait-il, sert à gagner de l'argent ; avec l'argent on achète de la terre ; et quand on est propriétaire, si on est fort, on a encore une ressource de plus pour protéger et défendre son bien.

Et tout en contemplant son voisin, le père l'Ormeau faisait cette réflexion :

— Si pour fils Dieu m'avait donné un gaillard comme ce Pierre, je serais deux fois plus riche.

Un soupir ponctua cette phrase, qui exprimait de pénibles regrets, au moment où Pierre Nivart attaquait bravement une large tarte aux pommes, faite par les petites mains brunies de Céleste.

— Quel soupir! dit gaîment le contremaître à Nicolas.

— Ah ! mon garçon, si vous saviez, répondit l'Ormeau.

— Est-ce qu'un sombre souvenir ou un mauvais pressentiment vient vous assaillir au moment où votre cœur devrait déborder de joie ?

— Non, mais voyez-vous, monsieur Pierre, quand j'entends parler de jeunesse, de force, comme vient de le faire Ange, ça me donne à penser que je deviens vieux, et que mes forces baissent.

— Mais vous avez eu votre temps.

— Croyez-vous que ça console beaucoup un vieillard d'avoir eu son temps !

— Dame, oui, dit Pierre, quand ce vieillard a su profiter de sa jeunesse pour s'amasser le pain de ses vieux jours. Et puis, vous n'êtes pas aussi âgé que vous voulez bien le dire.

— Non, mais mes forces baissent, je le répète ; et, coquin de sort, les récoltes n'attendent pas. Ainsi, cette année, je ne saurai où donner de la tête !

— Ce qui veut dire que vous êtes accablé de travaux.

— C'est vrai!

— On prend du monde, mon père, dit Ange, qui pensait au projet de son ami.

— Du monde, mon garçon, se récria Nicolas! ne sais-tu pas que souvent ce sont les domestiques qui ruinent les maîtres? Mais, à propos, vous voici, toi et ton ami Pierre, qui est fort comme un cric... J'ai une idée...

Le vieillard hésita et chercha au plafond ce qu'il voulait dire.

Les trois jeunes gens sentaient leur cœur battre cinq pulsations à la seconde. Ils éprouvèrent une folle envie de se jeter au cou du père Nicolas.

L'avare vieillard venait au-devant de leurs souhaits.

— Voyons ton idée? dit Ange à son père.

— Vous avez tous deux un excellent état... commença l'Ormeau avec embarras, après avoir vaillamment vidé un verre de vin pour se donner de l'audace.

— Oui, répondit Pierre, un bon état, vous l'avez dit. Vous ne regrettez pas, au moins, de l'avoir laissé apprendre à Ange.

— Non, Ange était ici ce qu'on appelle une bouche inutile.

— Merci, mon père, dit Ange en riant.

— Il n'y a pas de quoi.

— Quoi qu'il en soit, reprit Pierre, aussi vrai que je suis bon forgeron, Ange, avant dix ans, fera le meilleur mécanicien de l'usine et gagnera en un mois ce qu'il ne gagnerait pas en un an, s'il restait ici.

— Que dites-vous! s'écria Nicolas, en ouvrant de grands yeux étonnés.

— La vérité, répondit Pierre; mais revenons à votre idée.

— Eh bien, dit Nicolas, si productif que soit votre travail, vous êtes sans ouvrage aujourd'hui, puisque l'usine est détruite. Qu'allez-vous faire?

— Je ne sais trop... manger nos économies, probablement, répondit Pierre avec une insouciance affectée.

— Mauvaise affaire, mon garçon, reprit Nicolas; ce n'est pas le moyen de mettre de côté, pour vos vieux jours, le morceau de pain dont vous parliez tout à l'heure.

— Non, sans doute, mais que faire? demanda Pierre.

— Il y a de l'ouvrage en diable ici, et si vous vouliez... soupira presque Nicolas.

— Rester ici et vous aider? demanda Ange.

— Dame! oui.

Les deux amis se consultèrent du regard comme si les conclusions du fermier eussent résumé pour eux une proposition imprévue.

Céleste riait sous cape; son cœur s'épanouissait à la pensée que son frère et Pierre allaient rester à la ferme.

— Eh bien, c'est dit, nous restons, dit Ange.

— Et je vas vous mener ça rondement, ajouta Pierre.

— Oh! pour cela je m'en rapporte à vous, reprit le fermier ivre de joie. Quant au reste, nous nous arrangerons toujours bien.

— C'est dit : frappez là, dit Pierre, en tendant sa robuste main à Nicolas.

Celui-ci serra la main qu'on lui offrait, en répétant :

— C'est dit, c'est un marché aussi bien conclu que si le notaire y avait passé; vous restez ici jusqu'à ce que les travaux reprennent à l'usine. De cette façon, vous mettrez de côté vos quatre sous d'économie. Du coup, je vais chercher deux autres bouteilles à la cave.

— Prenez-les dans le bon coin, dit Ange.

— Derrière les fagots, sois tranquille, répondit Nicolas en sortant.

Quand il revint, cinq minutes plus tard, deux bouteilles dans chaque main, le nombre des convives s'était accru.

Jacques la Boucherie était debout près de la table, où personne ne l'avait invité à prendre place.

Un silence embarrassant régnait entre les acteurs de cette scène.

IV

DANS LEQUEL LA BOUCHERIE, DIT CHIEN-COUCHANT, PREND OMBRAGE DE LA PRÉSENCE DE PIERRE A LA MÉTAIRIE.

Jacques la Boucherie, dit Chien-couchant, avait trente-deux ans, en 1816, quand Pierre Nivart l'avait arraché à la fureur de la tempête; il en avait donc trente-huit en 1822, au moment où nous le présentons de nouveau au lecteur.

Par son âge, il faut convenir qu'à la campagne, où il est d'usage d'unir des époux du même âge à peu près, la Boucherie, comme prétendant, ne pouvait plaire à la charmante Céleste, qui n'avait que seize ans, était de goûts difficiles, et ne voulait, à aucun prix, prendre pour mari un homme qui, pour différentes raisons, et quelques démarches qu'il eût faites à ce sujet, n'était point parvenu à se marier.

Au physique, ce singulier *prétendu* était un peu plus mal que beaucoup d'autres.

Il était de taille moyenne et paraissait n'avoir aucune infirmité; mais il y avait dans ses allures quelque chose d'embarrassé, et sa démarche était gauche, guindée, en quelque sorte tortueuse.

A le voir, on ne pouvait s'empêcher de penser à un voleur qui vient de dévaliser quelqu'un, ou à un espion qui se glisse parmi les gens, afin de surprendre leur conversation.

Le surnom de Chien-couchant qu'on lui avait donné est maintenant expliqué.

La Boucherie avait la tête petite, le visage carré, les traits irréguliers, le teint olivâtre; il était profondément marqué de la petite vérole. Son nez était crochu comme celui d'un oiseau de proie; sa bouche démesurée avait le rictus féroce d'une hyène. Ce rictus laissait voir des dents larges, longues, sales, mais fortes, ses yeux étaient petits, ronds, à fleur de tête, mais brillants et mobiles; ses cheveux plats, plantés bas sur un front déprimé, lui donnaient un air sournois. Des oreilles arges et collées à plat près des tempes complétaient un ensemble peu sympathique.

Ce masque avait cependant beaucoup d'expression.

Il rappelait les astuces de la fouine, les allures rampantes du serpent, l'audace des oiseaux de proie et les terribles instincts des plus méchants animaux.

Qu'était-il au moral? Par une courte biographie nous justifierons en quelque sorte les préventions que ses confrères et compatriotes nourrissaient contre lui.

C'était le fils d'un traître, d'un voleur, d'un assassin, et personne ne l'ignorait.

Son père avait été, sous la Terreur, le domestique de confiance du marquis de Biré! Ce dernier, de 1790 jusqu'à la fin de la guerre de Vendée, avait aidé les Beauchamps, les Charette à organiser une armée pour la chouannerie.

Il s'était vaillamment et souvent battu contre les troupes de la République.

Un jour, le corps qu'il commandait avait été littéralement écrasé, et il fuyait avec quelques-uns des siens, essayant de gagner les côtes, d'où il pensait s'embarquer pour l'Angleterre.

Vains efforts! tout à coup l'alarme se répand dans la petite troupe des fuyards. Les Bleus ont découvert leurs traces et les poursuivent.

Que faire?

Le marquis, dangereusement blessé, ne pouvait suivre le détachement.

Dans cette position désespérée, il adopta cependant un moyen qui s'offrait à lui d'échapper à ses ennemis; car s'ils le prenaient, ils le fusilleraient impitoyablement.

Il se fia au dévouement d'une pauvre femme, veuve d'un chouan mort au champ d'honneur, qui lui offrait de le cacher dans un endroit sûr, jusqu'au moment où le danger serait passé.

Il fut donc abandonné par ses compagnons, qui ne connaissaient point l'asile où sa protectrice avait l'intention de le cacher. Il resta seul avec son domestique, la Boucherie (le père), en qui il avait la plus grande confiance. La paysanne les conduisit alors dans un souterrain fort difficile à découvrir; l'entrée de cette cave s'ouvrait dans la chambre même, sous le lit de la généreuse femme. Trois jours se passèrent. L'état du blessé empirait, faute d'air et de soins.

Craignant une mort prochaine, le marquis confia à la Boucherie des bijoux d'une grande valeur et le chargea de les porter en Angleterre, aux membres de la famille de Biré. Cependant, la Boucherie ne devait quitter le Bocage qu'après la mort de son maître.

Le démon de la cupidité dominait cet homme. Aussitôt qu'il se vit dépositaire des bijoux du marquis, il songea à s'en emparer. La soif de l'or lui inspira la soif du sang; afin de s'assurer le silence, il égorgea d'abord la pauvre femme qui lui avait procuré un asile.

Au moment de frapper son maître, l'homme qui, pendant vingt ans l'avait comblé de ses bontés, il trembla, et ne se sentant pas le courage d'accomplir ce dernier forfait, il dénonça le marquis aux républicains.

Ceux-ci s'emparèrent du chef vendéen et le fusillèrent.

Mais le lendemain, ces mêmes soldats républicains ayant appris l'histoire du délateur, se saisirent de lui, au moment où il s'apprêtait à fuir, le fouillèrent, lui prirent les diamants de M. de Biré, et le pendirent comme un infâme...

Jacques la Boucherie avait alors sept à huit ans; il était chez un de ses oncles, pêcheur à Saint-Nazaire.

L'enfant n'était en rien responsable des fautes ou plutôt des crimes de son père. Cependant, les pêcheurs éprouvèrent pour lui peu de sympathie. Ceux qui étaient le plus fortement attachés au parti royaliste, ne manquèrent pas de prédire le plus sinistre avenir à l'enfant...

Ce dernier se mit à vagabonder, avec un vieux mendiant, qui inspirait partout une certaine terreur.

Cet homme était ou se disait un bohémien. Il exerçait ouvertement la profession d'empirique et traitait les bestiaux malades.

Tout bas, les paysans l'accusaient de sortilège et prétendaient qu'il avait le pouvoir de rendre gens et bêtes malades, et qu'il ne manquait jamais de le faire, quand on refusait de lui venir en aide.

La superstition lui attribuait la mort de tous ceux qui mouraient autrement que de vieillesse, dans un pays où il n'y avait pas de médecin.

La crainte que cet homme inspirait le rendait inattaquable. Des gens, qui l'eussent volontiers mis en pièces, n'osaient s'attaquer à lui, parce qu'ils redoutaient sa vengeance.

Jacques avait grandi à l'ombre de la tutelle du vagabond, dont il était le domestique et quelquefois le complice, quand il s'agissait de s'introduire

M. Cousin.

par quelque soupirail étroit, dans l'écurie d'une ferme, afin de mêler quelque drogue pernicieuse à la nourriture des bestiaux. Ceux-ci malades, le guérisseur, c'est-à-dire le bohémien, ne tardait pas à paraître. On devine le dénouement de cette hideuse comédie.

Bientôt Jacques partagea le mépris, la haine et la crainte que son compagnon inspirait et avait soin d'entretenir.

A vingt-cinq ans la Boucherie perdit son complice qui, ayant bu outre mesure, tomba dans un précipice, d'où personne ne songea à le retirer.

Jacques se fit alors pêcheur, mais il était avéré dans le pays que la pêche ne lui rapportait presque rien.

Aussi l'accusait-on de faire la contrebande. Les plus crédules prétendaient qu'il se faisait entretenir par le diable.

Sans nous expliquer d'une façon catégorique, sur l'origine de la fortune de la Boucherie, nous avons cependant constaté qu'il était tout à coup devenu riche. Nous avons même signalé les suppositions de l'opinion publique au sujet de la provenance de cette fortune mystérieuse.

Depuis 1816, la Boucherie n'avait fait qu'accroître sa prospérité, en achetant des terres avoisinant celles de la ferme de Nicolas l'Ormeau. Il ne pêchait plus et tranchait du bourgeois campagnard ; il faisait valoir lui-même ses propriétés, à la culture desquelles il employait plusieurs personnes, qu'il traitait et payait bien, au grand étonnement de tous.

La fortune est un palliatif à bien des défauts. Elle a surtout le don de faire perdre la mémoire du passé à nombre de gens.

Peu à peu on avait oublié l'histoire de la Boucherie, et celui-ci avait, sans trop de difficultés, lié d'étroites relations avec son voisin Nicolas l'Ormeau.

Ce dernier avait d'ailleurs un puissant intérêt à rester en de bons termes avec Chien-couchant. Celui-ci, dans bien des circonstances, pouvait lui faire concurrence, pour l'acquisition d'un lopin de terre, et lui faire payer cher ce lopin par de fortes enchères.

Un jour, la Boucherie s'étant aperçu de la beauté de Céleste, s'était épris de la jeune fille, et s'était mis en tête de l'épouser.

Quand il voulait une chose, il la voulait avec l'acharnement d'un caractère avide, ambitieux et implacable.

A force de ruse, d'astuce, il était parvenu à faire cesser les bruits injurieux qui couraient sur son compte, et à vaincre le mépris et l'aversion qu'on lui avait témoignés pendant si longtemps.

Il avait su gagner à sa cause le curé, le maire, le juge de paix, et les autres notabilités de la contrée.

Un matin donc, cinq ou six mois avant l'incendie de l'usine de Lindreck, après s'être formellement décidé à épouser Céleste, il était venu demander à déjeuner à Nicolas.

— Déjeunons seuls en tête-à-tête, avait-il dit au père de Céleste ; j'ai à vous entretenir d'affaires importantes ; je vous en parlerai au dessert.

— Très bien, répondit Nicolas, un peu inquiet de l'exorde de son voisin.

Au dessert, ce dernier lui dit de but en blanc :

— Vous avez une fille, père l'Ormeau ?

— Oui, tout le monde le sait dans le pays.

— Elle est bien jolie !

— Je n'ai pas le temps de m'en apercevoir.

— Le cuistre ! pensa la Boucherie, qui reprit néanmoins à haute voix :

Ne croyez-vous pas qu'il soit sage de songer à marier Céleste ?

— Elle est bien jeune.

— Peuh ! jeune... dit la Boucherie.

— Et puis, faudrait-il qu'un mari se présentât, reprit le fermier.

— Oh ! les prétendants... dit la Boucherie.

— Je sais bien qu'ils ne manqueront pas, répondit Nicolas l'Ormeau, mais Céleste est bien difficile à contenter et je le suis encore plus qu'elle.

— J'en connais un reprit Jacques qui ferait bien votre affaire.

— Ah ! ah !

— Et vous feriez une grosse sottise en le repoussant.

— Expliquez-vous.

— D'abord il est riche.

— C'est une condition essentielle pour prétendre à la main de ma fille.

— Il ne vous demandera pas de dot.

— C'est à prendre en considération.

— Si vous lui refusez votre consentement, il est homme à vous ruiner.

— Voulez-vous que je vous dise le nom de votre prétendant ?

— Parlez.

— Eh bien, c'est vous.

— Vous avez deviné juste, père Nicolas, j'attends votre réponse.

— Eh bien ! j'accueille votre demande.

— Favorablement ?

— Sans doute.

— Mais n'avez-vous pas dit que Céleste était difficile à satisfaire ?

— J'en fais mon affaire. Du moment que vous pouvez me ruiner. Et c'est malheureusement vrai...

— Vous m'acceptez pour gendre.

— Très volontiers.

. . . .

On devine comment la Boucherie était devenu le commensal de la métairie. Auprès du fermier Nicolas l'Ormeau, il avait eu un plein succès. Celui-ci, craignant toujours un rival dans la personne de son voisin, le traitait avec égards, et n'agissait à peu près en rien sans le consulter.

Auprès de la jeune fille, Jacques avait été loin d'être aussi heureux. Sans le repousser définitivement quand il lui avait communiqué ses projets, elle lui avait répondu qu'elle n'était nullement pressée de se marier ; que le mariage et un mari lui faisaient peur.

En parlant de mari, la belle enfant disait vrai, s'il s'agissait de la Boucherie.

Ce dernier était revenu à la charge, et il n'avait obtenu pour toute réponse que des éclats de rire malins et moqueurs.

Elle n'eût pas fait une réponse sérieuse à Chien-couchant pour un empire.

En agissant ainsi, elle permettait à la Boucherie d'espérer. De la sorte il ne pouvait se fâcher et en vouloir au fermier qui souvent, devant lui, reprochait à sa fille sa coquette étourderie.

Les relations de Chien-couchant en étaient à ce point lors de l'arrivée de Pierre et d'Ange à la ferme.

Quand la Boucherie était entré dans la salle commune où les trois jeunes gens attendaient le retour de Nicolas, en se félicitant de la tournure que prenaient leurs affaires, bien qu'il fût prévenu de l'arrivée de Nivart à la ferme, il se sentit mal à l'aise en présence de Pierre, qui ne jeta sur lui qu'un regard, mais un regard étincelant sous ses sourcils froncés.

La Boucherie, en présence de cette figure hostile, se retourna vers Ange et sa sœur, qu'il connaissait depuis leur enfance.

— Il paraît, mon gars, dit-il au premier, que tu l'as échappée belle dans l'incendie de la forge?

— Sans Pierre j'étais perdu, dit simplement Ange.

La Boucherie avait eu déjà le temps de se remettre de son émotion. En cette circonstance, la conduite de Chien-couchant était le comble de l'hypocrisie; car si Pierre le détestait, la Boucherie le haïssait cordialement. Il reprit avec sa dissimulation habituelle.

— Oh! Pierre Nivart, c'est son habitude de sauver les gens, et de se soustraire ensuite à leur reconnaissance; moi aussi il m'a sauvé la vie, il y a six ans, et s'il l'a oublié, lui, moi je m'en souviens.

— Je n'ai que faire des souvenirs de ce genre, surtout de la part de gens que je n'aime pas, répondit Pierre Nivart.

Ange poussa le genou à Pierre sous la table, afin de lui faire comprendre que sa franchise était alors intempestive et imprudente.

Céleste, de son côté, adressa à Nivart un regard tout chargé de prières, pour le supplier de se calmer et de ménager la Boucherie.

Nivart ne sentit rien, ne surprit pas le regard de la jeune fille. L'apparition inattendue du seul homme qu'il haït au monde, de son ennemi, de celui que l'opinion publique accusait de l'avoir dépouillé de sa fortune, de l'être qu'il avait malheureusement pris et sauvé aux lieu et place de son père à lui, de son rival enfin, réveilla tous ses instincts assoupis; le sang lui bouillonna aux tempes; il devint pourpre de colère.

Qu'il eût voulu que la Boucherie l'insultât pour le broyer sous ses pieds!...

Chien-couchant était trop prudent pour s'exposer à une lutte, aussi bien connaissait-il l'irascibilité du contremaître.

Ce dernier attendait cependant sa réponse.

— C'est dur, ce que vous me dites, Pierre, dit enfin la Boucherie; que vous ai-je fait pour me traiter de la sorte?

On entendit un bruit de pas. C'était le père l'Ormeau qui revenait de la cave.

— Silence, s'écria Ange; que mon père ne sache rien de ces fâcheux débats.

Tout le monde se tut, et Nicolas fit son entrée au milieu d'un silence glacial, comme nous l'avons dit.

La discussion ou plutôt la querelle n'était que retardée d'un instant. Le fermier devait, fort innocemment du reste, remettre le feu aux poudres.

— Quel silence! Quelle gêne, s'écria-t-il; comment, entre amis et voisins, doit-on avoir cette froideur?

— Voilà comment on me reçoit, dit la Boucherie, à qui la présence du fermier donnait une certaine énergie.

— Et qui vous reçoit mal ici, où je suis seul le maître? demanda Nicolas l'Ormeau, en attachant sur ses enfants un regard sévère.

— C'est moi, dit Pierre hardiment; partout où je verrai cet homme, je lui ferai le même accueil. S'il s'assied à votre table, je me lève immédiatement et m'en vais.

— Pierre! s'écria Ange.

— M. Pierre! dit Céleste avec angoisse.

Tous deux craignaient que Pierre, dans sa colère, n'oubliât leurs prudentes conventions.

Espérant que la scène se terminerait par la retraite d'un rival déjà deviné, la Boucherie était enchanté de ce qui arrivait. Il savait que l'Ormeau, outre un entêtement sans égal, possédait assez d'énergie pour ne laisser personne s'arroger le droit de faire la loi chez lui.

— Mon garçon, dit enfin Nicolas à Pierre, j'aurais peut-être le droit de me choquer de ce que vous vous permettez de mal recevoir mes amis chez moi; mais il n'en est rien; car je n'oublie ni le service que vous avez rendu à mon fils, ni les conventions avantageuses pour tous deux que nous venons de faire. Avant de vous emporter contre la Boucherie, et afin de vous faire revenir à de meilleurs sentiments à son égard, laissez-moi vous dire l'affection qu'il a pour vous, la reconnaissance qu'il conserve du service que vous lui avez rendu, et la joie qu'il a manifestée quand, lui ayant appris les événements de Lindreck, je lui ai annoncé que vous alliez venir ici passer quelques jours. Quand je vous aurai dit tout cela, je suis certain que vous serez le premier à tendre la main à Jacques, qui est un brave homme et un bon voisin, et à trinquer avec lui en buvant de ce vieux vin de 1811, la fameuse année de la Comète, dont vous me direz des nouvelles.

— Mon père est sérieusement désireux d'avoir

Pierre pour garçon de ferme ; autrement, il n'y mettrait pas tant de formes, dit Ange à voix basse, à l'oreille de sa sœur.

Nivart avait écouté Nicolas, le front courroucé, les yeux ardents, les poings crispés.

— Que me parlez-vous, dit-il, de l'affection et de la reconnaissance de cet homme ! Son affection ?

Le supposeriez-vous capable d'aimer quelqu'un ? Quant à de la reconnaissance, il ne m'en doit pas, je l'ai sauvé par erreur ; et aussitôt que je me suis aperçu que c'était lui que j'avais arraché à la mort, je l'eusse volontiers reporté où je l'avais pris, si c'eût été possible. Depuis ce moment, il ne s'est pas écoulé un jour, une heure, que je n'aie maudit cet homme, que je n'aie désiré le savoir englouti dans les flots, dont je l'ai tiré. Sans lui, sans un hasard que je maudis, s'il ne se fût pas trouvé sous ma main, je fusse sans doute parvenu à retrouver mon père et à le sauver, pauvre père ! que dans un moment de colère, j'avais...

Pierre s'arrêta court, au moment où, entraîné par la violence de son emportement, il allait compléter l'aveu de son redoutable secret.

Mais il en avait trop dit pour que plus tard la Boucherie, qui devinait à demi-mot, ne tirât pas parti de cette demi-confidence.

Nicolas et ses enfants écoutaient Nivart avec une sorte d'épouvante. La colère du contremaître et les dernières paroles qu'il avait prononcées, si obsur qu'en fût le sens, ne pouvaient du reste qu'inspirer de l'effroi.

— Quant à la joie qu'il a, dites-vous, ressentie en apprenant mon arrivée dans votre métairie ; reprit Pierre, cette joie est fausse, hypocrite. Depuis quand Jacques la Boucherie aurait-il oublié qu'entre lui et moi il y a mille motifs de haine, que les rumeurs de l'opinion publique, au sujet de l'origine de sa fortune, ont fait naître et qu'elles entretiennent encore tous les jours ?

Mais vous-même, père Nicolas, n'êtes-vous pas la victime, la dupe de cet homme hypocrite et méchant ?

Ne vous a-t-il pas menacé, si vous ne vouliez lui donner votre fille en mariage, de vous faire payer des prix fous quelques journaux de terre, que vous avez la légitime ambition d'acheter, afin de vous arrondir ?

Pierre avait adressé ces deux dernières questions à Nicolas l'Ormeau, les regards attachés sur lui.

La Boucherie, ayant jugé le moment favorable pour battre en retraite, s'empressa de le faire.

Il était déjà loin quand Pierre s'aperçut de sa disparition,

Les colères de Pierre Nivart, on a déjà été à même de le constater, tombaient aussi facilement qu'elles éclataient.

Dès qu'il fut certain du départ de la Boucherie, il se calma et retrouva son caractère naturel.

— Oh ! cet homme !... cet homme ! murmura-t-il pourtant encore.

— Vous pouvez vous flatter, mon garçon, d'avoir le caractère vif et la tête près du bonnet, dit enfin Nicolas l'Ormeau. Si Jacques me garde rancune et me joue quelque mauvais tour, c'est à vous que je le devrai ; mais, enfin, ce qui est fait est fait ; n'en parlons plus, buvons.

Le déjeuner s'acheva, mais sans être égayé par cette bonne et franche gaieté qui avait présidé à son commencement.

Nicolas était sombre ; il pensait à cet aveu singulier, au milieu duquel Nivart s'était évidemment arrêté, dans la crainte d'en dire trop long sur ses affaires.

Ange et Céleste étaient tristement impressionnés : ils supposaient que leur père reviendrait sur sa résolution d'employer le contre maître à la ferme.

Quant à Pierre, il pensait à son père. La scène qui venait d'avoir lieu l'avait replongé dans l'amertume de ses souvenirs.

La journée se passa tout autrement qu'on ne devait l'espérer au début.

Le lendemain, Nicolas l'Ormeau ne pensait plus à la scène de la veille, l'intérêt l'emportant chez lui sur tout autre sentiment, il ne se fit aucun scrupule d'emmener Pierre au travail, quand ce dernier lui proposa de l'accompagner.

Ils rentrèrent enchantés l'un de l'autre.

Pierre, suivant sa pittoresque expression, avait fait *voler la terre* de telle façon, que Nicolas *n'y avait vu que du feu.*

Huit jours s'écoulèrent sans qu'on entendît parler de Jacques la Boucherie. Ce silence de son voisin rendait Nicolas inquiet.

— Il imagine quelque mauvais tour à me jouer, se disait-il intérieurement.

Il n'osait parler haut de ses craintes, car Pierre, au seul nom de la Boucherie, se mettait dans des fureurs terribles et parlait de pulvériser le prétendu sorcier.

Céleste et le contremaître, aux rares instants où ils s'étaient trouvés seuls, avaient commencé à bégayer ce charmant verbe *aimer*, le plus doux à conjuguer, quand on en est à ses premières amours.

Ces bégaiements n'avaient cependant eu lieu qu'avec les yeux : un langage que les amoureux ont su rendre sublime.

Pierre, quand il était seul, avait toutes les audaces.

Auprès de Céleste, le bonheur le rendait muet et confus. Il se contentait de prendre les mains de l'enfant dans les siennes, d'une certaine façon qui avait bien son éloquence.

Du reste, il n'avait pas besoin de parler, pour que Céleste devinât ce qui se passait en lui.

Un matin, les deux travailleurs — nous parlons de Nicolas et de Pierre, — en rentrant à la métairie, y éprouvèrent une surprise à laquelle ils s'attendaient peu.

En leur absence, le facteur rural avait laissé deux lettres à la ferme, une pour chacun d'eux.

— Quelle coïncidence ! dit Pierre en décachetant la lettre à son adresse.

— Oui, répondit Nicolas, d'autant plus singulière que les adresses semblent avoir été écrites par la même main.

— Cependant l'écriture est déguisée, reprit Pierre ; tiens, vois plutôt, Ange.

— Il jeta les deux lettres à son ami, qui, s'il ne travaillait pas la terre, s'occupait sérieusement d'études de mécanique, en reproduisant des plans de machines sur le papier.

V

LA JALOUSIE DE LA BOUCHERIE.

— Vous avez tous deux raison, dit-il après avoir examiné attentivement l'écriture des adresses : c'est la même main qui a écrit ces deux suscriptions, mais elle a eu soin de déguiser son écriture.

Et Ange tendit les deux lettres à son père et à Pierre.

Ceux-ci se mirent à les lire. Ange et Céleste, qui les observaient, remarquèrent chez les lecteurs quelques mouvements de surprise, qu'ils ne songèrent pas à contenir sans doute.

Pierre, qui avait la physionomie beaucoup plus mobile que le fermier, avait le visage épanoui, et paraissait sous l'impression d'une douce émotion.

De son côté, le fermier était péniblement affecté.

Ils terminèrent leur lecture à peu près en même temps; tous deux, comme d'un commun accord, glissèrent soigneusement les lettres dans leurs poches, sans révéler un mot de ce qu'elles contenaient.

Cette discrétion, inutile de le dire, étonna Ange et causa une vive inquiétude à Céleste : depuis qu'elle aimait, elle était bien plus impressionnable que son frère.

Les lettres reçues par Nivart et Nicolas l'Ormeau, malgré leur laconisme, renfermaient des choses de la plus haute importance pour ceux à qui elles étaient adressées.

Voici ce qu'on avait écrit à Nivart :

Monsieur,

Bientôt, tout me porte à le croire, surtout, si les sentiments que vous semblez éprouver pour la fille de votre hôte sont sincères, vous éprouverez le désir d'être riche ; car le fermier l'Ormeau n'est pas homme à marier sa fille à un homme sans fortune, si bon ouvrier qu'il soit.

Mais, entre le désir de posséder et la possession, il y a un abîme, vous ne l'ignorez pas.

Cependant votre position n'est pas désespérée. Si vous voulez retrouver une fortune, venez dans les bois du *Vieux Chêne*, au carrefour du même nom. L'homme que vous y rencontrerez peut vous donner de précieux renseignements sur l'endroit où votre grand-père, le fermier Nivart, a caché la sienne.

Ces renseignements, il vous les donnera de grand cœur, mais ayez confiance en lui, et ne vous effrayez en rien de ses singulières allures.

La fortune dont il est question vous mettra largement à même de changer vos espérances en réalité.

Si vous vous faisiez accompagner au rendez-vous, fixé à demain soir, à onze heures, vous n'y trouveriez pas celui qui, en terminant, se dit :

Votre ami.

La lettre du fermier l'Ormeau était conçue en ces termes :

Monsieur,

Demain soir, à onze heures et demie, une personne qui a un grand secret à vous confier vous attendra au carrefour du *Ramier*, bois du vieux chêne.

Du secret dont il s'agit dépendent votre fortune, l'honneur de votre fille, la tranquillité de vos vieux jours et le bonheur de vos enfants.

A demain, soyez exact et venez seul au rendez-vous.

Un ami, sur le dévouement de qui vous pouvez compter.

Ces deux lettres anonymes produisirent sur ceux qui les avaient reçues l'effet que produisent toutes les lettres anonymes.

Pierre et Nicolas n'accordèrent d'abord pas une grande confiance à ces singulières invitations de rendez-vous au milieu des bois, pendant la nuit ; puis, après avoir relu chacun leur lettre, et en avoir pesé chaque mot, ils finirent par se dire intérieurement :

Cependant, si c'était vrai...! Que risqué-je à aller au rendez-vous...? Quel intérêt mon mystérieux correspondant aurait-il à me faire passer une partie de la nuit dans le bois *au vieux chêne...?*

Chacun de son côté, le fermier et le contremaître se décidèrent à se rendre à l'invitation qui leur était faite.

Disons tout de suite que le carrefour du Ramier, celui du Vieux-Chêne et la métairie formaient un triangle, dont chacun des côtés pouvait avoir une lieu d'étendue environ de la ferme; il fallait prendre deux routes différentes pour gagner les carrefours, qu'un sentier tracé en droite ligne reliait entre eux.

. . . .

Les paysans bretons n'ont pas la réputation d'être des sybarites. Leur lit, un lit commun, se compose presque toujours d'une armoire gigantesque, dont les planches placées horizontalement et garnies d'un rebord servent à étendre les différents objets sur lesquels couchent, suivant leur sexe et leur âge, les membres de la famille : les plus âgés sur les rayons inférieurs; les plus jeunes et les plus alertes, sur les rayons supérieurs.

Ces lits, durant le jour, restent fermés, ce qui ne donne pas la peine de les faire.

Selon la fortune des propriétaires, ce sont des meubles en bois dur et artistement sculptés ou simplement des charpentes et des planches réunies qui, par leur singulier agencement, composent un tout étrange aux yeux des gens qui ignorent les usages du pays.

L'Ormeau, pour une raison ou pour une autre, sans doute parce qu'il était avare et voulait être seul à coucher près de ses titres de propriété, ne suivait pas les usages de ses compatriotes. S'il en eût été, à ce sujet, à la métairie comme dans toutes les autres habitations villageoises, ni lui ni Pierre Nivart n'eussent pu se rendre à leur nocturne rendez-vous, sans éveiller l'attention d'Ange et de sa sœur.

Nicolas couchait seul, dans la salle commune, au rez-de-chaussée, dans un lit immense à baldaquin garni de rideaux de serge verte.

Dans cette chambre, au-dessus d'une haute et vaste cheminée, étaient accrochés cinq ou six fusils, qui, vingt-cinq à trente ans plus tôt, avaient servi, entre les mains d'un paysan fanatisé, à défendre la foi dans laquelle il avait été élevé, le trône et l'autel, sans qu'il sût bien se rendre compte de la signification des mots *religion* et *loyauté*.

Céleste couchait au premier étage, sous le chaume, dans un petit réduit mansardé.

Cette chambre, de quelques pieds carrés, irrégulièrement bâtie, sans lambris, tenture ou papier, mérite néanmoins deux mots de description.

La porte ouverte, un passant se fût agenouillé sur le seuil de cet asile virginal, afin d'en admirer l'intérieur.

Le lit, petit, orné de rideaux de toile blanche, était placé dans un coin, près d'une fenêtre, un bénitier et une branche de buis bénit, de la dernière fête des Rameaux, en ornaient le fond; des lierres, des liserons et autres plantes grimpantes perçant l'humble toiture de paille, formaient une voûte de frais et sombre feuillage, au-dessus de ce lit, qui n'avait jamais abrité aucun chagrin, aucune préoccupation sérieuse.

Une petite commode, une seule chaise, meublaient cette chambre, et c'était assez; car Céleste, avec une véritable passion, entretenait son réduit garni de fleurs, de plantes, qu'elle savait choisir et soigner si bien suivant les saisons, que ces Benjamines de l'enfant, malgré la gelée ou les grandes chaleurs, semblaient avoir sur chaque feuille un perpétuel sourire.

Deux colombes et un charmant écureuil faisaient bon ménage au milieu de cette forêt en miniature.

Céleste, une colombe sur l'épaule, une autre entre les mains et son charmant écureuil folâtrant près d'elle, comme pour lui réclamer une caresse, eût fourni un charmant sujet de peinture de genre.

Quant à Ange et à Pierre, en leur qualité de Bretons, ils couchaient tout simplement dans l'étable, comme les Méridionaux couchent en plein air, sous le beau ciel de la Provence où, en remettant son billet de logement, le soldat entend souvent dire :

Apporta la fourque, Marie, pour faire lou lit du souddat.

A neuf heures du soir, après dîner, tout le monde était allé se mettre au lit, ou du moins chacun avait feint de le faire.

Car, en se levant de table, Pierre avait dit à Céleste ces seuls mots ;

— Oh ! enfant, si vous saviez...

— Quoi ? avait dit la jeune fille en levant son regard sur le pauvre amoureux.

Dans une heure, sous le grand sureau qui est au fond du jardin, avait répondu Pierre.

En effet, une heure plus tard, les deux jeunes gens étaient assis sur un banc de gazon, auprès de la margelle d'un grand puits, cachés derrière l'épais feuillage d'un sureau.

Personne autour d'eux, l'ombre et le mystère seulement.

Pierre était aussi timide que de coutume; cependant son cœur battait fort et était oppressé, tant son émotion était grande, tant les pensées s'agitaient tumultueusement dans son crâne.

— Pourquoi ces mots : enfant, si vous saviez...? demanda Céleste.

— Je voulais vous confier un secret.

— Un secret? dit Céleste avec étonnement.

— Oui, et un grand secret, reprit Nivart, je vais peut-être devenir riche.

Pierre prononça ces mots de telle façon que la jeune fille ne put s'empêcher de lui dire :

— Riche... Pierre ? avec quel enthousiasme vous dites cela. Vous seriez donc bien heureux d'avoir de la fortune ?

— Oh ! oui, et si vous saviez pourquoi !...

— Peut-on vous le demander ?

— Je voudrais être riche, Céleste, parce que je vous aime, faut-il que je vous le dise?...

En parlant ainsi, Pierre serrait étroitement contre lui la jeune fille.

Un long silence se fit entre eux.

Céleste, bien qu'elle eût depuis longtemps deviné les sentiments de Pierre à son égard, bien qu'elle s'attendit depuis longtemps à cet aveu, qui la comblait de joie, était dans un tel état de ravissement, qu'elle ne pouvait proférer une parole.

Nivart, reprit d'une voix que l'émotion rendait tremblante :

— Oui, je vous aime, mais, je vous prie, cet aveu vous aurait-il fait de la peine?... Ce silence?...

— De la peine?... se récria Céleste avec naïveté ; Oh ! non, M. Pierre.

Et l'innocente et belle enfant serra doucement la main à Pierre, comme pour lui faire comprendre le bonheur qu'elle éprouvait, et qu'un sentiment de délicate pudeur lui empêchait d'avouer de vive voix.

— Je vous aime, fit Pierre, — et comme j'en suis sûr maintenant, — vous approuvez cet amour, je ne puis faire qu'un vœu, celui de vous épouser.

Il y eut encore un silence entre les deux amoureux.

A chaque parole de Nivart, le cœur de Céleste faisait des bonds désordonnés.

Dans sa joie, la chaste enfant se rapprochait encore de son amant, comme pour ne rien perdre de ses paroles.

Il s'agissait de Pierre Nivart : le mariage et surtout le mari ne lui faisaient plus peur, comme elle l'avait dit autrefois à la Boucherie.

— Pour vous épouser, ne faut-il pas que je sois riche? reprit Pierre; votre père a de la fortune; il ne consentira jamais à vous marier à un homme n'ayant rien; je le sais.

— C'est vrai, dit Céleste.

— Comprenez-vous maintenant pourquoi je désire cette fortune avec tant d'ardeur ?

— Oh ! oui.

— Un instant, vous avez peut-être cru à un sentiment de cupidité de ma part. Si la cupidité, l'ambition ont pénétré dans mon cœur, ce n'est que depuis que je vous connais, ce n'est que parce que je vous aime et veux vous entourer de tout ce qui constitue les délices de la vie.

— Mais cette fortune dont vous parlez avec tant d'assurance ? reprit Céleste qui ne comprenait rien à la révélation inattendue de Pierre Nivart.

— Cette fortune? c'est celle de mon grand-père.

— Mais...

— Je ne puis vous en dire davantage, je ne sais que cela, mais dans deux heures...

Les deux amoureux causèrent longtemps encore, et s'oublièrent au point de faire mille projets.

A dix heures, Pierre s'arrachant avec peine aux douceurs de ce délicieux tête-à-tête, se leva et dit :

— Je dois partir.

Et, après avoir déposé un chaste baiser sur le front de la blonde jeune fille, qu'il avait ramenée jusqu'à la porte de la ferme, il s'éloigna.

A deux cents pas de lui, suivant une autre direction, celle du carrefour du ramier, un homme s'éloignait à pas précipités.

Cet homme était armé d'un fusil : une arme utile dans les bois à pareille heure.

Cet homme de sage précaution, c'était Nicolas l'Ormeau, qui laissait sa maison à la garde de Dieu, pour aller au rendez-vous de l'anonyme.

Pierre, chemin faisant, était absorbé dans les joyeuses et douces réflexions qu'éveillait en lui le tendre entretien qu'il venait d'avoir avec Céleste.

Elle m'aime, se disait-il, j'en suis sûr maintenant ; et moi qui désespérais du bonheur et de l'avenir ! je pourrai donc être heureux, comme tant d'autres ; et me créer une famille pour m'aimer.

Une fois lancé sur ce thème, Pierre Nivart devait former d'innombrables projets. Il connaissait le chemin qu'il avait à parcourir, au point de se rendre où il allait, la nuit, les yeux fermés. Il marchait donc, sans prendre la moindre précaution, d'un pas rapide, en homme pressé d'arriver à un rendez-vous qu'il sait important.

Il n'était plus qu'à quelques pas du carrefour du *Vieux-Chêne*. Le chemin qu'il suivait était un sentier étroit, resserré entre de jeunes taillis très touffus. La voûte impénétrable que formait le feuillage ne permettait pas au rôdeur de nuit d'apercevoir le plus petit coin du ciel. Tout était plongé dans une obscurité profonde.

Tout à coup, Pierre, qui ne s'attendait à rien, se sentit frappé d'un coup de couteau en pleine poitrine.

L'attaque avait été si prompte, si imprévue, qu'il n'avait même pas eu le temps d'apercevoir la main qui venait de le frapper.

La blessure était grave. Sous la violence du coup Pierre chancela d'abord, puis, au moment où il faisait un mouvement pour se mettre en garde, il se sentit frappé d'un second coup de couteau qui l'atteignit dans la même région que le premier.

Cette fois il finit par tomber.

Cette seconde blessure était plus dangereuse encore que la première.

Alors un homme se précipita sur lui avec l'intention bien évidente de l'achever. Cet homme était toujours armé du couteau qui avait déjà rempli un si sanglant office.

Bien que l'assassin eût le visage noirci de suie, Pierre Nivart le reconnut: c'était Jacques la Boucherie.

Il ne put du reste conserver aucun doute à ce sujet, car l'assassin, en le frappant pour la troisième fois, lui dit avec une mordante ironie:

— Oh! je savais bien, maître Pierre, que je me vengerais des insultes que tu m'as si largement prodiguées, il y a huit ou dix jours, chez Nicolas l'Ormeau, en présence de ma fiancée. Tu ne me connaissais pas, Pierre; mais, moi, je savais bien que je te ferais tomber dans quelque guet-apens et que je t'empêcherais de me supplanter auprès de Céleste.

Pierre ne répondit pas; il râlait.

— Oh! dit la Boucherie, tu comptais avoir des renseignements sur la fortune de ton grand-père. Mais, cette fortune, pour qu'elle soit à toi, il faudrait que je te la rendisse, et cela n'entre nullement dans mes intentions.

A moi donc la belle et chaste Céleste! A moi, l'or amassé par ton grand-père!...

Pierre Nivart entendait peut-être encore la Boucherie, mais il ne donnait plus aucun signe de vie.

Jacques le crut mort.

L'assassin fouilla sa victime, et lui reprit la lettre anonyme qui avait provoqué le sanglant rendez-vous.

La Boucherie était l'auteur de cette lettre, chacun l'a deviné.

Il s'éloigna à pas précipités et gagna le carrefour du *Ramier*; car c'était lui qui avait également écrit au fermier l'Ormeau.

Il avait songé à se créer un alibi, pour le cas où, après la mort de Pierre, quelques soupçons s'élèveraient contre lui, et cependant les deux lettres anonymes, les deux rendez-vous assignés par ces lettres ne pouvaient-ils pas mettre la justice sur les traces du coupable?

Jacques était prudent; en toutes choses, il savait toujours tout prévoir et prendre des mesures en conséquence.

Il s'essuya le visage avec un mouchoir mouillé, afin d'en enlever la couche de suie qui le couvrait; et, à onze heures et demie, sans que rien dans ses allures ou sur son visage pût faire supposer le crime qu'il venait de commettre, il abordait Nicolas, en lui frappant sur l'épaule.

Le fermier l'attendait depuis quelques minutes.

— Tiens, c'est vous, dit Nicolas en se retournant, et en reconnaissant son riche voisin.

— Oui, c'est moi qui vous ai écrit, pour vous prier de venir jusqu'ici.

— Eh bien, vous pouvez être certain que votre lettre m'a donné un joli *tintouin*. En ai-je fait de ces suppositions? toutes plus sottes les unes que les autres, sans doute...., franchement, je vous avoue que je ne comprends pas grand chose à votre conduite. Si vous aviez à me parler, ne pouviez-vous pas venir me trouver à la ferme, ou me faire dire de passer chez-vous?

— Non, Pierre Nivart devait ignorer notre entrevue; justement parce que c'est de lui que j'ai à vous parler.

— De Pierre Nivart, dit Nicolas avec étonnement. Oh! alors, comme vous êtes loin de l'aimer, je vais en entendre de belles.

— Nivart m'a supplanté auprès de votre fille; et c'est votre faute; pourquoi l'installez-vous chez vous?

— Pierre se soucie bien de ma fille!

— Je vous jure qu'il l'aime, j'en suis sûr.

— Ce n'est pas une raison.

— Et Ange et Céleste se liguent avec lui pour faire échouer nos projets.

— Alors, vous croyez que Pierre a des intentions sur ma fille?

— J'en suis sûr, vous dis-je.

— Eh bien, moi, je puis vous assurer qu'il en sera pour ses peines; car, si bon ouvrier qu'il soit, je ne lui donnerai jamais ma fille, pour la seule raison qu'il n'a pas le sou. Mais qu'aviez-vous à me dire sur son compte.

— Vous rappelez-vous la scène du dimanche où Pierre m'a en quelque sorte chassé de chez vous?

— Parfaitement.

— Rien ne vous a frappé dans la virulente sortie qu'il a faite, dans un moment où la colère ne lui laissait pas toute sa raison.

— Si.

— Le singulier aveu qu'il nous a commencé, en parlant de la mort de son père ?

— Oui, c'est juste.

— Vous vous rappelez ses paroles ?

— Oui. Les voici : *mon pauvre père que, dans un moment de colère, j'avais....*

— Eh bien, reprit la Boucherie, voulez-vous que je complète le sens de cet aveu, en y ajoutant les paroles que Pierre n'a pas prononcées, quand il s'est aperçu que son aveu devenait compromettant.

— Oui, dit Nicolas, voyons si tu as l'esprit pénétrant.

— Pierre allait dire, quand il s'est arrêté, comme épouvanté de son imprudence : *que j'avais jeté dans la mer.*

— Ainsi, tu supposes Pierre Nivart coupable de parricide ?

— Oui, mais cette idée ne vous est-elle pas venue à vous-même ?

— Non, car je ne crois pas Nivart capable de commettre un crime si horrible.

— Pierre a des colères d'une extrême violence, à

ses heures d'emportement, il est capable de tout, même du crime dont nous parlons.

— C'est vrai, dit Nicolas, Pierre a des colères qui le rendent aussi terrible qu'un fou furieux.

— D'ailleurs ses paroles sont très claires, et la façon dont il s'est subitement interrompu l'est plus encore. De sorte que nous ne pouvons conserver aucun doute. Pierre Nivart, je l'affirme, a tué son père.

— Je commence à être de votre avis.

— Et vous conserveriez un parricide chez vous?

— Non, jamais! s'écria Nicolas l'Ormeau; si Pierre Nivart aime ma fille, et qu'il me la demande en mariage, je le recevrai de la belle façon.

— Que lui direz-vous?

— Oh! rapportez-vous en à moi.

— Vous avez un moyen bien simple.

— Lequel?

— Vous ne pouvez pas lui refuser la main de votre fille, en l'accusant d'avoir tué son père; mais vous pouvez parfaitement lui dire que vous ne lui donnerez Céleste, en mariage, que s'il peut vous prouver un jour, d'une façon irrécusable, que par son travail et sa bonne conduite, il est parvenu à mettre de côté une somme de dix mille francs.

— Tiens, c'est une idée.

— Et vous suivrez le conseil?

— Puisqu'il est bon.

— En devisant de la sorte, les deux hommes, qui avaient repris le chemin de la ferme de Nicolas, arrivèrent à quelques pas de la métairie. Après s'être une dernière fois serré la main, ils se séparèrent.

Céleste ne s'était pas couchée, elle veillait et guettait le retour de Pierre, dans l'espoir que ce dernier lui dirait quelque chose du rendez-vous; elle aperçut son père et le reconnut. Elle remarqua même que le fermier était armé d'un fusil.

Cette apparition inattendue l'étonna sans lui causer aucune inquiétude, mais ce fut en vain qu'elle attendit le retour de celui qu'elle aimait,

On sait les raisons qui empêchaient Pierre de revenir à la ferme.

Tout au matin, Ange à son lever fut stupéfait de l'absence de son ami.

— Tiens, Pierre ne s'est pas couché... se dit-il. Où a-t-il passé la nuit?

— Une demi-heure plus tard tout le monde était en rumeur à la métairie.

On cherchait Nivart. Personne ne l'avait vu.

On commençait à supposer, que de grand matin, le contremaître était parti pour Lindreck, afin de s'informer de la marche des travaux, quand on aperçut sur la lisière du bois un groupe de paysans et d'ouvriers qui allaient entrer sur les terres cultivées.

Ces hommes portaient une sorte de brancard, fait à la hâte de branchages. Sur ce brancard, un homme était étendu couvert de sang.

Les gens de la ferme, poussés par de sinistres pressentiments, coururent au-devant du triste cortège et dans le blessé, reconnurent Pierre.

Ceux qui portaient le contremaître affirmaient que ce dernier vivait encore.

VI

L'ULTIMATUM DE L'ORMEAU.

Six mois s'étaient écoulés depuis les derniers événements que nous avons racontés. On était au commencement de l'hiver. Le mois de novembre était revenu, ramenant avec lui ses froides giboulées, ses brouillards glacés et ses pluies presque continuelles. Sur les côtes de Bretagne, la mer, toujours houleuse, le ciel gris de plomb, sombre, brumeux, jetait dans les cœurs une tristesse vague.

La France entière était plongée dans des jours de marasme. Les conspirateurs l'agitaient de rumeurs sourdes. Les conspirations éclataient de toutes parts; la charbonnerie s'organisait et enrôlait des milliers de jeunes gens, et le gouvernement si vigoureusement attaqué, employait à sa défense une cruauté de longue date, longtemps condamnée au silence. Il venait, au mois de septembre, de faire exécuter le général Berton et les quatre sergents de la Rochelle. Louis XVIII, ce roi ventru, dont on a voulu faire un homme d'esprit, avait eu le triste courage de prononcer ces *spirituelles paroles*, en réponse à une demande en grâce: « Je leur ferai grâce à cinq heures, » Or les quatre sergents de la Rochelle devaient être exécutés à quatre heures.

Le compagnonnage, qui s'organisait parmi les classes ouvrières, donnait la main à la charbonnerie; mais en devenant batailleur, il ensanglantait la France par des luttes terribles entre ouvriers de différents corps d'état.

L'institution du compagnonnage par elle-même pouvait avoir de bons résultats, puisqu'elle devait assurer aux ouvriers les moyens de voyager, de s'entr'aider et de se procurer de l'ouvrage; mais les fâcheuses et terribles rivalités qui éclataient presque toutes les fois que des compagnons se rencontraient tendaient à faire de l'institution une véritable plaie sociale. Il y avait, d'ailleurs, tant de partis intéressés à fomenter les divisions et les haines, afin d'avoir à prendre des mesures de répression et de nier l'avenir de la démocratie!

A Nantes, la ville était encore sous la pénible impression de la dernière conspiration, de vagues rumeurs circulaient dans les foules. On craignait à la fois un hiver rigoureux et une année de disette.

A Lindreck, les six mois qui venaient de s'écouler avaient permis de réparer le désastre du printemps précédent. Les ateliers venaient de s'ouvrir à une multitude d'ouvriers besogneux et avides de travail, car ils avaient durant un long chômage fini par épuiser leurs dernières ressources.

Là au moins il y avait de l'animation ; et la joie se lisait sur tous les visages. Il était quatre heures du soir, c'était un samedi, jour de paye, la première que l'on fît depuis la reprise des travaux.

M. Cousin et ses deux commis comptaient et préparaient des piles d'écus dans les bureaux, dont les ouvriers assiégeaient les portes.

Le travail était terminé pour la semaine.

Tout à coup, un coup de cloche se fit entendre. Il fut salué par un soupir de soulagement; puis le silence se fit aussitôt.

La *paye* allait commencer.

M. Cousin était debout à la porte de ses bureaux ouverte à deux battants, il tenait à la main le contrôle par ancienneté et par catégories des ouvriers, qu'il allait appeler à tour de role.

Pour être payé, chaque ouvrier pénétrait dans les bureaux, où un commis lui comptait la somme à laquelle il avait droit, puis il se retirait par une autre porte, afin de ne point gêner la circulation.

— Atelier des forgerons, Pierre Nivart, contremaître ; quinze jours pleins ; 120 francs, dit M. Cousin, en commençant l'appel.

— Présent ! répondit une voix.

Un mouvement se produisit dans la foule: Pierre Nivart s'approchait des bureaux, et les ouvriers se rangeaient afin de lui livrer passage.

Quand il fut sur le point de passer devant le directeur, pour entrer au bureau, celui-ci l'arrêta.

— Eh bien, mon garçon, demanda-t-il, comment allez-vous ?

— Bien, M. Cousin, je vous remercie ! répondit Pierre Nivart.

— Et vos blessures ?

— Ce ne sera plus rien dans quelques jours ; je sens les forces me revenir peu à peu.

— Tant mieux ! mais ménagez-vous, n'allez pas, par un travail trop opiniâtre, faire rouvrir ces plaies mal cicatrisées.

— Oh ! soyez tranquille je ne travaille pas au-delà de mes forces.

— Très bien, mais j'ai une communication importante à vous faire.

— Laquelle, Monsieur

— Autrefois, un rapport détaillé de votre belle conduite, lors de l'incendie de la forge, a été fait à M. le Préfet, qui, suivant l'usage en pareil cas, en a référé à M. le ministre.

— Pour si peu de chose? dit Pierre?

— Vous avez sauvé la vie à trois hommes et vous appelez cela peu de chose !... Vous avez tort. Quoi qu'il en soit, nous avons fait notre devoir, rien de plus, et hier, M. le Préfet a reçu la réponse de son Excellence. Il m'en a informé immédiatement, en me priant, pour que la récompense accordée vous soit plus précieuse, de vous la remettre moi-même en présence de tous les ouvriers réunis, afin que ces derniers sachent bien que le courage et le dévouement ont droit aux sympathies et aux encouragements de tous.

Voici donc une médaille de sauvetage de première classe, que M. le ministre a envoyée pour vous. M. le Préfet, en me chargeant d'être son interprète, m'a recommandé de vous témoigner toute sa satisfaction, et de vous remettre comme récompense de votre belle action une somme de cinq cents francs prise sur les fonds départementaux. Ce n'est pas tout, mes associés et moi, comprenant toute l'importance du service que vous nous avez rendu, avons décidé d'ajouter une somme de mille francs à celle dont vous gratifie la générosité du premier fonctionnaire du département.

— Le caissier va vous remettre, avec le prix de votre travail de la quinzaine, les quinze cents francs de ces deux gratifications.

Quant à la médaille, la voici; permettez-moi de l'accompagner d'une poignée de main, gage sincère de mon amitié et de mon estime.

Le directeur et l'ouvrier échangèrent une poignée de main au milieu d'un silence glacial qui surprit le premier; car, en pareille circonstance, les assistants, surtout quand la récompense est méritée, ne manquent jamais de ratifier par des *bravos* et des applaudissements la faveur accordée.

Comptant sur cette fraternelle ovation, M. Cousin avait même fait préparer du vin et des verres, afin que rien ne manquât à la fête; mais en présence de la froideur de ses ouvriers, il ne donna pas suite à son projet, retenu par la crainte que son offre ne reçût point un accueil sympathique.

Pierre passa à la caisse, où il toucha la somme qui lui était destinée, sans paraître remarquer la froideur et l'attitude peu amicale de ses compagnons à son égard.

Sorti des bureaux, et pendant que la *paye* continuait sans autre incident notable, Pierre se retira à l'écart, dans la cour de l'usine et s'y promena soucieux, presque sombre.

Il attendait qu'Ange vînt le rejoindre.

Les matières à réflexion ne manquaient pas au contremaître.

En racontant en deux mots les événements qui s'étaient accomplis, pendant les six derniers mois, nous apprendrons au lecteur ce que le cœur de Nivart renfermait d'amertume et d'agitation.

Ainsi que nous l'avons dit plus haut, Jacques la Boucherie, l'assassin, en quittant le carrefour du *Vieux-Chêne*, croyait bien avoir tué Pierre. S'il eût eu seulement le plus léger soupçon que son ennemi n'était pas mort, il eût criblé le malheureux de coups de couteau.

Le lendemain matin, un ouvrier compagnon charpentier, en traversant le bois, trouva le corps du blessé et s'aperçut que ce dernier respirait encore ; après examen, il reconnut que les blessures avaient toutes porté dans le côté droit, et qu'elles n'étaient sans doute pas mortelles.

— Il ne faut peut-être qu'un médecin et des soins intelligents et empressés pour sauver ce malheureux, se dit le compagnon qui, aussitôt, se mit en quête de secours.

Des paysans et des ouvriers, avertis par lui, arrivèrent bientôt et reconnurent Pierre.

Aussitôt on parla d'assassinat.

Un paysan fit même observer qu'une sorte de fatalité faisait mourir de mort violente tous les membres de cette famille.

— Son grand-père a péri dans un incendie, son père s'est noyé, et lui meurt assassiné, dit cet homme.

— Mais il n'est point mort, fit la Brétèche, le compagnon qui avait découvert le blessé.

En effet, on constata que Pierre respirait encore. Alors les paysans transportèrent Pierre à la ferme, comme nous avons dit.

Ange et sa sœur furent frappés d'une douleur cruelle par ce triste événement; ils faillirent en devenir fous.

Quant à leur père, il fut presque tenté de s'en réjouir. Cet événement allait lui fournir un moyen bien simple de tenir la promesse qu'il avait faite à la Boucherie de suivre ses conseils, c'est-à-dire d'éloigner le dangereux contremaître de la ferme le plus tôt possible.

Malgré les prières de ses enfants, qui se jetèrent en vain à ses genoux pour le faire changer de résolution, Nicolas l'Ormeau décida que Nivart serait transporté dans un hôpital à Nantes.

— Vous êtes fous, dit-il à Ange et à sa sœur, de vouloir que Pierre se fasse soigner ici. Cela d'abord lui coûterait très cher; toutes ses économies y passeraient et ne suffiraient même pas. Loin des médecins et des pharmaciens, il manquerait de soins et de médicaments les trois quarts du temps. C'est donc bien plus encore dans son intérêt que dans le mien que je parle, en voulant qu'il soit transporté à l'hôpital. Enfin, est-ce au moment où je vais être accablé de besogne, où vous allez m'être absolument indispensables, que je puis convertir ma maison en infirmerie, et vous laisser perdre votre temps à remplir les fonctions de garde-malades.

Il résulta de ces égoïstes paroles que Nivart fut transporté à l'hôpital, dans un état si alarmant, que ceux qui l'y conduisirent conçurent les craintes les plus vives à son sujet.

Nivart resta cinq mois à l'hôpital, il n'en sortit que quelques jours avant la reprise des travaux à l'usine ; de sorte que, depuis sa guérison, il n'avait revu ni Nicolas ni Céleste.

Mais l'amitié d'Ange, nous n'avons guère besoin de le dire, ne fit pas défaut à Nivart pendant les longs mois que ce dernier passa à l'hôpital.

— Que lui a donc fait Pierre, qui est détesté de tous les autres ouvriers? disaient les paysans en parlant d'Ange; Nivart a bien certainement ensorcelé cet enfant, pour qu'il lui soit si dévoué... On ne voit que lui aller et venir sur la route de Nantes à la métairie.

Par Ange les deux amoureux avaient des nouvelles l'un de l'autre.

Avec quel bonheur Céleste apprenait les progrès que faisait la guérison de Pierre!

Avec quelle joie ce dernier se faisait répéter par Ange les tendres recommandations de Céleste.

Nicolas restait indifférent aux bonnes nouvelles que son fils rapportait à chacun de ses voyages.

Quant à la Boucherie, il était tourmenté par de sérieuses inquiétudes, et passait la plupart des nuits sans dormir.

La peur d'être découvert, l'effroi du châtiment, et non le remords salutaire, veillaient au chevet de cet homme et lui causaient d'épuisantes insomnies et d'affreux cauchemars.

La Boucherie accessible au remords, fi donc! Quand ce lâche assassin avait frappé Pierre, il n'en était pas à son premier crime : on le verra plus tard.

Le sang humain pouvait-il peser sur cette conscience de brute?

La Boucherie avait cependant quelques raisons pour se rassurer sur les conséquences de son crime.

Après un assassinat, la rumeur publique se livre à des suppositions, la justice, disposant de tous ses moyens d'action, fait une enquête. Toutes deux, dans l'intérêt de la vindicte publique, recherchent les coupables.

Cette fois toutes deux firent fausse route et ne découvrirent rien de la vérité.

On n'ignorait pas que Pierre avait déjà failli être une fois victime de l'animosité que les ouvriers de l'usine nourrissaient contre lui : on supposa ces derniers coupables de l'avoir frappé dans le bois du vieux chêne. On en arrêta quelques-uns qui furent relâchés, faute de preuves, et après que le blessé eut formellement déclaré qu'il avait vu son assassin, et ne l'avait pas reconnu pour un ouvrier de l'usine ou pour un habitant du pays.

Ce mensonge servait les projets de Nivart.

— Si j'accuse la Boucherie de ce crime, comment le prouverai-je ? Je n'ai même plus cette lettre anonyme qui m'a déterminé à aller au rendez-vous du carrefour. Si je ne prouve rien, on m'accusera de vouloir perdre ce misérable, contre qui l'on me connait des motifs de haine.

La Boucherie, au moment où ma vie était entre ses mains, et où il me croyait sur le point d'expirer, m'a formellement avoué qu'il s'était approprié la fortune de mon grand-père. Cette fortune je ne puis la perdre. Il faut qu'à force de ruse et de recherches je découvre les honteux et sanglants secrets de ce misérable, alors il sera temps de le livrer à la justice.

Et Nivart, en gardant son secret, attendit pour agir le jour de sa complète guérison.

Néanmoins, et malgré ses dénégations, les ouvriers n'en restèrent pas moins en butte aux soupçons des masses.

La Boucherie récoltait donc les fruits des colères de sa victime.

En rentrant dans les ateliers, Pierre essaya de dompter l'impétuosité de son caractère, mais ses efforts, louables en eux, ne lui rendirent pas l'affection des ouvriers; il ne l'avait jamais eue.

Ceux-ci, au contraire, lui gardaient rancune des heures de prison qu'ils avaient faites à cause de lui, et maudissaient la main maladroite qui, en frappant sa victime, n'avait pas su trouver le chemin du cœur.

Les plus indulgents disaient :

— Si ça devait seulement lui servir de leçon et le corriger...

Ce que nous venons de dire explique suffisamment la position respective de tous nos personnages : revenons maintenant à Nivart.

Il se promenait seul et pensif, loin des groupes d'ouvriers qui, heureux d'avoir touché de l'argent après un chômage de six mois, riaient, causaient joyeusement et oubliaient déjà les jours de misère et de souffrance qu'ils venaient de passer, et se laissaient aller à faire des rêves d'avenir et à compter sur des jours meilleurs.

Tout à coup, le contremaître sentit une main légère se poser sur son épaule. Il tourna la tête. C'était Ange qui, après avoir reçu sa paye, venait le rejoindre, suivant leurs conventions.

Ange avait été bien plus péniblement affecté que son ami de l'accueil fait par les ouvriers à la manifestation de M. Cousin. Dans cette contenance froide et pourtant respectueuse, dont le Directeur ne pouvait ouvertement se froisser, il y avait une désapprobation formelle, à l'adresse de Pierre, aussi bien qu'à l'adresse de l'autorité.

Et pourtant pouvait-on faire un reproche à Nivart d'avoir pardonné à deux ouvriers qui avaient tenté de l'assassiner, et de leur avoir sauvé la vie au péril de ses jours ? Pouvait-on trouver injuste la récompense qui lui avait été accordée ? Et n'était-ce point à l'envie qu'il fallait attribuer cette contenance des ouvriers ?

Les ateliers semblaient dire que Nivart, par sa conduite habituelle, n'était pas digne d'être proposé comme modèle aux ouvriers de l'usine.

— C'est vrai, disaient ces derniers, il a eu un mouvement de dévouement sublime lors de l'incendie de l'usine, mais ce mouvement n'a duré qu'un instant, tandis qu'il n'y a pas de jours que des ouvriers de son atelier n'aient sérieusement à se plaindre de ses emportements et de ses colères. Il est excellent et très fort ouvrier, c'est vrai, mais est-ce à dire que nous devons tous être aussi habiles et aussi forts que lui ? S'il n'avait pas cette supériorité sur nous, serait-il notre contremaître? Dans sa position, au lieu d'abrutir par ses colères un ouvrier maladroit, ne devrait-il pas, au contraire, employer la patience et la douceur, afin de faire comprendre à l'ouvrier en quoi consiste sa faute, et lui indiquer amicalement les moyens de la réparer, ou tout au moins le mettre en mesure de ne point la commettre une autre fois ? Les ouvriers de l'atelier des forgerons ne seront tranquilles que quand Nivart aura quitté l'usine, et M. Cousin, qui ignore bien des choses, comprend mal ses intérêts en employant cet homme et en ne voyant que par ses yeux.

Ces réflexions, ces commentaires, objet de discussions dans tous les groupes, étaient arrivés aux oreilles d'Ange et avaient navré le cœur de cet ami dévoué.

Au fond, il était forcé de s'avouer que la conduite antérieure de Pierre, en lui attirant des haines nombreuses, motivait alors la froideur avec laquelle les ouvriers avaient accueilli les louanges données à Nivart par M. Cousin.

Il cherchait un moyen de forcer son ami à se corriger. Il n'en voyait qu'un : marier le contremaître le plus promptement possible. L'amour et la douceur de Céleste feraient peut-être ce que personne n'avait encore pu faire, une sorte de miracle : ils pourraient dompter le caractère intraitable de Nivart.

Ange pensait à cela, et venait à Pierre avec l'intention de lui parler de Céleste, et de lui proposer un petit voyage à la métairie du père Nicolas.

La Tempête était du reste tout disposé à bien accueillir les propositions de son ami Ange, le seul homme avec lequel il ne fût pas violent.

Pierre Nivard, dominé par la violence de son amour, ne vivait moralement, quand il pensait, que par le souvenir de Céleste.

En ce moment, indifférent à la désapprobation générale qui le frappait, il ne songeait déjà plus à la médaille et à l'argent qu'on venait de lui donner, et qu'il tenait confondus dans sa poche ; il ne pensait qu'à la fille du fermier l'Ormeau, au plaisir qu'il aurait à la revoir, et aux moyens à employer pour réaliser ses rêves d'avenir.

Il n'avait point vu Céleste depuis le soir où, au fond du jardin de la métairie, il lui avait, en tremblant, fait l'aveu de son amour.

C'était donc avec une vive impatience qu'il attendait Ange, afin de se concerter avec lui sur le parti à prendre.

— Ah ! enfin, c'est toi, dit-il à son ami, en se retournant.

— Oui, mais viens, sortons de l'usine ; j'ai à te parler et à te faire une proposition.

Ange, supposant Pierre blessé de l'attitude des ouvriers à son égard, voulait d'abord l'éloigner de l'usine, afin de le soustraire à des excitations dangereuses : l'attitude des ouvriers, leurs conversations ne pouvaient que l'aigrir et l'irriter.

Sortons, répondit Pierre, sans deviner l'intention de son ami, car il n'avait pas fait attention à la conduite de ses compagnons à son égard ; mais où allons-nous ?

— A la ferme ; dit Ange.

— A la ferme ! se récria Nivart ; et ton père ?

— Mon père ? c'est précisément lui que nous allons voir.

— Je le sais bien, mais que dira-t-il de cette brusque arrivée ?

— Dame ! je ne sais ; pourtant il faut bien que nous allions chez lui le trouver, puisqu'il ne viendra pas à nous, et que nous avons besoin de lui parler.

— De lui parler ! mais je n'ai absolument rien à lui dire, à ton père, répondit le contremaître assez surpris.

Les deux amis étaient sortis de l'usine.

— Tiens, reprit Ange, prenons toujours le chemin de la ferme, nous verrons à nous expliquer en chemin.

— Partons, dit Pierre, un peu rassuré par l'assurance de son compagnon.

Ange, malgré la douceur de son caractère, et justement parce qu'il était doué d'une patience à toute épreuve, avait cette persévérance opiniâtre qui ne se décourage en présence d'aucun obstacle, et qui est une garantie de succès pour ceux qui y joignent l'intelligence et l'amour du travail.

Plus d'une fois déjà il avait triomphé de l'entêtement de son père, et il ne désespérait pas de gagner la cause de son ami, dont il s'apprêtait à être l'avocat.

Les deux amis furent bientôt sur la route de la métairie, un sentier étroit à travers bois, qui ne leur permettait point de marcher de front.

Pierre Nivart était tout songeur et le vif désir qu'il éprouvait de revoir Céleste lui faisait par moment doubler le pas. Alors il marchait à chaque instant sur les talons de son ami, qui riait sous cape et lui disait et d'un ton légèrement moqueur :

— Oh ! tu n'as pas besoin d'aller si vite, Pierre, nous ne verrons pas Céleste avant la nuit. A notre arrivée à la ferme, elle sera encore aux champs. Crois-moi, ne soyons pas si pressés d'aller nous exposer aux rebuffades de mon père.

Pierre alors ralentissait le pas, et bientôt il restait en arrière.

— Nous arriverons toujours assez tôt, pensait-il, pour nous faire mettre à la porte.

Et Ange se voyait dans la nécessité de dire à Pierre : Eh bien ? reculerions-nous ?

Après une de ces plaisanteries, Nivart finit par dire à son ami :

— Mais, bourreau, parle-moi au moins ; ça me distraira de mes pénibles réflexions. Tu m'as promis une explication, donne-la-moi. Tu me conduis chez ton père, avec un aplomb vraiment surprenant ; je n'y comprends rien, pourrais-tu me dire ce que nous allons y faire ?

— Eh bien, répondit Ange, nous allons bravement demander à mon père ma sœur en mariage.

— Déjà ! dit Pierre.

— Que veut dire cette exclamation ? demanda Ange.

— Dame ! je crains.....

— Quoi ? serait-ce de ne pas aimer assez Céleste, pour en faire ta femme ?

— Tu sais bien que ce n'est pas cela.

— Que ma sœur ne t'aime pas alors ? Oh ! quant à cela, je te garantis le contraire, et tu peux me croire.

— Que tu es bon, Ange !

— Parce que je te dis la vérité ?

— Dame !....

— Que crains-tu alors ?

— Ton père, pardieu! rien que ton père, répondit Nivart.

— Soit! n'y allons pas, reprit Ange, laisse la Boucherie, qui revient à la maison, épouser ma sœur.

— Comment, la Boucherie revient à la ferme? s'écria Pierre.

— Tu le sais bien.

— Oh, alors, s'écria Nivart, doublons le pas. La Boucherie, ce scélérat, épouser Céleste! jamais!....

Une heure plus tard les deux amis arrivaient à la métairie.

En entrant dans la cour par la grande porte charretière, ils aperçurent Nicolas l'Ormeau, qui rentrait des champs par une petite porte opposée.

Le fermier, les ayant vus et reconnus, vint audevant d'eux; ils allèrent à sa rencontre.

Le moment allait devenir décisif.

L'Ormeau, le rusé vieillard, en homme prudent et sage, fit en allant à eux quelques réflexions :

Je n'ai ni raison ni intérêt à mal recevoir Ange qui, avant deux ans sera un des meilleurs ouvriers de l'usine et gagnera beaucoup d'argent, de façon qu'il pourra me venir en aide, toutes les fois que j'aurai besoin de quelques centaines de francs pour acheter quelques lopins de terre, histoire de *m'arrondir* seulement. Alors, bon Dieu! je n'aurai plus recours à ce brigand de la Boucherie, qui me prête son argent à un taux ruineux. Recevons donc bien nos deux étourdis; je pourrai toujours leur montrer les dents s'ils ont des prétentions peu raisonnables au sujet de ma fille; car, foi de Nicolas l'Ormeau! elle n'épousera jamais un homme qui a tué son père dans un moment de rage, et qui pourrait bien assassiner son beau-père dans un accès de colère.

Malgré ce que cette réflexion avait de peu bienveillant pour Pierre, Nicolas l'Ormeau s'avança audevant des jeunes gens, les deux bras étendus. On eût pu croire que, cédant à un mouvement de subite tendresse, il allait embrasser les deux ouvriers et les presser contre son cœur.

— Eh! bien, mes gars, comment va la santé? la vôtre surtout, Pierre Nivart? ces maudits coups de couteau?

— Ce ne sera rien, monsieur l'Ormeau, répondit le contremaître. Et je souhaite que mon assassin s'en tire aussi bien que moi.

— Votre assassin! s'écria Nicolas, en regardant son fils, comme pour lui demander l'explication des paroles du contremaître.

Comme tout le monde, il croyait que ce dernier avait été victime d'un guet-apens, et que c'était parmi les ouvriers de l'usine qu'il fallait chercher les coupables,

— Oui, mon assassin, dit Pierre, mais nous ne sommes pas venus pour parler de ce triste accident.

— Comme vous voudrez, mon garçon, reprit le fermier. Et l'usine? et le travail?

— L'usine est très belle, dit Ange.

— Quant au travail, dit Pierre, après un chômage forcé de six mois nous en avons par-dessus la tête; et je puis vous répondre qu'avant trois ans le petit Ange sera un fameux ouvrier.

— Ah! diable, tant mieux!

— Il gagnera presque autant que moi.

— Et gagnez-vous beaucoup? demanda Nicolas l'Ormeau, d'un ton où perçait une ardente convoitise.

— Si c'était toutes les quinzaines comme celle-ci pour Pierre, dit Ange, ça irait bien. Devine, père, combien il a touché.

— Dame! je ne sais pas, moi...

— 1620 francs.

— 1620 francs, s'écria le fermier ébahi, tu plaisantes. 1620 francs en quinze jours? Tu veux te gausser de moi,

— Non, allez à la cave, je vous conterai cela en buvant un coup.

Nicolas l'Ormeau ne se le fit pas dire deux fois. Il alla dans la salle commune prendre un pot, et descendit à la cave, où il tira de son meilleur cidre.

Un homme qui gagnait 1620 francs en une quinzaine, eût-il un parricide sur la conscience, lui semblait avoir tous les droits possibles à son estime.

Quand il se fut éloigné, Ange dit à Nivart :

— Laisse-moi faire, je connais le vieillard; il est rusé. Nous n'aurons pas de ses plumes sans eau chaude; cependant, avec quelques sacrifices, j'espère l'amener où nous voudrons. Le voici, attention!!!

Le père l'Ormeau ne se fit pas attendre. Il avait hâte de connaître l'histoire des 1,620 francs du contremaître. Il avait ajouté une bouteille de vin au pot de cidre, car il avait fait cette réflexion qui peint bien son caractère :

— Un homme qui gagne une si grosse somme en si peu de temps mérite bien quelques attentions.

Nos trois hommes furent bientôt attablés; sous le plafond aux solives enfumées, le crépuscule avait des teintes sombres, presque noires, en sorte qu'il eût été fort difficile d'analyser l'expression des physionomies de nos buveurs. Les trois verres furent remplis et vidés, puis Nicolas dit à son fils :

— Voyons, mon gars, l'histoire de ces fameux 1,620 francs.

Le fermier avait la curiosité peinte sur la physionomie. Nivart était en proie à une cruelle anxiété. Ange seul paraissait posséder tout son sang-froid.

Il raconta la fameuse histoire, en la brodant à sa manière. Elle ne produisit que peu d'effet sur le fermier, qui regrettait déjà sa bouteille de vin. Nicolas, qui était fort peu apte à apprécier un acte d'héroïsme et de dévouement, s'était attendu à quelque chose de plus merveilleux et de plus prosaïque: il croyait que cette somme reçue représentait pour le contremaître le salaire de son travail de la quinzaine et qu'il devait la gagner tous les quinze jours, toute sa vie. C'était quelque chose de phénoménal que cette robuste foi de Nicolas dans le travail; aussi n'avait-elle pas duré longtemps, et l'heure du désenchantement était cruelle pour le fermier.

Si cruelle, qu'il ne put s'empêcher de dire d'un ton bourru :

— Tout cela est fort beau ; mais on n'a pas tous les jours sous la main des incendies comme celui de Lindreck, où l'on puisse gagner des quinze cents francs comme ça, en sauvant des pauvres diables.

Pierre eut un mouvement d'indignation, qu'il parvint cependant à contenir. Ange haussa les épaules, mais le fermier ne vit rien. La nuit s'était faite dans la salle commune; au dehors, le jour baissait un peu ; les bestiaux rentraient des champs.

— C'est vrai qu'on n'a pas toujours des aubaines comme celle dont nous parlons, reprit Ange d'un ton railleur, mais écoutez donc le coup de la fin, mon père.

Ce coup de la fin, aux yeux d'Ange, devait produire l'effet d'un coup de massue sur le cupide et ambitieux paysan.

— Voyons ton coup de la fin? dit Nicolas, mais dépêche-toi, que j'aille assister à la rentrée du bétail à l'étable.

— Débouchez cette bouteille de vin, dit Ange.

Nicolas hésita, comme s'il se fût demandé si le fameux coup de la fin valait le sacrifice d'une bouteille de vin.

Ange attendait, le père l'Ormeau finit par s'exécuter.

Quand le vin fut versé, Ange vida son verre et reprit :

— Du fameux vin, père!

— Voyons si j'en dirai autant de ton coup de la fin, répondit Nicolas que le ton goguenard de son fils et le sacrifice forcé qu'il venait de faire étaient loin de mettre de bonne humeur.

— Eh bien, reprit Ange, quoi que vous en disiez, Pierre a ses 1,620 francs dans sa poche ; et, à cette somme, il peut ajouter douze cents autres francs, produit de ses premières économies.

— M. Pierre est un garçon d'ordre, et je l'en félicite ; si tu pouvais déjà en avoir autant que lui, répondit Nicolas, qui recommençait à s'intéresser à la conversation.

— Ça viendra, dit Ange, mais il ne s'agit pas de moi. Pierre a une idée, qui plus tard, mise à exécution, peut être pour lui une mine d'or.

— Diantre ! fit Nicolas.

— Mais pour s'occuper de son idée, continua Ange, il lui faut au moins douze mille francs.

— Toujours cette question des capitaux, dit Nicolas ; moi aussi, avec les fonds nécessaires, je parviendrais à faire ma ferme-modèle.

— Et Pierre compte amasser par son travail la somme qui lui manque.

— Une belle pensée, mon garçon, dit le fermier, en prenant la main du contremaître, et en la lui secouant rudement.

— C'est vrai; mais en attendant qu'il ait réuni la somme de douze mille francs, Pierre ne sait que faire de ses trois mille francs.

— Ah! ah! s'écria Nicolas, que dis-tu là, mon gars?

— Je dis que, dans l'embarras où il se trouve de placer son argent, Pierre a pensé à vous, mon père.

— Ah! ah!... buvons un coup, mes enfants, dit l'Ormeau presque attendri.

— Oui, à vous qui avez justement besoin de capitaux pour votre ferme-modèle.

— Ah! diantre! que Dieu le bénisse d'avoir eu cette bonne idée; mais, mes enfants, trois mille francs ne peuvent suffire quand il s'agit de fonder une ferme-modèle.

— Mais les terres que vous avez déjà.

— Si je ne les avais pas, mon projet ne serait-il pas une folie?

— Pierre peut mettre cent francs de côté par mois.

— C'est quelque chose.

— Et moi qui, en toutes choses suis l'associé de Nivart, je puis en mettre cinquante.

— Et tous les mois vous me verseriez ces cent cinquante francs?

A la joie avec laquelle il fit cette question, il était facile de voir que Nicolas jubilait.

Il versa du vin et dit :

— Diantre! vous ne buvez pas. Est-ce qu'entre amis on doit regarder à un verre de vin?

Et, après avoir bu :

— Mes enfants, dit-il d'un ton patelin, cette

Les marchands de vin *faisaient leurs vendanges* (page 53.)

affaire est grave ; elle demande à être examinée avec soin, et traitée en toute connaissance de cause : une ferme-modèle, les travaux d'organisation, d'installation, les achats de matériel, les réparations, les essais, vont me coûter les yeux de la tête.

— Si l'idée est mauvaise, dit Ange, il faut l'abandonner.

— Je ne dis pas que l'idée soit mauvaise, reprit précipitamment Nicolas, car la crainte de ne pas encaisser les économies des deux ouvriers venait de s'emparer de lui, mais j'ai voulu vous faire entendre que, pendant les premières années, je ne pourrai pas vous payer l'intérêt de votre argent.

— Nous ne voulons pas d'intérêts, dit Ange.

Nicolas regarda les deux jeunes gens en dessous. Il était trop madré pour croire sans explication à leur complet désintéressement.

Néanmoins, il versa à boire et dit :

— Buvons un coup.

Ce n'était pas sans raison qu'il remplissait leurs verres.

— Faisons-les boire, pensait-il, le vin délie la langue, nous les ferons causer ensuite, c'est nécessaire ; car il y a quelque chose là-dessous.

Nicolas, malgré ses cinquante-six ans, ne fit

qu'un bond jusqu'à la cave et revint avec deux bouteilles.

— Eh, eh! dit-il, mais une idée vient de me venir.

— Et cette idée, mon père?

— Quand les douze mille francs seront au grand complet entre mes mains, que vous en aurez besoin pour lancer la grande affaire de Pierre, vous me ferez mille millions de misères pour que je vous les rende. Je serai accablé d'huissiers et de papier timbré.

— Non pas, dit Ange, car la grande affaire de Pierre pourra parfaitement s'arranger avec la vôtre. Toutes deux marcheront de pair et se fortifieront l'une et l'autre.

L'Ormeau regardait son fils comme si ce dernier lui eût parlé hébreu.

— Et nous pousserons tous à la roue, même ma chère petite Céleste, qui arrive enfin, dit Ange en courant embrasser sa sœur.

La conversation fut interrompue un instant par l'arrivée de la jeune fille. Elle fut bientôt reprise sur les instances de Nicolas qui menaça d'envoyer Céleste à la cuisine, si l'on ne se remettait sur le champ à causer affaires.

Qu'on juge si Pierre et la jeune fille se souciaient de cela. Cependant, ils furent les plus attentifs à suivre la discussion.

Ange avait repris :

— Quand vous connaîtrez l'affaire que Pierre et moi nous avons rêvée, vous serez d'avis que j'ai raison, mon père.

— Et cette affaire? demanda Nicolas avec quelques signes d'impatience.

— Eh bien, Pierre vous demande Céleste en mariage, fit Ange.

Nicolas, à cette réponse de son fils, fit un bond qui faillit lui faire renverser les bouteilles et les verres qui se trouvaient sur la table, et attira l'attention de Pierre et de Céleste sur la discussion.

— Nivart me demande ma fille en mariage? s'écria-t-il.

— Oui, dit le contremaître.

— Mais c'est un guet-apens! fit le fermier.

D'un serrement de main, Céleste calma la colère de Pierre près d'éclater.

— Voyons, mon père, calmez-vous, dit Ange, et veuillez m'entendre. Pierre, je vous l'ai dit, poursuit une grande affaire qui ne peut se traiter sans argent; cette affaire à laquelle je m'associe corps et âme, c'est son mariage avec ma sœur; s'il vous demande Céleste en mariage, ce n'est pas pour l'épouser demain, ou dans huit jours : c'est pour l'épouser dès que nous aurons déposé entre vos mains la somme de douze mille francs, dont nous parlions à l'instant. Il nous faut pour cela cinq ans au plus, car, dans quelque temps, je pourrai vous verser cent francs par mois au lieu de cinquante. Dans cinq ans, Pierre aura trente ans et ma sœur vingt-un; ils seront, je crois, en âge d'être mariés.

A ces explications de son fils, la joie était revenue sur le visage de l'Ormeau.

Il avait réfléchi, le rusé vieillard, qu'en cinq ans peuvent se passer bien des événements.

Il garda néanmoins un long silence.

Evidemment il prenait une décision : qu'elle allait-elle être?

Les trois jeunes gens étaient tremblants et émus en face du cupide paysan.

Celui-ci dit enfin :

— Je consens à ce que vous me demandez, car je ne doute pas que, sans mon consentement Mlle Céleste s'associe à votre affaire; mais voici mes conditions, et je vous préviens que je n'en accepterai pas d'autres.

— Voyons, votre ultimatum? dit Ange.

— D'abord, je porte à quinze mille francs la somme à me verser.

— Adopté! répondirent les deux ouvriers.

— Ce sera bien long, dit naïvement Céleste.

Cette observation lui valut un long baiser que Pierre cueillit sur sa petite main brunie par le soleil.

— Jusqu'au jour où cette somme sera complète, je ne vous paierai, ni ne vous devrai aucun intérêt, reprit le fermier.

— C'est convenu, dit Pierre.

— Quand elle sera complète, Pierre épousera Céleste.

— Bien entendu.

— Mais vous me laisserez l'argent; après ma mort, vous le retrouverez capital et intérêts.

— Oh! oh! dit Ange, afin de juger jusqu'où irait la cupidité de son père.

— Oh! sois tranquille, va; je ne vous mangerai pas votre argent, dit le fermier.

— Allons, c'est décidé et chose convenue, dit Ange.

Nicolas l'Ormeau eut un nouveau mouvement d'attendrissement.

— Mes enfants, dit-il, vous faites de moi un heureux père. Cette journée sera l'une des plus belles de ma vie.

— Mais la Boucherie? dit Ange.

— La Boucherie, reprit Nicolas l'Ormeau avec une sorte de fureur, est un gueux, un pendard, un scélérat, et s'il revient jamais ici, je lui prouverai que, bien que Breton, je sais ce que c'est qu'une *conduite de Grenoble*...

Sur cet anathème, l'on se mit à table, et au dessert, la gaîté fut à son comble, car c'est alors que Pierre remit à Nicolas ses trois mille francs.

Pendant que le paysan comptait son argent, les trois jeunes gens firent en commun de beaux rêves et de grands projets; et ces rêves et projets, si peu raisonnables qu'ils fussent peut-être, n'avaient rien de commun avec ceux qu'inspire l'amour des richesses ou celui des grandeurs.

VII

PIERRE NIVART SE FAIT COMPAGNON

Nous croyons avoir dit trois choses :

1° Que Nantes est une cité manufacturière et commerçante où le nombre des ouvriers est considérable, où le port et ses chantiers fournissent continuellement du travail à ceux qui en cherchent, où l'on aime à s'amuser, surtout au quartier dit la *Ville en bois* ;

2° Qu'à Nantes éclata la conspiration du général Berton, et que la charbonnerie et le compagnonnage comptaient des milliers d'adhérents dans cette ruche de gens laborieux;

3° Que Nivart avait été relevé à l'état de cadavre, dans les bois du Vieux Chêne, par un ouvrier compagnon charpentier nommé la Bretèche, avec qui il n'avait pu faire autrement que de se lier, en raison du service rendu.

La Bretèche, depuis son arrivée à Nantes, travaillait au chantier du port.

C'était un de ces ouvriers comme on en voyait beaucoup à cette époque de résistance et d'opposition, alors que la démocratie, grisée par les tristes et sanglants souvenirs du régime impérial dont le despotisme ne la caressait que pour changer sa blouse en uniforme, et la rejeter mutilée dans les excès et les calamités de l'invasion, songeait à la honte que le pays venait de subir, en se laissant donner un roi par les armées étrangères.

La Bretèche avait trente ans. Au physique c'était un colosse. Il eût fait, habillé en hercule, la fortune d'une troupe de saltimbanques. Bon ouvrier, mais bruyant et franc viveur, il était fort enthousiaste du compagnonnage, dont il faisait depuis longtemps partie, et dans les rangs duquel il s'était acquis une certaine célébrité.

Célébrité tapageuse, batailleuse et querelleuse s'il en fut. Les instincts guerriers de la jeunesse que le long duel de l'Empire contre l'Europe avait exaltés, se trouvant sous les Bourbons réduits militairement parlant à une inactivité forcée, trouvaient leur satisfaction dans ces grandes luttes fratricides du compagnonnage, luttes qui devaient heureusement disparaître d'elles-mêmes, à mesure que l'instruction pénétrerait dans les classes ouvrières.

Qui ne se rappelle avoir au moins entendu parler de ces batailles entre compagnons boulangers contre charpentiers, cordonniers contre chapeliers, etc., etc.

Les batailles dont nous parlons étaient d'autant plus fréquentes et sanglantes que tous les compagnons voyageaient alors. On ne pouvait être compagnon, si l'on n'avait fait son tour de France. Cet usage donnait lieu à des *conduites*, à des *fêtes*, qui se terminaient rarement sans effusion de sang.

En général, toute réunion aboutissait à un combat, et le lendemain on comptait les morts et les blessés.

Tel était le compagnonnage envisagé sous son mauvais côté; mais il avait aussi ses avantages.

L'ouvrier qui voyageait pour se perfectionner et n'avait pas la facilité des chemins de fer, trouvait sur toute sa route non seulement aide et protection, mais encore des secours plus efficaces. Chez la *mère*, on lui donnait un gîte, du pain... et de l'argent, s'il en manquait pour continuer sa route; s'il séjournait dans la ville, on lui trouvait de l'ouvrage.

En cela l'institution était belle, bonne, utile et humanitaire. Elle supprimait le vagabondage, qui résultait d'un chômage forcé.

La Bretèche était un compagnon forcené. Plein de cœur, il comprenait que les hommes du même métier sont frères; armé d'un poignet solide, il était d'avis que le fort doit être le protecteur du faible... mais il était orgueilleux à l'excès, et toutes les corporations qui ne se rangeaient pas par état sous la bannière du grand saint Eloi, n'étaient pas dignes de faire partie du compagnonnage.

Imbu de ces principes, la Bretèche fort comme six hommes ordinaires, sa gigantesque canne à la main, avait deux fois fait le tour de France.

Dans ses pérégrinations, combien avait-il eu de querelles et gagné de batailles... ?

Il ne s'en souvenait plus.

En raison de ses hauts faits, de sa réputation et de l'effroi qu'il inspirait aux ennemis, on l'avait surnommé : *la terreur des braves*, un nom auquel on ne pouvait reprocher de manquer de signification.

Tel était la Bretèche.

A première vue, Pierre Nivart lui avait plu; quand il l'avait accompagné à l'hôpital, sans que celui-ci donnât signe de vie, il s'était dit :

— Un rude *lapin*, mon obligé, quel gaillard !

Puis, renseigné au sujet de la Tempête, il avait ajouté avec un accent de joie :

— Un ouvrier forgeron! Un frère en Saint-Éloi! bon Dieu! S'il n'est pas compagnon, faudra bien qu'il le devienne. Il a un nom tout trouvé : la *Tempête!* et c'est un nom que celui-là! On dit que mon gaillard a la tête près du bonnet. Tant mieux, tonnerre! malheur aux ennemis!

Excellentes réflexions! le compagnon massacreur songeait au parti que la-corporation pourrait tirer d'une recrue aux bras vigoureux, aux membres robustes, à la santé de fer, non pas au profit du travail, mais au profit de la lutte entre travailleurs!

La Bretèche n'avait pas manqué un seul jour de visite de venir voir Pierre Nivart à l'hôpital et lui avait prodigué avec le plus généreux désintéressement tous les soulagements possibles et permis par les règlements.

Nivart avait le cœur trop bien placé pour ne pas être sensible à une telle affection, et les deux ouvriers s'étaient liés d'étroite amitié dès que Nivart avait été en voie de guérison.

Un jour, — la chose devait immanquablement arriver, — la Bretèche, qui n'avait que son compagnonnage en tête, et croyait que Nivart dérogeait en négligeant de se faire initier, amena la question sur ce sujet, et, après une exposition détaillée des avantages de la fraternelle institution, en arriva à conclure qu'il fallait que Nivart se fît compagnon.

Le compagnonnage, présenté sous ses bons côtés, avait séduit l'esprit généreux du contremaître, qui avait fini par promettre formellement à la Bretèche de s'enrôler sous la bannière du grand saint qui fut le ministre du bon roi Dagobert.

Après ma guérison et ma sortie de l'hôpital, et dès que les travaux auront repris à l'usine, avait-il dit, je ferai ce que tu désires, ne fût-ce que pour t'être agréable, et pouvoir profiter du bénéfice de vos institutions, si jamais je me décide à faire mon tour de France, comme j'en ai souvent eu l'idée.

— Fais-toi compagnon, répondit la Bretèche avec joie, et nous quittons Nantes immédiatement, pour recommencer les douze travaux d'Hercule.

La Bretèche ne définit point son idée au sujet des douze travaux d'Hercule, par la raison bien simple qu'il les ignorait absolument; mais Pierre poussa un soupir et dit :

— Quitter Nantes?... nous verrons...

Il pensait à Céleste.

— Oh! c'est juste, dit la Bretèche, une petite femme à quitter et qu'on aime?...

— Oh! oui, comme un fou, dit le trop confiant Nivart, qui éprouvait le besoin de parler de Céleste.

— T'aime-t-elle? demanda la Bretèche.

— Oui, mais...

— Mais quoi? dit la Bretèche.

Pierre ne se fit pas prier pour raconter à son nouvel ami l'histoire de ses amours.

Il n'en omit qu'une particularité :

La tentative d'assassinat de la Boucherie.

Sur ce sujet, il était d'une discrétion à toute épreuve. Ange lui-même ne savait qu'une partie de la vérité, et il l'avait en quelque sorte devinée, à quelques mots échappés à son ami, quand il arrivait à Pierre de s'emporter contre la lâcheté et la fourberie de son ennemi.

Quand il voulait sonder plus avant le secret de la nuit sanglante passée au carrefour du Vieux Chêne, Nivart restait impénétrable.

— Plus tard, répondait-il à Ange, tu sauras ce qui s'est passé, et ce qu'il en coûtera à la Boucherie.

Quand la Bretèche eut connaissance des platoniques amours de son ami, il s'écria :

— Mon cher, d'une façon ou de l'autre, tu n'as qu'une ressource.

— Laquelle?

— Deviens compagnon, dit la Bretèche.

— Je ne comprends pas bien.

— Tu veux plaire à Céleste, n'est-ce pas?

— Sans doute.

— Et tu veux lui plaire au point de l'amener à refuser opiniâtrément un mariage avec ce coquillage de la Boucherie.

— Évidemment.

— Pour plaire à une jeune fille, dit la Bretèche, il n'y a rien au-dessus d'un vrai compagnon : sa canne lui donne des faux airs de tambour-major, et tu sais que le tambour-major est le Benjamin des femmes, ou tout au moins il le croit, et ce n'est pas une mince satisfaction.

Pierre sourit aux conclusions de son ami.

— Et d'ailleurs ce n'est pas tout, reprit la Bretèche; si, par hasard, la pauvre enfant ne pouvait avoir raison de l'entêtement et de l'avarice de son père...

— Que dis-tu?

— Une chose qui peut parfaitement arriver. Laisse-moi finir.

— Parle.

— Si elle se trouvait dans la nécessité d'épouser la Boucherie... dit le Compagnon.

Cette supposition fit faire un bond à Nivart, qui s'écria :

— Dans ce cas, je me connais; je tuerais la Boucherie.

— Une bêtise.

— Je la ferais.

— Non pas, comme il n'y a rien de comparable aux voyages pour former la jeunesse et guérir les chagrins causés par des peines de cœur, nous partirions, nous ferions le tour de France et, pour cela, il faut nécessairement que tu sois compagnon.

La discussion entre les deux amis se prolongea encore une heure environ; puis Nivart s'avoua convaincu et promit enfin de se faire compagnon.

Il tint parole. Obsédé par la Bretèche, il se présenta au compagnonnage dès en sortant de l'hospice.

Ange avait fait son possible pour l'en détourner. Il n'y parvint point.

— A quoi bon te faire compagnon ? avait-il dit à Nivart.

Pierre qui, à sang froid, était un homme sérieux, sans doute en raison de son existence isolée, n'avait vu dans le compagnonnage qu'une institution utile, charitable et vraiment philanthropique.

Il répondit à Ange qu'à ses yeux tout ouvrier devait se faire compagnon puisque c'était un moyen d'exercer les devoirs de la fraternité.

— Pour être compagnon, répondit Ange, on doit avant tout être garçon.

— Ne le suis-je pas ?

— Si, mais dans quelques jours.....

— Eh bien, je me ferai rayer de la société.

Ange n'était pas convaincu, il répondit à son ami par un hochement de tête de mauvais augure.

— Qu'as-tu ? lui demanda Nivart.

— Veux-tu que je te parle franchement ?

— Oui, avant tout.

— Eh bien, le compagnonnage n'est pas ton affaire.

— Pourquoi?

— Laisse cela à des hommes d'un caractère moins irascible.

— Que veux-tu dire?

— Tu es emporté ?

— C'est vrai.

— Pour un oui ou un non tu te mets dans des colères épouvantables qui t'ont déjà fait bien du tort.

— J'en conviens.

— Et tu veux faire partie d'une société exposée aux dangers de rivalités détestables, qui ne réussit jamais sans qu'il y ait des querelles, des coups et du sang versé. L'ignores-tu ?

— Non.

— Pourras-tu rester calme au milieu de ces querelles?

— Je le crois.

— En réponds-tu ?

— Dame !...

— Tiens, tu es fou, mon pauvre Nivart.

— J'ai donné ma parole à la Bretèche.

— Tiens-la alors, nous verrons plus tard qui a raison de la Bretèche ou de moi... aujourd'hui...

— Ne te fâche pas, Ange.

— Va, fais-toi compagnon.

— Je n'irai pas aux réunions.

— Nous le verrons bien...

Pierre et Ange se firent compagnons le lendemain de cette conversation.

Pierre, pour tenir la parole donnée à la Bretèche.

Ange, pour être à même de veiller sur le premier.

Nous verrons bientôt si Nivart devait tenir sa promesse, et s'il pouvait se dispenser d'aller aux réunions.

La Saint-Eloi, fête des forgerons, approchait.

VIII

LA SAINT-ÉLOI FÊTÉE PAR DES COMPAGNONS

C'était par une belle matinée du mois de décembre de l'année 1823; une forte gelée, qui durait depuis plusieurs jours, avait durci la terre, et une glace unie sillonnée de glissoires bordait la Loire d'une large bande d'argent. L'air était vif, piquant; un triste soleil d'hiver, se dégageant des brumes du matin, commençait à s'élever d'un horizon rose pâle : l'œil exercé du plus fin loup de mer n'eût pas découvert le moindre nuage au ciel, et l'on pouvait en induire que la température n'était pas sur le point de baisser.

— Quelle belle matinée ! se fussent écriés en chœur un chasseur passionné, un patineur émérite et tous les gens qui préfèrent le froid à la crotte.

Il était neuf heures du matin.

Le peuple nantais et les gens des environs semblaient à cette heure matinale être de l'avis des gens que nous venons de citer. De tous côtés ce n'était qu'allées et venues. Mais dans l'allure de ces allants et venants, il n'y avait rien de celle de l'ouvrier qui se rend à sa besogne, craint d'arriver en retard et salue à peine l'ami ou le voisin qu'il rencontre.

Chacun, au contraire, avait la figure épanouie, s'abordait, causait, riait. On se serrait la main, l'on allait commencer ces fêtes de l'amitié par de copieuses libations. Les marchands de vin *faisaient leurs vendanges*, suivant la pittoresque expression des gens du peuple.

A Nantes, on buvait plus de cidre que de vin, mais la gaîté n'en était ni moins franche, ni moins bruyante.

Evidemment, c'était pour une fête, une très grande fête même, que la ville présentait une telle animation.

En effet, de Nantes à Lindreck, points entre lesquels s'élèvent de nombreux chantiers, des refrains joyeux se chantaient de toutes parts en l'honneur de l'ancien ami du roi Dagobert, du fameux saint Eloi qui, à lui seul patronne, au moins dix corps d'état, depuis l'orfèvre jusqu'au forgeron, et dont la protection s'étend jusqu'aux ouvriers en bois, charrons, charpentiers, menuisiers, etc.

A un saint si bienveillant et comptant un si grand nombre d'adorateurs, une ville aussi manufacturière, aussi industrielle en construction que Nantes devait une fête splendide. Surtout à une époque où sans compter les apprentis, deux mille compagnons, devant l'obédience au grand saint, foulaient le sol de la patrie de l'immortel Cambronne (immortel pour un mot énergique mais malpropre prononcé à Waterloo !).

La municipalité avait pris de grandes mesures : elle voulait être à la hauteur de l'enthousiasme public, bien que la Restauration ne goutât que tout juste ces démonstrations populaires, qui sont pour peu qu'il existe des motifs de mécontentement, des occasions de troubles et d'émeutes et, chacun le sait, c'est des émeutes que naissent les révoltes violentes.

Ce jour, la démonstration ouvrière fut si vive, que sans la différence des costumes, on eût pu se croire transporté en pleine Rome, au temps où la populace républicaine de la ville éternelle demandait seulement au Sénat, par l'organe de ses tribuns, du pain et des fêtes : *Panem et Circences* (1).

L'artillerie de tous les modèles avait tonné le matin; on entendait encore à de longs intervalles, retentir quelques pétards éclatant isolément, comme ces soldats retardataires qu'une colonne en marche laisse inévitablement derrière elle.

Le carillon retentissait à son tour. Toutes les cloches en branle faisaient un vacarme à faire rêver au jugement dernier. Les sourds étaient dans la jubilation; comme ils y entendaient forcément quelque chose, les malheureux s'imaginaient innocemment que leur infirmité avait disparu.

La ville était pavoisée. Le soir, elle devait être illuminée.

A midi, on devait chanter une messe en musique, ou. . . . .

Nous renonçons à parler de l'église, des autorités, des corporations, des compagnons et de leurs cannes, des pains bénits, des vingt et une bannières, citées dans un ouvrage d'une exactitude incontestable, des *chefs-d'œuvre*, autant de bijoux de patience fabriqués par les ouvriers les plus habiles de chaque corporation, — portés comme des chasses à épaules d'hommes ; qui suivant l'expression de Boileau :

.... marchaient à pas comptés,
Comme un docteur suivi des quatre facultés.

Enfin, c'était splendide. Ceux qui eurent le bonheur d'assister à cette brillante cérémonie, ne peuvent en parler encore aujourd'hui sans pleurer d'attendrissement...

Reprenons notre récit et revenons aux personnages qui ont le plus intéressé nos lecteurs.

A neuf heures du matin donc, deux ouvriers descendaient des hauts quartiers de la ville vers le port.

Ces deux ouvriers étaient endimanchés, enrubannés et, aux cannes qu'ils portaient, on ne pouvait manquer de les reconnaître pour deux compagnons comme on reconnaît un soldat à son uniforme.

En nommant Pierre Nivart, dit *la Tempete*, le meilleur forgeron à vingt lieues à la ronde et César la Bretèche, dit la *Terreur des braves*, qui à Bayonne, à Bordeaux, à Rochefort et à Lorient, où il avait successivement travaillé, n'avait pu trouver un ouvrier charpentier plus habile que lui, nous nous dispenserons de faire un plus ample portrait de ces deux hommes, que tous les ouvriers admiraient et craignaient.

Malgré les serments qu'il avait faits à Ange et à Céleste, de ne prendre aucune part aux réunions des compagnons, ses frères, Pierre n'avait pu refuser à la Bretèche, à l'homme sans le secours de qui peut-être il fût mort dans les bois sous les dents des loups, de faire ensemble la Saint-Éloi, leur patron commun.

La veille, la Bretèche avait dit à sa maîtresse :

— La Flèche, il est midi ; j'ai déjeuné ; eh bien, je ne retourne pas au chantier ; c'est demain la Saint-Éloi, jour de grande fête; il faut que j'aille à Lindreck chercher l'ami Nivart, le forgeron, te souviens-tu ? que j'allais voir à l'hôpital. Il est si timide pour un homme de sa trempe que, te sachant chez moi, il n'y viendrait pas seul.

— Il est aussi timide que ça, ton ami ? cependant, il devrait savoir qu'avec moi, on n'a pas besoin de se gêner, dit naïvement la Flèche, une fille de mœurs déplorables, mais d'un bon cœur au fond.

Un bon cœur ! la vertu de ses pareilles généralement, dit-on. Nous devons ajouter, pour rester dans le vrai que, depuis deux ans que la Flèche avait été tirée d'une position infâme par la Bretèche, elle ne se livrait à aucun écart. Cette conduite exemplaire était-elle le résultat du défaut d'occasions ou de la reconnaissance ? nous penchons pour cette dernière supposition ; néanmoins nous pouvons affirmer que l'amour n'était pour rien dans la chose, et que bien que la Flèche fût pour César ce que bien des ouvriers voudraient que leurs femmes

(1) Jeux, fêtes du Cirque.

légitimes fussent pour eux, elle ne l'aimait point.

— Comment veux-tu que ce garçon sache qu'on n'a pas besoin de se gêner avec toi, dit César, puisqu'il ne te connaît pas?

— C'est vrai, répondit la Flèche. Eh bien, va le chercher, et surtout ramène-le, puisque tu dois être si heureux de faire la Saint-Éloi avec lui. De mon côté, comme j'en ai entendu dire beaucoup de bien et beaucoup de mal, je ne serai pas fâchée de le connaître.

La Bretèche était parti; chemin faisant, il ne se donnait pas la peine de songer à rien; songer? cela fatigue les hommes robustes. Exempt de soucis, il eût cru déroger à ses habitudes s'il eût senti s'éveiller une idée dans son cerveau.

S'il ne pensait pas, il marchait bien et ce jour-là il courait, tant il avait hâte de serrer la main à son ami.

Pourtant il n'oubliait point d'autres affections; aussi quand la soif le tourmentait trop fort, la Bretèche s'arrêtait au bouchon rencontré et buvait. Le cidre n'était à ses yeux qu'une boisson propre à désaltérer les enfants; le vin était au-dessus de ses moyens; il buvait donc de l'eau-de-vie, *sur laquelle, disait-il, il ne crachait dans aucun pays.*

Mais la Bretèche avait le mérite de bien supporter ce qu'il buvait: il arriva à Lindreck avec tout son sang-froid, Il s'informa de Pierre Nivart.

Justement celui-ci était absent.

— Et où est-il allé, que j'aille le chercher? demanda César sans se décourager.

— Oh! c'est inutile, répondit l'ouvrier que questionnait la Bretèche; en courant après lui vous vous exposeriez à faire beaucoup de chemin pour le roi de Prusse.

Un gaillard pour lequel je n'aime guère à travailler; mais expliquez-vous, je vous prie, demanda César.

— Eh bien, reprit l'ouvrier, le contremaître est allé faire un bout de conduite au petit l'Ormeau, qui a reçu ce matin une lettre de sa sœur, le priant de venir à la ferme, où sa présence est nécessaire. Le contremaître aurait bien accompagné le petit jusqu'au mesnil du père l'Ormeau; il eût même été enchanté d'y aller, car on dit qu'un mariage se manigance entre lui et la fille du fermier, mais la lettre lui signifiait, paraît-il, de rester ici pour son bien. De sorte que, comme je vous le disais en commençant, au lieu d'être parti pour la ferme, il est allé simplement faire un pas de conduite au frère de la prétendue, qu'il aime comme si c'était le sien. En allant à sa recherche, vous pourriez prendre un chemin et le contremaître un autre.

— Et faire ainsi longtemps la navette sans nous rencontrer? conclut la Bretèche.

— Dame! oui.

— Y a-t-il longtemps qu'ils sont partis?

— A deux heures on a suspendu les travaux à l'usine, à cause de la Saint-Eloi de demain; ils sont partis presque aussitôt après.

— Il est trois heures et demie, dit César; à en juger par le trajet à faire, Pierre ne peut tarder à rentrer.

Quelques ouvriers qui connaissaient la Bretèche étaient survenus; il leur proposa de *faire un tour* dans les ateliers de la forge.

Cette visite eut lieu sans qu'aucun ouvrier osât lui dire du mal de Nivart, car personne, à Lindreck, n'ignorait l'intimité existant entre les deux compagnons.

La promenade terminée, César offrit un *philipp* à ses guides. Ceux-ci, en leur qualité de forgerons peut-être, aussi désireux de boire que le charpentier, se récrièrent en prétendant que suivant l'usage, puisque c'était eux qui recevaient sa visite, c'était à eux d'offrir et de payer le *philipp* dont il venait d'être question.

Contre la force point de résistance, dit un vieux proverbe; s'il n'eût été question que de force, César eût pu se défendre; il était taillé pour cela; mais il dut céder, seul contre vingt qui l'entouraient et criaient plus fort que lui, quelle que fût la vigueur de ses poumons.

Alors la bande joyeuse alla s'installer dans la salle basse d'un cabaret borgne, qui portait pour enseigne:

Bon cidre au pot.
Bon vin à la bouteille,
Bonne eau-de-vie à la pinte.

Et au-dessous:

Au rendez-vous des compagnons du marteau.

C'était engageant pour des hommes qui, du matin au soir, avaient presque tous à la main l'outil dont il était question sur l'enseigne.

— Voilà notre affaire, nous serons bien là, dit la Bretèche, en prenant place dans la salle enfumée, obscure, au milieu de laquelle se dressait un poêle gigantesque chauffé à blanc, et dont la chaleur excessive donnait à l'atmosphère de la cave une odeur âcre, qu'augmentaient encore des odeurs d'eau-de-vie brûlée.

On conviendra que la Bretèche n'était pas difficile à contenter quand il avait dit:

« Nous serons bien là. »

Les forgerons, habitués à leur enfer quotidien, se trouvaient dans la cave comme en paradis.

Les Philipps se succédaient avec une rapidité

prodigieuse, et ne faisaient que doubler la soif de ces gorges brûlées. Les heures se passaient rapides et légères ; la Bretèche, dans le feu d'une improvisation pleine de sentiment à coups de canne, sur le compagnonnage, *son dada favori*, ne comptait plus avec elles. Sés lèvres, desséchées par la liqueur et l'éloquence, se rencontraient fréquemment avec son verre, constamment vidé, constamment rempli.

La nuit était venue depuis longtemps, qu'il n'y avait de changé dans la cave que le nombre des Phlipps.

Nous oublions de dire qu'on avait apporté aux buveurs une chandelle allumée, mais comme aucun de ceux-ci — la flamme de l'eau-de-vie les éclairait — ne songeait à la moucher, la mèche, longue de plusieurs pouces, ne formait plus avec le corps du luminaire qu'une gigantesque larme de feu, coulant en l'honneur des errements du genre humain en général et de ceux des buveurs en particulier.

Rembrandt et Salvator Rosa eussent certainement fait un chef-d'œuvre du genre, en prenant pour modèle cette table de buveurs perdus dans la fumée de leurs pipes continuellement allumées.

Que d'énergie dans ces traits! Que de naturel dans ces poses! Que d'éclat dans ces yeux! Quels tons chauds sur ces chairs! Que d'ombre, que de lumière sur l'ensemble!

Malheureusement Salvator Rosa et Rembrandt manquaient à cette scène, que nous n'avons fait qu'indiquer.

César allait faire, au grand ravissement de ses compagnons, la description d'une Saint-Éloi, à laquelle il avait assisté à Bordeaux l'année précédente, comme acteur, bien entendu, quand Nivart enfin de retour, et prévenu de l'arrivée de la Bretèche, fit son entrée dans la cave.

Disons en passant que, depuis sa liaison avec Ange l'Ormeau, Nivart, dompté par la volonté de cet enfant, était devenu moins emporté avec les ouvriers; ceux-ci, presque tous, s'étaient plù à reconnaître son mérite et ses capacités, et avaient cessé de le tenir éloigné de leurs réunions comme autrefois.

Ce soir-là ceux qui avaient suivi la Bretèche, l'ami de Pierre, étaient naturellement ceux qui le plus vite et le plus sincèrement s'étaient ralliés à ce dernier, en disant :

— Il n'est pas le même avec nous, il fait le premier pas, nous devons lui éviter tous les autres, puisqu'il n'y a que le premier qui coûte.

Il est juste de dire qu'à la table des buveurs, comme autrefois à celle du Christ, et d'ailleurs dans toute réunion bien organisée, il y avait un traître. Nous saurons bientôt quel était son emploi, quel rôle il avait à jouer.

L'arrivée de Nivart ne produisit donc aucun sentiment hostile au sein de la titubante réunion, comme cela n'eût pas manqué d'arriver quelques mois plus tôt.

Bien au contraire, un buveur — le traître, ce sont toujours ceux-là — s'écria :

— Allons, mes amis, serrons les rangs, voici un buveur de plus!

Nivart, homme franc s'il en fut, ne se méfiait pas plus de cet ouvrier que des autres ; il ne répondit rien, mais l'élan était donné, un autre buveur reprit :

— Place au contremaître!

— Un troisième ajouta :

— Cambusier du diable, un verre!

Sur les côtés, les ouvriers, malgré leur patois breton, emploient volontiers des vocables maritimes.

— Mes amis, dit enfin Pierre, ne vous dérangez pas. J'ai appris que la Bretèche était venu pour me voir, et qu'il était parmi vous...

— Raison de plus pour trinquer avec nous, reprit le traître, sans donner à Nivart le temps d'achever sa phrase.

Une place avait été faite à Nivart, à la droite de César. Celui-ci s'était levé; il dit à son ami, en lui serrant les mains avec une effusion que doublaient encore les fréquentes libations qu'il venait de faire.

— Assieds-toi là, vieux frère; là, à côté de moi; tu sais qu'entre nous deux, c'est à la vie à la mort...

Pierre ne buvait pas et n'aimait pas les ivrognes; quoique péniblement affecté de voir la Bretèche ivre, il s'assit auprès de lui; il ne voulait pas, par trop de réserve, faire sentir à des ouvriers, qui venaient de lui donner des marques de sympathie, qu'il désapprouvait leur conduite privée, qu'il n'avait pas mission de surveiller.

Il prit un verre de Philipp, afin de trinquer; puis il dit à César, en lui serrant à son tour la main, d'une façon toute particulière. Il cherchait à faire comprendre au buveur qu'il était temps qu'il s'arrêtât.

— Quel bon vent t'a poussé de ce côté?

— Quel bon vent, dis-tu? mais n'est-ce pas demain la Saint-Éloi, notre patron à tous, tant que nous sommes ici?

— Si, répondit Nivart d'un ton visiblement embarrassé.

Il songeait à la promesse qu'il avait faite à Ange, de ne jamais se mêler à aucune réunion de compagnons.

A une heure du matin, en cherchant la porte de son domicile (page 58.)

— Comme tu dis ça, reprit la Bretèche ; on dirait, à t'entendre, que tu as envie de travailler demain, bien que l'usine soit fermée.

— Non, mais...

— Mais, quoi, sais-tu ce que tu feras demain ? non, pas encore ? Eh bien, tu feras la Saint-Éloi avec moi à Nantes. Tous ces braves garçons, presque tous compagnons, et bien d'autres avec eux, seront de la fête. Tu ne peux refuser une pareille invitation ; ce serait forfaire aux lois de l'amitié et du compagnonnage. D'ailleurs, ma femme t'attend et m'a recommandé de ne point revenir sans toi.

A Nantes comme à Lindreck on croyait la Bretèche marié : personne ne savait rien des déplorables antécédents de la Flèche.

— Et quand t'attend ta femme ? demanda Nivart avec l'intention de faire cesser une orgie qui lui semblait déjà avoir dépassé les bornes du convenable.

— Ce soir, dit hardiment César.

— Ce soir, mais, mon cher, si tu veux tenir ta promesse, il est temps de partir.

— Quelle heure est-il donc ? demanda la Bretèche.

— Dix heures.

Ces mots : dix heures ! firent lever tous les ouvriers.

— Et trois lieues à faire, continua Pierre.

— Aussi, que diable te fais-tu désirer si longtemps ? reprit César ; mais tu viens avec moi ?

— Oui, dit Nivart qui, avant d'avoir vu la Bretèche, pensait aller à Nantes le lendemain, afin d'y déposer à la Caisse d'épargne une somme d'argent assez ronde qu'il portait sur lui.

Cet argent était le montant de ses dernières économies et de celles d'Ange. Des raisons, que nous donnerons bientôt, avaient décidé les deux amis à ne point placer cette somme entre les mains du père de Céleste.

Une autre raison encore déterminait Pierre à partir avec César : celui-ci était ivre, il craignait qu'il ne lui arrivât quelque accident en route.

— Si tu viens avec moi, répondit la Bretèche, tout va bien, nous allons partir.

— Quant à vous, mes amis, reprit-il en s'adressant aux ouvriers, si je ne vous raconte pas ce soir la Saint-Eloi que j'ai faite l'année dernière à Bordeaux, nous fêterons ensemble celle de demain à Nantes. Ni vous ni moi ne perdrons au change.

Les ouvriers bretons poussèrent à leur manière un hurrah d'applaudissements. La séance était close, ou plutôt l'orgie était terminée.

Nivart et La Bretèche se mirent aussitôt en route.

On connait l'effet du grand air et du froid sur un homme ivre, surtout quand cet homme sort d'un lieu chauffé outre-mesure.

La Bretèche, si robuste qu'il fût, avait assez bu, dans la journée, pour éprouver la sensation que nous venons de dire. Il se sentit d'abord saisi, étourdi par le grand air, et vit tout tourner autour de lui. Il se raidit sur ses jambes, mais ne parvint qu'à précipiter son pas, sans le rendre plus assuré.

— Donne-moi le bras, lui dit Nivart.

— Ce n'est pas de refus, ma vieille, répondit César ; le grand air, le grand air, mon cher.

— Et puis un peu les Phlipps.

— Oui, un peu les Phlipps aussi, mais surtout le grand air.

. . . .

S'il nous fallait suivre la conversation des deux compagnons, nous n'en finirions pas, aussi bien Nivart faisait-il causer son ami, afin qu'il ne s'endormit pas en marchant, ce qui eût rendu la situation fort désagréable.

La première heure fut pénible.

Mais la Bretèche digérait sans doute aussi facilement qu'il absorbait, et Pierre était robuste...

Enfin, César dit à son ami :

— Ça se dissipe, laisse-moi maintenant marcher seul, je te fatigue inutilement. Nivart laissa aller le bras de son compagnon, en disant :

— Alors parlons peu, surtout toi ; et, en arrivant à Nantes, tu seras complètement dégrisé, et tu n'y penseras plus.

— Je l'espère bien comme ça ! répondit la Bretèche d'une voix encore mal assurée.

La prédiction de Nivart s'accomplit.

A une heure du matin, en cherchant à la porte de son domicile, César était presque dans son état normal, mais il lui eût fallu bien peu boire pour retomber dans sa première ivresse.

La Flèche ne s'était pas couchée ; elle attendait les deux voyageurs, avec une vive impatience ; nous allons dire pourquoi...

IX

ENTRE LA VEILLE ET LE LENDEMAIN

C'était une singulière créature que la Flèche, une femme étrange ; chez elle les sentiments mauvais étouffaient souvent les bons. Ces sortes de natures sont assez communes parmi le peuple des grandes villes. Il voit le beau et l'admire, cherche à l'imiter, bénéficiant des bienfaits de la société, il n'est pas égoïste et aime ses frères, c'est le bon côté ; mais hâtons-nous d'ajouter qu'il ne reçoit généralement ni l'éducation ni l'instruction nécessaires pour dompter ses mauvais instincts. C'est le mauvais côté ; et souvent le mauvais l'emporte sur le bon, et de beaucoup...

L'histoire de la Flèche se résumait en peu de mots. C'était le triste roman d'une foule de malheureuses femmes, la plupart du temps plus à plaindre qu'à blâmer. Ce roman pourrait s'écrire en quatre chapitres, dont voici presque invariablement les titres : *Un moment d'enivrement ; Pour un peu d'or ; Une existence flétrie et déclassée.*

Quant au dernier chapitre, il a ses variantes, on a l'embarras du choix : *Sur un lit d'hôpital ; En prison ; Au bout d'une corde ; Près d'un boisseau de charbon ; Dans la rivière.*

Ce livre, hâtons-nous de le dire, serait très moral et pourrait servir à l'instruction de la jeunesse, si l'on admet, toutefois, que les livres servent à quelque chose.

Revenons à la Flèche.

Elle était née dans le département des Landes, un pays qui peut à peine, aujourd'hui encore, nourrir ses habitants, à Sauveterre, Langon ou Capitieux, peu importe ! de parents pauvres, mais plus avares encore, si avares, que, pouvant garder leur enfant chez eux; ils l'envoyèrent en *condition* à Bordeaux, afin qu'elle pût les soutenir, en leur abandonnant ses gages.

L'enfant était jolie; à Bordeaux elle prit des goûts de toilette et de coquetterie; cependant, les premiers mois, elle envoya la majeure partie de ses gages au village, comme elle l'avait promis.

Un jour, la pauvrette s'aperçut qu'en continuant sur ce pied, elle n'aurait jamais rien à elle, ni un bijou, ni un de ces rubans qui font plus belle encore, quand on l'est déjà.

Certes, les séductions ne lui manquaient pas, les séducteurs vinrent à leur tour.

Un jour, il arriva ce qui devait inévitablement arriver, l'enfant ne travailla plus, et les parents avares reçurent plus d'argent que jamais.

Ils ne désiraient que cela du reste; ils ne songèrent point à s'informer des moyens employés par leur fille pour arriver à ce résultat.

Pas n'est besoin de mettre les points sur les *i*, pour que l'on comprenne les motifs du changement de position de la jeune fille, qui, à cette époque, ne s'appelait pas *la Flèche*.

A ce changement, celle-ci gagna de devenir paresseuse.

Si la pauvrette aima, elle n'eut qu'un moment d'enivrement, un rêve d'une heure...

En un mot, le seul moment de véritable bonheur qu'elle devait avoir dans sa vie.

L'amour, dans de telles conditions, est toujours très éphémère. Le séducteur, sa passion satisfaite, quitta la Flèche, le jour où il s'aperçut qu'il n'aimait, ou plutôt n'avait aimé qu'une paysanne, sans usages et sans instruction.

Ici commence le chapitre : *Pour un peu d'or*.

Après sa chute, ayant le travail en horreur et tenant toujours à envoyer de l'argent au village, La Flèche chercha et trouva une autre *passion*.

La *passion*, prise dans ce sens, se trouve toujours.

Abrégeons : de passion en passion, elle finit par tomber où La Bretèche la trouva, dans une maison immonde, dans une rue infecte, faisant partie d'un ignoble quartier de la grande ville, au moment où un misérable gorgé de vin, armé d'un couteau, et qui se disait son amant, voulait la tuer, parce qu'elle ne voulait pas lui donner d'*argent pour aller boire*.

Heureusement pour la Flèche, César était un homme d'une force peu commune, ne reculant devant rien; sans se contenter, comme le Rodolphe des *Mystères de Paris*, de souffleter son homme, et de lui payer ensuite à boire, il désarma d'abord l'assassin d'occasion, puis il lui administra une telle correction, que le misérable garda le lit plus d'un mois.

Il dut être à jamais guéri de la manie de battre les femmes quelles qu'elles fussent.

Par reconnaissance, la Flèche, qui déjà portait ce nom de guerre, s'attacha à la Bretèche. Celui-ci, de son côté, après quelques jours de relations intimes, lui reconnaissant des qualités réelles, lui fit quitter Bordeaux, afin de l'éloigner du théâtre de ses *légèretés*.

De Bordeaux, le couple voyageur vint un beau jour s'installer à Nantes. Afin d'expliquer l'absence de la Flèche, au moment où, dans le bois du Vieux-Chêne, la Bretèche releva Nivart à demi mort, disons que, quand le charpentier décidait un changement de résidence, la Flèche prenait la voiture et allait en fourrier préparer le logement; quant à lui, en franc et courageux compagnon qu'il était, il prenait sa canne et se mettait en route à pied; depuis l'âge de quinze ans, il allait de-ci, de-là, à l'aventure, mangeant en route les économies faites au dernier séjour, arrivant quand il pouvait, mais arrivant toujours, parce que la Flèche était en avant, et qu'elle pouvait avoir besoin d'argent.

— Noblesse oblige, disait alors la Bretèche, je l'ai prise à ma charge, c'est à moi de la nourrir.

Une pittoresque existence que celle de cet homme.

— S'il est vrai que les voyages forment la jeunesse, il doit être bien formé, disait un jour un de ses patrons, car il a vu du pays.

— C'est vrai, répondait un vieil ouvrier sédentaire, mais pierre qui roule n'amasse pas mousse.

En effet, bien qu'il fût un excellent ouvrier, César était loin d'avoir sa fortune faite; avec lui, la Flèche menait une existence imprévoyante, et sans lendemain assuré.

Elle était donc à la troisième partie de son roman, et comptait dans les déclassées, quand Pierre Nivart fut appelé à faire sa connaissance.

Son histoire est connue, faisons à présent son portrait en deux mots.

Elle avait vingt-quatre ans, était grande, élancée, mais sans maigreur, ses formes au contraire, sans être trop accusées; étaient ce celles qui séduisent, parce qu'elles tiennent tout ce qu'elles promettent.

C'était une de ces femmes au tempérament de fer, qui atteignent à la quarantaine sans une ride, et à qui les excès ne retirent que la plus sublime qualité de la femme, celle de devenir mère, sans flétrir leurs charmes physiques.

Elle appartenait au type méridional le plus pur, celui qui se rapproche le plus de la statuaire de l'ancienne Grèce.

Elle avait le teint chaud, des cheveux presque noirs et abondamment fournis, de grands et beaux yeux et de belles dents; c'était surtout ce qui caractérisait son genre de beauté ; le reste rentrait complètement dans l'ordinaire.

Elle était donc encore fort jolie. La Bretèche en était fier ; fier surtout de l'avoir à son bras. De son côté, la Flèche n'ignorait rien de ses mérites ; elle savait s'habiller *et tout lui allait* (qu'on nous pardonne la trivialité de cette expression) ; elle portait à ravir, en guise de coiffure, le madras à couleurs tranchantes que les Bordelaises savent seules ajuster, et font admirer encore aujourd'hui par tous ceux qui les voient.

Qui a prétendu qu'il n'existait pas de coiffures nationales...?

Ne disons rien du moral de la Flèche : son caractère, ses instincts et ses goûts, nous n'osons pas ajouter ses principes, vont se révéler dans ces actes.

Il était donc une heure du matin quand elle ouvrit aux deux compagnons; Pierre suivait César, disparaissant pour ainsi dire, derrière le colosse.

— Eh quoi? tu reviens seul? c'était bien la peine de revenir si tard ! dit la Flèche à César.

Elle ne pouvait apercevoir Pierre, dont la personne se perdait dans l'ombre de l'escalier.

— Seul, plaisantes-tu? et pour qui prends-tu ce gaillard-là? répondit César, en s'effaçant de façon à laisser arriver jusqu'au contremaître la lumière de la lampe que la jeune femme tenait à la main.

Un éclair de joie passa sur le beau front de la Flèche, et son regard ardent, incisif, hardi, étincelant déjà de volupté, sans s'arrêter une seconde sur César, alla se fixer sur Pierre plein de désirs et de promesses, tant il y avait de flamme, de lumière et d'étincelles dans les yeux de cette femme impudique, qui cent fois, depuis l'incendie de l'usine, avait entendu dire que Nivart était le plus bel homme et le plus joli garçon de Nantes et des environs ; et c'était vrai.

La nature prodigue parfois avait tout donné au fils du pauvre pêcheur, beauté, régularité des traits, perfection académique, et souplesse.

La Flèche, qui s'y connaissait sans doute, s'en fut bientôt convaincue, et son regard se baissa devant celui du contremaître.

Elle rougit. Pourquoi...? elle qui depuis si longtemps ne rougissait plus !

Toute cette scène, qui se résumait en un regard, s'était passée en dix secondes au plus.

Dans ces dix secondes, le cœur de la Flèche avait battu vingt fois.

Quant à Nivart, froid, calme, et tout à son amour pour Céleste, il ne put guère que se dire :

— César a une bien jolie femme.

Cependant ce fut lui qui rompit le premier le silence.

— Pardonnez-moi, madame, de venir une première fois chez vous à pareille heure.

— Vous venez de loin, monsieur, répondit la Flèche, que le ton respectueux et réservé de Pierre commençait à embarrasser.

César devait venir au secours de sa femme.

— Voyons, dit-il, pas tant d'excuses et de cérémonie que ça. Entre amis est-ce qu'on se gêne? Viens-tu faire la saint Eloi avec nous, pour échanger des compliments et des salamalecs du matin au soir ; ce serait éreintant, assommant, et surtout embêtant, et moi je tiens à m'amuser. Si mon père m'a fait comme ça, c'est son affaire, je n'en suis pas responsable ; il faut que je reste qui je suis, et je ne m'en plains pas. Tu es un bon garçon, Pierre, aussi vrai qu'Armandine est une bonne femme ; nous venons de loin, elle l'a dit, et c'est une raison de plus pour que nous ne restions pas debout sur le carré ; j'ai *godaillé* un peu, je l'affirme, moi ; et c'est une raison pour que nous *cassions la croûte*. Le souper a eu le temps de mijoter, ma petite Armandine? Qu'en dis-tu, Nivart?

César avait débité tout cela gaiement, mais comme un homme qui a la langue un peu épaisse.

Armandine l'avait regardé du coin de l'œil ; et s'étant aperçu de son état d'ébriété, elle avait souri ; puis un second éclair de joie avait sillonné son front.

— Comment! tu ne me dis rien, Armandine? continua César.

— Que veux-tu que je te dise?

— Tu ne me grondes pas un petit brin, pour m'être livré à de trop copieuses libations, cependant c'est assez ton habitude de le faire.

— C'est aujourd'hui la Saint-Eloi, dit Armandine en souriant.

— Oh! amour de femme que tu es!...

Et éprouvant sans doute une recrudescence d'amour, la Bretèche prit Armandine par la taille et l'embrassa sur les deux joues.

Elle souriait toujours.

Comme ils sont heureux ! Quand donc le serai-je? se disait Nivart, contemplant avec envie le tableau qu'il avait sous les yeux et pensant à Céleste.

— Tiens! comme tu es belle! continua César en s'apercevant que la Flèche s'était presque endimanchée.

— Voyons, reprit cette dernière, laisse-moi mettre le couvert. Vous venez de faire trois lieues, vous devez avoir faim.

— Une bonne idée que tu as là, Armandine ; qu'en penses-tu Pierre?

Ce dernier, plongé dans ses rêveries, répondit machinalement.

— Tu me demandes...?

— Ah ça! ou donc as-tu l'esprit? Ah! j'y suis, tu admires ma femme ; ne me le dis pas, car tu me rendrais fier et je serais capable de faire la roue comme un paon.

— Il s'agit de manger un morcau, M. Nivart, dit Armandine.

— J'avoue que...

— Que vous mangeriez volontiers, reprit la jeune femme sans attendre la réponse du contremaître.

Tout en parlant, la Flèche mettait le couvert à la hâte.

— Je te dois tout de même une belle chandelle, Nivart, reprit César, assis depuis longtemps à l'un des bouts de la petite table sur laquelle on devait dîner.

— Et pourquoi ? demanda Pierre.

— Dame ! ne m'as-tu pas évité *le coup de brosse* que ma femme me donne toutes les fois que je bois un verre de vin de trop. C'est qu'elle n'aime pas les ivrognes, Armandine ; elle a de bonnes raisons pour cela, figure-toi...

La Bretèche s'arrêta court, la Flèche, qu'il regardait, l'avait comme foudroyé d'un regard.

Il se souvint que pour lui, comme pour Armandine, il était de son intérêt de ne pas révéler le passé de cette dernière.

— Tiens, ne parlons plus de ça, ma femme serait capable de me donner de l'eau à souper.

Un sourire de dédain passa sur les lèvres de la jeune femme ; mais il ne fit qu'y passer, pour faire place à un sourire gracieux, qui accompagna ces paroles.

— De l'eau, un jour de Saint Eloi ? fi donc !

— En disant cela Armandine déposa deux bouteilles de vin sur la table autour de laquelle il n'y avait plus qu'à s'asseoir.

— Mets-toi là, à ma droite, Nivart ; toi, a ma gauche, Armandine. De cette façon, je pourrai m'écrier :

— Ah ! qu'on est bien entre sa femme et son meilleur ami !

Nous ne dirons que peu de chose de ce souper improvisé.

La Flèche, on l'a compris, avait à première vue trouvé Nivart à son gré. Son passé, ses instincts, la faisaient femme à ne pas refuser la satisfaction d'un caprice. Dans la scène qui venait d'avoir lieu, elle avait souvent comparé les deux hommes qui se trouvaient en sa présence, et l'avantage n'était pas resté à l'homme colosse.

Armandine avait éprouvé du dégoût à la vue de ce dernier, tandis qu'à la dérobée elle n'avait eu que des regards d'admiration pour le beau Pierre.

En pareille circonstance, une femme de la moralité d'Armandine n'hésite jamais, quand même sa fortune serait en jeu.

Si l'homme lui plaît, il le lui faut, parce que ses caprices sont inexorables, et ses passions indomptables.

Y a-t-il un danger à courir, ces caprices n'en deviennent que plus impérieux, la femme impudique met à les satisfaire la gloire et l'amour-propre qu'une femme honnête mettrait à les dompter et à les vaincre.

Armandine ne se fit aucun raisonnement, ne songea qu'à agir, et son parti fut bientôt pris.

Pierre Nivart allait passer la nuit sous le même toit qu'elle ; elle ne devait pas manquer cette occasion d'établir avec lui de *sérieuses relations*, occasion qui ne se représenterait jamais peut-être. Ces relations établies, l'avenir déciderait de leur durée et sans doute aussi de leur nature.

Pour se convaincre du succès de son entreprise Armandine partait de ce raisonnement :

« Qu'un homme de vingt-quatre ans, quelle que soit la situation, ne repousse jamais une jolie femme du même âge, si cette femme se jette résolûment à sa tête. Les difficultés de la situation lui font précisément excuser l'inconvenance du procédé. En outre, cet homme est toujours flatté qu'une femme jette ainsi, pour lui, son bonnet par-dessus les moulins. »

Armandine était jolie, elle le savait depuis longtemps ; son miroir le lui disait tous les jours, et de nombreux adorateurs, qu'elle entendait, sans les écouter, le lui répétaient toutes les fois qu'elle mettait le pied hors du logis.

Voici ce qu'elle fit pour arriver à ses fins. Elle résolut de replonger la Bretèche dans les vignes du Seigneur, dont il était momentanément sorti.

Rien n'était plus facile. Quand César était *éméché*, il était plus que jamais disposé à boire, et buvait de tout outre mesure, sans rien trouver de trop *raide*, jusqu'à ce que ses libations le forçassent à se mettre au lit. Alors, il se laissait coucher, sans mot dire, et s'endormait pour six heures d'un sommeil de plomb. Ce somme fait, il se réveillait frais et dispos.

La Flèche savait tout cela mieux que personne, elle mêla une certaine dose d'eau-de-vie au vin qu'on devait boire.

Il n'en fallait pas davantage pour plonger La Bretèche dans le sommeil de l'ivresse.

— Et les six heures de sommeil de cette outre, c'est le bonheur véritable, et l'amour qui le donne... se disait la pécheresse, en caressant dans son esprit de voluptueuses espérances.

. . . .

Ils étaient à table.

La Bretèche faisait le contraire de ce qu'il eût du faire. Il mangeait peu et buvait sec, en chantant les louanges de son vin, qu'il n'avait jamais trouvé meilleur.

Armandine était intérieurement ravie.

Le mélange produisait son effet.

Pierre, qui était devenu très sobre, depuis son pacte avec le père de Céleste, se tenait sur la réserve.

Habitué au cidre, il trouvait le vin capiteux, et, profitant des moments ou La Bretèche avait les yeux ailleurs que sur lui, il le mélangeait d'eau.

Armandine le regardait faire d'un mauvais œil.

— Une petite *pointe*, se disait-elle, ne lui ferait point de mal, et le rendrait peut-être assez entre prenant pour que je n'aie pas la peine de faire le premier pas, ce qui est toujours désagréable pour une femme. Les hommes, plus tard, vous le reprochent sans cesse.

Afin d'empêcher Nivart de continuer son manége, elle enleva la carafe.

La Bretèche, au dessert, mit ses coudes sur la table et sa tête sur ses coudes, en murmurant :

— Je ne me sens pas bien.

Alors Armandine risqua sa première attaque. Son pied rencontra celui du contremaître.

Nivart, comprenant que la chose avait été faite avec intention regarda La Flèche.

Celle-ci jeta un regard de mépris sur César, puis haussa les épaules, de façon à faire comprendre à un enfant de quatre ans ce qu'elle voulait dire.

— Quelle brute ! quel vice dégoûtant que celui de l'ivrognerie !

Puis, ses regards cherchèrent, humides, provocateurs, pleins de désir et de passion, les regards du contremaître ; elle avait un sourire chargé de promesses ; ses lèvres semblaient appeler d'autres lèvres.

Nivart voyait tout cela, mais il ne voulait pas comprendre et restait de marbre.

A ses yeux, y avait-il d'autres femmes que Céleste, qu'il avait vue dans la soirée ? que La Bretèche devait de l'avoir attendu si longtemps.

— Un ami dévoué que cet homme ! se dit Armandine avec un certain dépit, mais il n'y aura pas d'ami qui tienne, il faudra bien que l'amitié le cède à l'amour.

Pendant qu'elle faisait cette réflexion, César s'était mis à ronfler en faux-bourdon.

— Vous allez voir, dit Armandine, que nous allons être forcés de le déshabiller pour le mettre au lit.

— César ! cria Pierre, en appuyant une main sur l'épaule de son ami.

Nivart se demandait ; Où vais-je coucher ? Je ne vois qu'un lit ici ; si j'allais les gêner...

César ne répondit ni à une première ni à une seconde interpellation.

— Oh ! ne vous donnez pas tant de peine, dit Armandine, vous ne parviendrez pas à le réveiller ; vous allez voir. Il est tard, faisons le lit et couchons-le. Quant à vous, vous coucherez bien sur un matelas, dans ce cabinet.

En disant cela, Armandine ouvrit la porte d'un cabinet obscur, dont Nivart n'avait même pas soupçonné jusqu'alors l'existence.

— Je serai là comme un roi ; et une chaise me suffira ; une nuit est si tôt passée, dit-il, sans même jeter un regard du côté du cabinet.

— Une chaise, je ne le veux pas, dit Armandine ; César me querellerait, si je supportais cela. Vous aurez un matelas, il y en a deux dans notre lit, vous allez voir ; préparons-le, pour coucher cet ivrogne.

Nivart et Armandine se mirent à défaire le lit.

Un matelas fut jeté à terre et porté dans le cabinet, où le lit de Nivart fut bientôt établi ; puis La Bretèche fut déshabillé et couché.

Pendant ces différentes opérations, les mains de la Flèche et celle du contremaître se rencontrèrent peut-être vingt fois. Les siennes brûlaient et tremblaient, comme si la malheureuse eût été dévorée par une fièvre ardente.

Nivart était entièrement à ce qu'il faisait ; et sa pensée était tout à Céleste ; il ne sentait rien, ne soupçonnait même pas les manœuvres de la vierge folle, peut-être parce qu'il était depuis longtemps profondément convaincu que c'était une femme honnête, la femme légitime de César.

Armandine se dépitait ; le sang de la colère, fouettée par d'ardents désirs, lui montait au visage ; son front ruisselait de sueur ; son impatience l'irritait encore.

Si elle eût pu, elle eût broyé Pierre sous ses pieds.

Presque affolée, elle eut un instant la vague intention de crier, d'appeler au secours, et de se venger de Pierre, en l'accusant d'avoir voulu lui faire violence.

— Projet insensé, se dit-elle, en quoi cela m'avancerait-il ?

En poursuivant l'œuvre commune, elle recommençait ses agaceries. Pierre était toujours aussi froid.

Nous ne pouvons ici que donner une idée des souffrances de cette Laïs moderne, des tortures de cette panthère au sang de feu. Que les personnes à imagination vive se les représentent, si elles le peuvent.

A trois heures du matin, Pierre et Armandine se quittèrent, en se souhaitant bonsoir.

Armandine au moment de perdre toute espérance risqua encore un de ses sourires les plus enchanteurs, afin de faire comprendre sa pensée à celui qu'elle traitait d'imbécile du fond du cœur. Nivart répondit à ce sourire en fermant la porte du cabinet, et en se jetant tout habillé sur son matelas, sur lequel il fut, comme il l'avait prédit, aussi heureux qu'un roi : il y rêva de la blonde et pure enfant qu'il aimait.

Mais une simple porte, à peine fermée, le séparait de la femme à qui la passion, surexcitée par son indifférence, donnait des instincts de tigresse en furie.

Couchée auprès d'un homme puant le vin, Armandine, dans son lit, se crut sur un brassier ardent.

N'y tenant plus, elle se leva :

— Je ne lui ai point parlé, dit-elle à mi-voix, parce que j'étais convaincue qu'il me comprendrait; mais maintenant je vais agir.

Les épaules, les seins nus, toute frémissante de passion, cette femme était réellement belle.

Elle s'approcha de la porte du cabinet en rampant si doucement qu'on l'eût prise pour un fantôme.

Le peignoir blanc qui l'enveloppait tout entière complétait l'illusion.

Ses pieds nus reposaient sur un carreau glacial; il gelait au dehors, la malheureuse ne sentait pas le froid.

Quand elle eut ouvert la porte, elle prêta l'oreille. D'une main elle tenait une lumière.

Elle entendit le bruit régulier de la respiration du dormeur; puis des mots inarticulés...

— Il rêve, dit-elle, et il parle en rêvant.

Elle avança la tête et se pencha vers Pierre, comme si elle eût voulu boire son haleine.

Tout à coup, elle se releva d'un bond. L'épouvante était peinte sur tous ses traits.

— Céleste, je t'aime ! .. Oh ! je l'ai bien entendu ! Il vient de prononcer ces trois mots ! Voilà donc le secret de son inconcevable insensibilité... Il en aime une autre, dit-elle avec découragement.

Un instant encore Armandine contempla silencieusement le beau contremaitre; puis deux grosses larmes s'échappèrent de ses yeux brûlants et coulèrent sur ses joues, empourprées de l'éclat de la fièvre.

Étaient-ce des larmes de repentir ou de rage ?...

C'étaient des larmes de rage; car, en se retirant du cabinet, Armandine laissa échapper ces trois mots d'une voix sifflante :

— Je me vengerai !

X

LA VENGEANCE DE LA PUTIPHAR DU CHAPITRE PRÉCÉDENT.

Le lendemain la Bretèche, après six heures de sommeil, se leva aussi dispos que s'il n'eût pas bu la veille. Le pauvre diable n'avait jamais eu de peine de cœur, et il ne voulait pas commencer à en avoir.

Pierre Nivart, après avoir rêvé de Céleste, se leva le front radieux, plus heureux qu'un poète au lendemain d'un premier succès.

Ce qui n'est pas peu dire.

Dès qu'il entendit marcher dans la pièce voisine, il sortit de son cabinet.

Armandine n'était pas levée. César, afin qu'elle fût plus tranquille, avait refermé les rideaux du lit, placé au fond d'un alcôve.

On ne voyait ainsi ni le lit ni la dormeuse, dont les vêtements étaient jetés en désordre sur une chaise.

— Eh bien, comment vas-tu ? demanda Pierre à César.

— Bien, très bien ! Une cuvette, un peu d'eau, et tout sera dit; mais ne faisons pas de bruit. Armandine dort ; elle s'est couchée tard et a passé sans doute une bien mauvaise nuit.

Les deux ouvriers firent leur toilette en silence, et en marchant sur la pointe du pied.

Nivart était venu tout endimanché. Il ne changea pas de vêtements; quant à César, il fit une toilette splendide.

— Tiens, j'ai deux cannes, dit-il à Pierre, quand ils furent prêts, prends celle-ci et moi celle-là et sortons; nous achèterons des rubans dans la première boutique de mercerie venue.

Ils sortirent.

Quand nous les avons rencontrés, descendant des hauts quartiers vers le port, ils quittaient la boutique du mercier. Chacun d'eux avait un flot de rubans à sa boutonnière.

Leurs cannes devaient être un objet de convoitise pour une fillette ; elle se fût empressée de les dépouiller de tous leurs accessoires, au profit de garnitures de bonnets.

— Viens, dit la Bretèche à son ami, en attendant l'heure de la messe nous allons voir quelques compagnons de mes amis, qui seront enchantés de faire ta connaissance, nous prendrons la goutte ou le vin blanc avec eux.

— Écoute, César, dit Nivart.

— Quoi ?

— Je suis enchanté de faire la Saint-Éloi avec toi.

— Et moi, donc.

— Eh bien, si tu te grisais comme hier, je serais désolé d'être venu. Cela troublerait pour moi la fête.

— Sois tranquille.

— Si tu savais combien ta femme était contrariée.

— Je le crois bien, pauvre Armandine! dit César.

— Ainsi tu ne te griseras pas?

— Je te le jure!

— Bien, maintenant, sais-tu où est la Caisse d'épargne?

— Oui.

— Veux-tu m'y mener? j'ai quelques petites économies; je veux prendre un livret.

— Volontiers.

La Bretèche, qui était très discret, ne demanda pas d'explication, et Pierre ne lui en dit pas davantage.

Ils prirent le chemin de la Caisse d'épargne. Les bureaux étaient fermés. Pour l'ouvrier, la journée n'était pas à l'économie. Liarder le jour de la Saint-Éloi, fi donc!

Nivart, contrarié de ce retard, accompagna cependant César partout où il plut à celui-ci de le conduire.

A onze heures, César dit:

— Remontons à la maison, Armandine doit être levée et habillée pour venir à la messe qui a lieu à midi.

— Allons, dit Nivart.

Comme l'avait prévu César, Armandine était prête, relativement à sa position elle était éblouissante.

Elle souriait et avait avec Nivart des allures de chatte qui rentre ses griffes avant de déchirer sa proie.

Il y avait du feu dans ses yeux d'un noir profond.

On y pouvait lire une joie méchante, féroce. En l'absence des deux amis, Armandine avait reçu la visite de Jacques la Boucherie, dit *Chien couchant*. Pour expliquer le motif de cette visite assez singulière, nous devons revenir un peu sur nos pas.

C'est à Jacques la Boucherie, ce sombre et patibulaire personnage de notre histoire, que nous sommes forcé de revenir.

Jacques, après avoir poignardé Pierre, au carrefour du Vieux-Chêne, après avoir convaincu le fermier l'Ormeau que ce Pierre n'était qu'un parricide, dont les colères étaient aussi redoutables que celles d'une bête féroce, était rentré dans sa ferme le cœur content, comme s'il eût été débarrassé d'un souci grave.

— Enfin, il est mort, se disait-il; si l'on m'accuse de l'avoir tué parce qu'on me sait son ennemi, je prouverai qu'à l'heure où Nivart a été assassiné j'étais à discuter d'affaires avec le père l'Ormeau; enfin je m'en tirerai; car il ne me sera pas difficile d'établir que Pierre malmenait les ouvriers de l'usine, que ceux-ci le haïssaient, et avaient déjà essayé d'en finir avec lui, de sorte que tous les soupçons se tourneront contre ceux-ci.

C'est donc en paix désormais que je jouirai de la fortune de son grand-père, le vieux Nivel, que j'ai étouffé aussitôt que j'ai su où il cachait son trésor. On a cru qu'il était mort dans l'incendie de sa ferme, à laquelle j'avais mis le feu, afin de faire disparaître les traces de mon premier crime. Tout est bien de ce côté, personne ne me disputera plus la proie dont je me suis emparé avec tant de peine; car il était bien caché et difficile à trouver, le trésor de Nivel; mais avec de la ruse on vient à bout de tout....

Je vais donc pouvoir épouser Céleste, que j'aime comme un fou....

Sur ce thème, le misérable laissait parler son imagination; et, dans son délire amoureux, il concevait les espérances les plus hardies, les projets les plus extravagants.

Pour nous, qui connaissons ses crimes, cet homme était hideux. Nous nous demandons comment cet assassin, les mains encore souillées de sang, pouvait concevoir des pensées d'amour.

Jacques la Boucherie, par suite du vol commis chez Nivel, était riche; il possédait plus de huit cent mille francs.

On va se récrier sur ce chiffre; l'agriculture bretonne ne fait pas d'assez grands bénéfices pour enrichir ainsi le cultivateur.

Expliquons-nous:

De ces huit cent mille francs, soixante mille seulement appartenaient au grand-père de Nivart, qui n'était que fermier et non propriétaire, ce qui explique comment, après sa mort, sa ferme et son attirail brûlés, sa succession se réduisit à quelque dettes peu importantes.

Le complément de la somme appartenait à une famille d'émigrés, qui n'était jamais venue le réclamer.

Cette famille n'était cependant pas complètement éteinte; les membres existants ignoraient que le vieux Breton eût en dépôt une fortune à eux appartenant.

Quant à ceux qui avaient opéré le dépot, ils avaient, par suite d'une trahison, été tués à Qui-

Le Mesnil du père L'Ormeau.

beron, sans avoir même eu le triste honneur de porter les armes contre la France.

La Boucherie avait donc huit cent mille francs. Il n'était pas avare de sa nature, mais il était en quelque sorte forcé de l'être par calcul, en raison de l'origine de sa fortune.

Il craignait qu'on ne lui demandât judiciairement quelques explications au sujet de ses quarante mille livres de rente, le jour où il voudrait se permettre d'en jouir tout à son aise.

La chose n'eut pas manqué d'arriver.

Voici quelles étaient du reste les intentions de cet hypocrite assassin :

— Dans quelques jours, se disait-il, quand les clameurs que va soulever l'assassinat de Pierre Nivart, mon rival, seront éteintes et oubliées, j'épouserai Céleste. Le père l'Ormeau se laissera facilement gagner, car je lui donnerai en propriété cette misérable ferme et les terres qui en dépendent : le mariage sera bientôt conclu. Une fois marié, je tire mes huit cent mille francs de leur trou, et, comme je me moque autant de la mère-patrie que du reste, j'irai vivre à l'étranger avec ma femme.

C'est avec cette idée que Jacques rentra chez lui par une brèche du mur de son jardin, et se coucha avec les plus riants projets en tête.

Il était trois heures du matin.

Son réveil devait pourtant être triste, lugubre.

En se levant, contre ses matinales habitudes, vers les neuf heures du matin, il crut remarquer des allées et venues singulières et inquiétantes dans la cour de sa ferme.

Le criminel est toujours prompt à s'alarmer.

— Il me semble, se dit-il, qu'on cherche quelqu'un... mon or... Il est temps peut-être d'y songer.

Il se hâta de s'habiller, prêt à fuir, s'il voyait paraître le tricorne maudit de quelque gendarme.

Il était muet, tremblant, quand on frappa à sa porte.

— Entrez, dit-il d'une voix mal assurée.

Une vieille femme pénétra dans la chambre de Jacques.

— Que voulez-vous, Marthe ? lui demanda la Boucherie d'une voix rude.

La pauvre vieille, qui passait pour être idiote, le regardait d'un air hébété, comme si elle n'eût pas compris.

— Que voulez-vous ? vous dis-je, répéta l'assassin en secouant rudement Marthe par le bras.

— On vient de trouver un homme assassiné dans vos bois.

— Vous êtes folle, Marthe.

Celle-ci tenait toujours fixé sur l'assassin son regard atone et sans intelligence.

— Folle ! reprit-elle ; oh ! nenni, je viens de voir passer le corps qu'on portait au mesnil du père l'Ormeau.

La Boucherie pâlit.

— Mais ce corps est celui de quelqu'un ?

— Oui, dit Marthe, c'est celui de Pierre Nivart.

— Ah ! dit la Boucherie feignant l'étonnement.

— Mais Pierre Nivart n'est pas mort, dit Marthe, dont l'étrange regard avait en quelque sorte une fixité magnétique.

A cette révélation inattendue Jacques la Boucherie se troubla. Il ne sut que dire, que répondre.

La vieille, le voyant si fort embarrassé, avait eu un singulier sourire, qui eût infailliblement fait penser à un observateur qu'elle n'était pas aussi folle qu'on le croyait généralement.

Elle se retira, brutalement congédiée par Jacques, qui lui dit :

— Allez-vous-en ; que m'importe qu'on ait tué Pierre Nivart ou tout autre garnement de son espèce ? N'est-il pas prouvé que les ouvriers des forges s'égorgent les uns les autres ?

Une fois seul, Jacques la Boucherie se laissa tomber avec accablement sur un siège.

— Eh quoi ! je ne l'ai pas tué ! s'écria-t-il, mais alors je suis perdu ! Il va me dénoncer, puisqu'il sait que c'est moi qui l'ai frappé.

En proie à un premier mouvement de terreur, l'assassin conçut le projet de prendre son or et de s'embarquer.

Son amour pour Céleste le retint; il resta.

Durant huit jours, il vécut dans des transes affreuses. La nuit, il dormait dans les bois; le jour, il s'enfermait chez lui et évitait de voir qui que ce fût, afin de ne pas avoir à s'entretenir de l'assassinat du Vieux-Chêne.

Enfin, il apprit d'une façon positive que Nivart n'avait pas voulu dénoncer son assassin.

Il était trop rusé pour ne pas deviner les raisons qui avaient déterminé Pierre à agir ainsi.

— Ah ! mon gaillard, pensa-t-il, vous avez une arrière-pensée, vous en voulez encore plus à mon or, celui de votre grand-père, il est vrai — qu'à ma tête ; c'est bien, nous agirons en conséquence...

La Boucherie, à prix d'argent, acheta le dévouement de deux créatures. — Bien des dévouements ne s'achètent pas autrement.

Un ouvrier des forges de Lindreck devait, moyennant une somme de..., informer la Boucherie de tous les faits et gestes de Nivart, dès que ce dernier sortirait de l'hôpital.

Une servante du père l'Ormeau ne devait rien lui laisser ignorer de tout ce qui se passerait au mesnil.

Après avoir pris toute ces précautions, La Boucherie, sans rien changer à ses habitudes, continua à entretenir de bonnes relations de voisinage avec Nicolas l'Ormeau.

Il évita avec soin de reparler de son mariage avec Céleste; car il comprenait que, tant que Nivart ne serait pas *supprimé* d'une façon ou d'une autre, la jeune fille ne consentirait jamais, malgré les conseils de son père, à en épouser un autre.

La loi, en donnant à nos pères le droit de nous empêcher de contracter un mariage à notre gré avant vingt-cinq ans, a peut-être été sage, le fait est discutable ; mais bien certainement elle l'a été, en ne leur donnant pas celui de nous marier malgré nous.

Par son espion de Lindreck, la Boucherie apprit que, malgré les conseils d'Ange, Nivart s'était fait recevoir.

Ce jour-là il se frotta les mains, et sa mauvaise âme tressaillit de joie dans sa sinistre et criminelle enveloppe.

— Il est colère : un jour, se dit la Boucherie, je lui ferai chercher une querelle d'Allemand dans quelque réunion. Ce sera facile, avec l'argent de son grand-père. Il se fera plutôt écharper, couper en morceaux que de céder. Cette fois, s'il en réchappe, nous le verrons bien... D'ailleurs je serai là...

Par son espion du Mesnil, qui avait un talent tout particulier pour marcher sans bruit, après avoir ôté ses sabots, et écouter aux portes, la Boucherie avait également appris la visite d'Ange et de Pierre au Mesnil. Il ne savait pas les choses en détail, mais il était convaincu que les deux ouvriers et le fermier avaient fait une sorte de marché, en vertu duquel Nicolas paraissait disposé à consentir au mariage de sa fille avec Pierre Nivart, le jour où ce dernier lui donnerait douze mille francs.

— De ce côté, rien ne presse, se dit la Boucherie, les gaillards n'ont pas encore les douze mille francs. Ils n'ont qu'à venir me les demander, à moi, je les recevrai bien...

A quelque temps de là, pourtant, sept à huit jours avant la Saint-Éloi peut-être, la Boucherie vint simplement, et en voisin, demander à déjeuner à Nicolas.

Celui-ci, malgré son engagement pris avec les deux forgerons, ne pouvait jeter à la porte un créancier qui pouvait lui faire beaucoup de mal.

Il le reçut.

La Boucherie fit en sorte que Céleste assistât au déjeuner, afin qu'elle ne perdît pas un mot de la conversation suivante :

La Boucherie n'agissait, en ce moment, que pour faire venir Ange au Mesnil, le jour de la fête de la Saint-Éloi ; de cette façon Pierre resterait seul à Nantes, abandonné à ses instincts.

Son plan était arrêté d'avance. Le repas terminé, il dit au fermier :

— Père Nicolas, nous avons un vieux compte à régler.

Nicolas eut aussitôt la chair de poule.

— Oui, répondit-il.

— Vous me devez, capital et intérêts, cinq mille trois cents francs.

— En effet.

— C'est le chiffre exact?

— Je m'en rapporte à vous.

— Ces cinq mille trois cents francs, les avez-vous? demanda Jacques avec un mauvais sourire.

— Où diable voulez-vous que je les prenne?

— Cette somme m'est cependant absolument nécessaire, dit la Boucherie avec aigreur, du ton d'un créancier éconduit par un débiteur chez qui il ne croyait avoir qu'à se présenter pour toucher son argent.

— Comment ! cet argent vous est nécessaire? demanda l'Ormeau, qui sentait déjà la sueur lui perler au front. Pourquoi n'avez-vous pas parlé un mois plus tôt? je n'aurais pas acheté les dernières terres, que j'ai payées, il y a quinze jours, et je vous aurais remboursé.

— Remboursé! remboursé! dit la Boucherie avec humeur, vous dites toujours cela, père l'Ormeau; mais on ne voit jamais la couleur de votre argent. Vous dites que j'aurais dû vous parler de cela il y a un mois? mais il y a juste un mois que j'ai le droit d'exiger le remboursement des cinq mille trois cents francs dont il s'agit. Vous deviez me rembourser le premier novembre, jour de la Toussaint, et nous sommes au vingt-deux. Il me semble que vous deviez vous attendre à ma visite et à ma demande.

— Non, dit Nicolas, je m'attendais, au contraire, à ce que vous me laisseriez votre argent ; sans cela, je vous le répète, je n'aurais pas acheté cette dernière pièce de terre.

— Des terres ! encore des terres ! et toujours des terres ! dit la Boucherie, en parodiant sans le savoir un mot de Danton; vous êtes singulier, père l'Ormeau, vous achèteriez volontiers tout le pays, même avec l'argent des autres, et en comptant sur vos bras pour rembourser. Eh bien, c'est un tort; et cette manie d'acheter toujours vous jouera un mauvais tour, vous verrez.

L'Ormeau était orgueilleux. Il était intérieurement froissé de la leçon que lui donnait son créancier; mais il n'osait s'insurger : il craignait les huissiers et le papier timbré.

— Voyons, la Boucherie : sérieusement, avez-vous besoin de ces cinq mille trois cents francs?

— Sans doute, comment pouvez-vous supposer que je vous les demande, sans en avoir besoin ; moi aussi, je veux profiter d'une bonne occasion, et acheter quelques terres.

L'Ormeau commença à se démener sur son siège qu'on eût pu croire bourré de clous ou d'épines.

— Oui, les Gravelans, commença Jacques.

— Les Gravelans ?... Oh ! n'achevez pas, la Boucherie ; autrement, je croirais que vous voulez m'assassiner, s'écria Nicolas.

— Qu'y a-t-il donc? demanda l'intraitable créancier, qui savait parfaitement que l'Ormeau convoitait, depuis longtemps, la terre des Gravelans, dont il venait d'être question.

— Rien, répondit l'Ormeau d'une voix rauque. Il ne voulait pas confesser sa convoitise, afin que la Boucherie ne pût jouir de son triomphe.

Le triomphe se fit entre les deux interlocuteurs.

La Boucherie s'apprêtait à porter le dernier coup.

L'Ormeau se disait :

— Les cinq mille trois cents francs, je les ai là, dans mon armoire; mais je les destinais à acheter cette terre des Gravelans. Si je les donne à ce chien d'usurier, c'est lui qui aura la terre. Décidément, il faut transiger, offrir un intérêt plus élevé à ce tigre; je me rattraperai sur la terre, qui n'est vendue que les trois quarts de sa valeur.

— Tenez, la Boucherie, un arrangement, dit l'Ormeau.

— Lequel ?

— Laissez-moi votre argent.

— Non pas.

— Je vous payais l'intérêt à raison de 6, je vous le payerai à raison de 7.

— Non.

— Huit ?

— Non. Si je le voulais, je placerais mon argent à 10; les emprunteurs ne me manqueraient pas. Mais je me soucie bien d'eux. C'est la terre des Gravelans qui me convient.

Il remuait le poignard dans la plaie de son adversaire, et, intérieurement, celui-ci le traitait de brigand et de scélérat.

— Alors ce sont les huissiers que vous allez m'envoyer, et la guerre que vous voulez ? demanda l'Ormeau d'une voix étranglée.

— Dame !

Et la Boucherie, dans une pose méditative, sembla se consulter un instant.

— Il y a cependant un moyen de nous entendre, dit-il.

— Un moyen ! s'écria l'Ormeau avec l'empressement que met un noyé à s'accrocher au moindre objet qui puisse lui offrir un moyen de sauvetage.

— Oui, un moyen, reprit Jacques; j'ai en quelque sorte été le fiancé de votre fille, père l'Ormeau ?

Cette phrase appela toute l'attention de Céleste.

L'Ormeau eut un sourire de satisfaction : en entendant la Boucherie prononcer le nom de sa fille, il considéra sa cause comme gagnée.

— Oui, mon cher ami, vous avez été le fiancé de Céleste, et jamais, je ne le crois pas du moins, je ne vous ai retiré la parole que je vous ai donnée à cet égard.

Nicolas, comme on peut en juger, s'entendait parfaitement à ménager la chèvre et le chou, qualité commune à tous les paysans madrés.

— Très bien, père Nicolas, reprit la Boucherie, mais vous recevez Nivart, qui, ici, en votre présence, m'a grièvement insulté.

— Nivart a sauvé la vie à mon fils; il sortait de l'hôpital, après une terrible et cruelle maladie. N'était-il pas juste qu'il nous fît une visite de convalescence ?

— Oui, mais Nivart fait la cour à Mademoiselle, dit la Boucherie, en se retournant vers Céleste, sur le front de qui il vit monter le rouge de la honte et de la colère.

— Quant à cela, dit l'Ormeau, je crois que vous vous trompez, la Boucherie, mais rapportez-vous-en à moi ; désormais, j'aurai l'œil sur ma fille.

— Enfin, quoi qu'il en soit, reprit la Boucherie, voici mes conditions, et je vous préviens que je n'en démordrai pas : Achetez la terre des Gravelans qui vous plaît, avec mes cinq mille trois cents francs, que vous avez là dans cette armoire, j'en suis presque certain...

— Vous vous trompez, la Boucherie.

— J'en ai la conviction, que voulez-vous ? Je vous laisse mon argent, au même intérêt que précédemment, mais sans renouveler l'acte, de façon à ce que je puisse exiger un remboursement quand bon me semblera. Ce remboursement, je ne l'exigerai qu'autant que vous continuerez à recevoir Pierre Nivart. Le lendemain du jour où j'apprendrai qu'il a mis les pieds ici, les huissiers seront à votre porte. Maintenant, bonjour ! Puisse la terre des Gravelans vous être d'un bon rapport, et puissiez-vous me rembourser avec son produit.

La Boucherie était bien loin déjà, et pourtant Nicolas était encore en proie à une forte prostration. Il était orgueilleux, et il s'était senti profondément humilié par un homme qu'il n'aimait pas, qu'il méprisait même.

C'était là un affront qu'il ne devait pas oublier, mais il ressentait le souvenir au fond de son cœur, car son fatal amour pour la propriété ne lui permettait pas de rompre sa chaîne, et devait longtemps encore le tenir sous la dépendance de son voisin.

Le fermier comprit sa position.

Il se leva brusquement, en s'écriant avec colère et désespoir :

— O maudite passion qui me domine ! Sans toi j'eusse pris l'or qui est là, je l'eusse jeté à la tête de cet homme; puis, j'eusse pris l'homme et je l'eusse jeté à la porte. Comment! aujourd'hui, je ne suis plus libre de recevoir qui bon me semble ! je ne le suis plus de marier mon enfant selon mes idées ou selon mon cœur ! Mais c'est un martyre que cela !...

Céleste n'avait jamais vu son père dans un tel état d'exaltation, mais elle était ravie de le voir dans de semblables dispositions.

— Mais, mon père, dit-elle, vous pouvez faire cesser votre martyre quand vous voudrez.

Nicolas regarda sa fille avec un étonnement presque stupide; puis, il se rappela tous les détails de la scène qui venait de se passer. En reprenant son sang-froid, il revenait à ses instincts.

Il murmura tout à coup:

— Je l'aurai, la terre des Gravelans.

Ces paroles produisirent sur Céleste l'effet d'un coup de foudre. Son père était redevenu le fermier Nicolas l'Ormeau.

Ce fut son tour de regarder son père avec un étonnement navré.

Tout à coup, l'Ormeau la secoua rudement par le bras, et lui dit presque brutalement:

— Est-ce que tu dors?

— Non, mon père.

— Tu es là comme une momie.

— Que voulez-vous que je fasse? demanda Céleste émue.

— Tu vas écrire à ton frère.

— Oui, père.

— Et tu lui diras de prier Pierre de ne pas venir ici de quelque temps.

— Mais...

— Céleste, je sais que tu aimes Nivart; cependant, si tu le revois, cet homme peut me ruiner.

— Portez à cet homme l'argent que vous avez dans cette armoire, et vous serez libre.

— Il n'y a pas tant d'argent que tu crois dans cette armoire, dit l'Ormeau.

— Mais il n'y a qu'un instant vous avez dit que les cinq mille trois cents francs y étaient.

— J'étais fou, en ce cas.

Céleste, après cette réponse de son père, comprit qu'elle n'avait plus qu'à se sacrifier.

Elle dit à Nicolas en pleurant:

— Je vais écrire à mon frère.

Sauf sa rage de toujours *s'arrondir*, le fermier l'Ormeau n'était pas un tigre. Il aimait même ses enfants à sa manière. Quand il vit pleurer sa fille, qui lui rappelait une femme aimée, et qui s'était tuée pour seconder sa passion d'acquérir, il eut comme un remords. Une fois encore, il fut sur le point d'aller à l'armoire, d'y prendre l'argent, et de le porter à la Boucherie; mais le désir qu'il avait d'acquérir la terre des Gravelans lui fit réprimer ce bon mouvement. Cependant il voulut consoler sa fille.

Il lui prit les mains.

— Voyons, Céleste, lui dit-il, à quoi bon te désoler? Je te jure que tu n'épouseras jamais le misérable qui sort d'ici, je le hais et le méprise trop pour consentir à un tel mariage. Quant à devenir la femme de Nivart, c'est ton affaire; tu sais aussi bien que moi ce qui a été convenu entre nous. Pour l'instant, tu vas écrire à ton frère de venir passer ici les deux jours de congé qu'il doit avoir, à l'occasion de la Saint-Eloi. Surtout n'oublie pas ma recommandation, en ce qui concerne Pierre. Qu'il ne vienne pas! Quand Ange sera ici, nous nous concerterons, afin d'aviser un moyen de rembourser promptement la somme due à la Boucherie, un homme que je battrais, que je tuerais volontiers, bien que je ne sois pas méchant.

Enfin, tu es jeune; Pierre et Ange n'ont pas encore leurs douze mille francs; nous avons donc du temps devant nous; maintenant, dis-moi: est-il nécessaire de pleurer, comme tu le fais, pour quelques jours que vous serez sans vous voir? Ange ne viendra-t-il pas ici aussi souvent qu'il voudra, et ne pourra-t-il pas se faire le messager d'une correspondance dans laquelle je ne demande pas à fourrer le nez?

Céleste, consolée par ces bonnes paroles, sourit à travers ses larmes; et le bonhomme l'embrassa avec attendrissement.

Elle monta vite à sa chambre et écrivit à son frère une lettre dont le lecteur peut imaginer la teneur.

La veille de la Saint-Eloi Ange et Pierre étaient venus au Mesnil.

Il avait d'abord été convenu, en quittant Lindreck, que Pierre ne ferait à son ami qu'un pas de conduite.

En route, Nivart avait dit plus de vingt fois, quand son compagnon parlait de se séparer: *Je vais encore aller jusque là.*

Et ils marchaient toujours.

Arrivé à l'endroit désigné, il répétait toujours jusque-là; en sorte qu'avec le temps, et en disant encore: jusque-là, il fût parvenu à faire le tour du monde.

Au Mesnil, Pierre ne s'était pas montré; mais il avait eu une entrevue d'une heure avec Céleste:

Une scène d'amour et des adieux déchirants, pleins de sanglots.

Enfin, Pierre s'était éloigné, accompagné à quelque distance par Ange, qui lui avait dit, en le quittant:

— Pierre, il faut placer notre argent à la Caisse d'épargne. Si nous le donnions au père, malgré lui en quelque sorte, il achèterait toujours des terres et ne rembourserait pas la Boucherie, et alors je ne sais quand et comment finirait ton exil.

— C'est bien, dit Pierre, j'ai huit cents francs sur moi. Demain, on ne travaille pas à la forge, j'irai les porter à Nantes.

On sait que, revenu à Lindreck, Pierre Nivart avait trouvé la Bretèche, et que celui-ci l'avait ramené à Nantes, pour fêter ensemble la Saint-Eloi du lendemain.

La Boucherie ne sut rien de la visite de Pierre au Mesnil. Cependant il devait avoir, d'autre part, des renseignements sur le contremaître.

A l'heure où la Bretèche et Pierre arrivaient au

domicile du premier, un homme frappait sournoisement aux persiennes de la chambre à coucher de la Boucherie, qui, de ce côté, s'ouvrait par une fenêtre sur la campagne.

La Boucherie se réveilla et demanda:

— Qui est-là?

— Moi, André.

— La persienne s'ouvrit aussitôt, et André, le traître dont nous avons signalé la présence au milieu des buveurs fêtant la visite de César à Lindreck, entra chez l'assassin par la fenêtre.

Après une conversation d'un quart d'heure, Jacques dit à son espion.

Ainsi, demain, Pierre sera à Nantes?

— Oui.

— Et il y a réunion des compagnons?

— Inévitablement.

— Ce la Bretèche, quel homme est-ce?

— Un colosse, on l'appelle la *Terreur des braves.*

— Un nom qui promet.

— Et on dit que César tient, et au delà, ce que promet son nom.

— C'est bien, demain tu entendras dire que ton contremaître a fait des siennes à Nantes.

— Des siennes?

— Je me comprends, répondit la Boucherie; mais va-t-en; j'ai besoin, demain, d'être sur pied de bonne heure, je vais essayer de dormir encore un peu.

A l'aube, la Boucherie attelait son cheval à sa voiture et par la route à travers bois il arrivait à Nantes à huit heures du matin, et découvrait sans peine le domicile de César.

Après avoir pris ce renseignement et divers autres encore sur l'intérieur de la Bretèche, Jacques la Boucherie alla s'informer, dans la maison habitée par le compagnon, si ce dernier était chez lui.

Sur la réponse affirmative d'un voisin, il alla s'attabler dans un cabaret, d'où il pouvait voir la porte de la maison. Il voulait y pénétrer, mais après la sortie de Nivart et de son ami.

Il avait à peine eu le temps de vider une première *bolée* de vieux cidre, quand, vers les neuf heures du matin, il vit sortir les deux compagnons endimanchés, sortant pour aller voir les préparatifs de la fête qui allait commencer.

La Boucherie les laissa s'éloigner, car il ne fallait pas que Pierre Nivart l'aperçût; puis il sortit du cabaret et traversa la rue.

— Une fois sortis, pensa-t-il, ils ne sont pas près de rentrer, j'ai au moins deux ou trois heures à ma disposition; c'est plus qu'il n'en faut pour mettre une femme comme La Flèche dans mes intérêts.

Deux minutes plus tard, la Boucherie frappait chez la Bretèche. La maîtresse de ce dernier était encore au lit; mais bien qu'elle eût passé la nuit sans fermer l'œil, elle ne dormait pas. Ses projets de vengeance contre Pierre Nivart lui communiquaient une sorte de fièvre, qui lui empourprait le visage et la tenait éveillée, en proie à une sorte de surexcitation nerveuse.

En entendant frapper, elle rejeta les couvertures et les draps sous lesquels elle s'était ensevelie, et feignit de dormir, afin de ne point assister au départ des deux compagnons; elle se mit sur son séant.

Vue ainsi, les traits contractés, les sourcils froncés, les yeux étincelants, les pommettes rouges, le sein palpitant, les cheveux épars sur ses épaules frémissantes, la Flèche donnait une idée des anciennes Furies ou de la Médée antique.

— Ils reviennent, dit-elle, et je n'ai encore rien décidé...

On frappa une seconde fois, et plus fort que la première.

— Ce n'est pas eux, se dit encore la Flèche; César a un passe-partout, et il ne l'oublie jamais.

Et elle se décida enfin à demander :

— Qui est là?

— Une personne qui tient à vous parler tout de suite, pour une affaire importante, madame la Bretèche, répondit une voix de l'extérieur.

En reconnaissant une voix d'homme, la Flèche se leva avec un empressement qui trahissait, à ne pas s'y méprendre, ses instincts d'ancienne vierge folle.

— Attendez un peu, dit-elle; j'étais au lit, il faut que je m'habille.

— Habillez-vous, j'attendrai, dit le visiteur.

En fort peu de temps, la jeune femme eut fait une toilette qui n'était pas dépourvue d'une certaine coquetterie; il était dans la nature de cette Laïs de la rue de chercher à plaire et d'être séduisante.

Quand elle eut jeté un dernier regard sur son miroir, pour satisfaire à une vieille habitude sans doute, elle courut ouvrir.

A première vue, la Boucherie lui déplut, mais, bien que femme habituée à céder au premier mouvement, la Flèche devait bientôt s'entendre avec l'assassin.

— Madame la Flèche? demanda la Boucherie.

— C'est moi, monsieur.

— Très bien, madame, dit la Boucherie; veuillez, je vous prie, vous asseoir, et causons. Pierre Nivart, un ami de votre mari, est chez vous depuis hier. Il vient ici pour fêter avec vous la Saint-Eloi. Eh bien, cet homme est mon ennemi mortel, cet homme m'a enlevé l'amour de ma fiancée, et j'ai juré de le perdre. Son séjour à Nantes, son intimité avec César, m'offrent une occasion de satisfaire ma vengeance; je ne la laisserai point échapper; mais je ne puis songer à disposer de la Bretèche, dans cette affaire, que par votre concours. Ce concours, prêtez-le-moi, et je vous donnerai la somme d'argent que vous voudrez; fixez la vous-même, parlez? j'ai vingt mille francs sur moi.

Selon son habitude en affaires la Boucherie avait été clair, précis et *carré* en faisant ses offres.

Cet homme, avec une audace peu commune, et sachant combien est grande la puissance de l'argent, traitait aussi facilement un marché infâme, aboutissant au crime, que d'honnêtes gens traitent un marché insignifiant.

Du reste, le genre d'affaires dont il s'occupait ne lui permettait que de s'adresser à ses pareils, parmi lesquels il finissait toujours par trouver des complices.

Il connaissait mieux la Flèche que qui ce fût à Nantes; moyennant quelques louis, il avait fini par savoir la vérité sur le passé de cette femme.

Il agissait donc avec elle comme un coquin agit d'ordinaire avec un homme dont il connaît les secrets et qui a commis une faute.

La Flèche l'avait écouté avec autant d'attention que d'étonnement, en bénissant le hasard, qui lui envoyait un auxiliaire riche et dévoué.

Cependant elle ne pût s'empêcher de faire cette réflexion.

— S'il eût voulu pourtant, et qu'il eût seulement feint de m'aimer, je l'eusse sauvé, sans hésiter. J'aurais seulement eu à prier César d'écraser cette espèce de chenille, et tout eût été dit.

Quant à la question d'argent, la pécheresse n'était pas femme à s'arrêter à si peu de chose.

Elle n'entendit que vaguement la proposition de la Boucherie.

— Vraiment, monsieur, lui dit-elle; Pierre Nivart est votre ennemi?

— Mortel, oui, madame, j'ai déjà eu l'honneur de vous le dire.

— Eh bien, moi, je le hais aussi, et plus que vous sans doute, répondit la Flèche.

— Cela tombe à merveille, dit Jacques, en fixant son regard de lynx sur les yeux de la jeune femme, afin de juger de sa sincérité.

— Douteriez-vous de ma parole? demanda la Flèche, sans paraître embarrassée du regard inquisiteur de l'assassin.

— Non, sans doute, dit la Boucherie; mais cette haine me semble bien étrange. Si ce qu'on m'a dit est vrai, hier, vous ne connaissiez pas Pierre Nivart? et c'est la première fois qu'il vient vous voir.

— C'est vrai, répondit la Flèche, je ne le connaissais pas, je ne l'avais même jamais vu; mais j'avais déjà assez souvent entendu parler de lui pour l'aimer.

La Flèche fit cet aveu franchement, naturellement et sans rougir, à Jacques qu'elle ne connaissait pas.

— Pour l'aimer! comment! vous, aimer Pierre? s'écria Jacques la Boucherie avec une sorte d'épouvante.

Un sourire qui avait plus d'une analogie avec le rictus permanent d'une hyène plissa les lèvres de corail de la belle fille, qui n'avait rien de commun, quant à la froideur, avec ces belles filles de marbre dont Margot est le type idéal et fantaisiste.

— Non, je ne l'aime plus, répondit la Flèche à l'assassin; si je l'aimais encore, vous ne seriez plus ici; quand vous avez parlé de lui faire du mal, bien que je ne sois qu'une femme, et que vous paraissiez robuste, je vous aurais, ou jeté à la porte, ou poignardé, suivant l'idée qui me fût venue.

— Diantre! se dit l'assassin; il faut convenir qu'avec une pareille mégère, je joue de bonheur.

Il reprit à haute voix :

— Je ne comprends pas bien.

— Eh quoi! vous ne comprenez pas, reprit la Flèche avec véhémence, que j'ai aimé Pierre, et que si je ne l'aime plus, c'est parce qu'il n'a pas voulu de moi!

— Comment, ce rustre, ce paysan dégrossi a repoussé une si jolie femme que vous! dit la Boucherie, qui savait que les compliments sont aux femmes ce que le miel est aux mouches :

Une sorte de glu à laquelle les unes et les autres ne manquent jamais de se laisser prendre.

— Il m'a repoussée, répondit la Flèche parce qu'il aime une jeune fille sage nommée Céleste.

— Ma fiancée, dit l'assassin.

— On lui en donnera de la vertu, reprit la pécheresse; moi, je n'aime plus Pierre, mais je suis jalouse de la paysanne; je la hais, sans la connaître; je les hais tous deux, et je ne veux pas qu'ils se marient.

La Flèche parlait avec une irritation, une haine, qui plaisaient à son complice.

— Très bien, dit ce dernier. Je crois décidément que nous finirons par nous entendre.

— C'est tout entendu; que voulez-vous faire à Pierre? Le plus de mal possible, j'en suis, dit la jeune femme.

Sur cette conclusion, les deux complices complotèrent la perte de Pierre Nivart. A quoi bon raconter cette trame odieuse, puisque les faits qui vont suivre, en en montrant les sinistres et sanglants résultats, en feront facilement apercevoir les fils?

A peine Jacques l'eut-il quittée, que la Flèche s'habilla. Elle se para de ses plus beaux atours, et, à leur retour, reçut les deux compagnons, comme nous l'avons dit, avec un sourire gracieux sur les lèvres, et une arrière-pensée au fond de l'âme.

La Bretèche fut, comme d'ordinaire, flatté de la voir bien parée et s'écria :

— Armandine, je suis forcé de faire une croix à la cheminée! Tu es habillée et prête, juste au moment de sortir.

— Allons, partons, dit la Flèche; je veux tout voir à la messe, et être bien placée; M. Nivart, votre bras?

— Allons, mon brave, dit la Bretèche à son ami, toi qui es sage et rangé, donne le bras à madame, et filons. Quant à moi...

La Bretèche n'acheva pas; il descendait déjà l'escalier.

Nous ne dirons rien de la fête de Saint-Éloi. Qu'on se figure une longue, ou plutôt une interminable procession de compagnons, avec les bannières, chefs-d'œuvre et châsses dont nous avons parlé, les cloches de toutes les églises sonnant et carillonnant à grande volée. Les tambours et toutes les musiques possibles rivalisant d'ardeur, dans le but de faire plus de bruit encore, peu soucieux de l'harmonie, dont ils ne cherchaient guère plus les effets qu'ils n'en connaissaient les causes.

On les excusait très franchement, parce qu'on savait que tous ces braves instrumentistes faisaient de leur mieux, et qu'on les entendait, sans les écouter.

Les pétards tonnaient; la gendarmerie et une sorte de police d'occasion avaient endossé leurs uniformes des grandes solennités.

Les rues étaient tapissées de feuillages et ornées d'arcs de triomphe qui, de loin, ressemblaient presque à des citadelles.

Somme toute, c'était splendide; on en parlera longtemps.

Ce qui ne surprendra personne, c'est que tout le monde semblait s'amuser beaucoup, à en juger par l'épanouissement des visages, par les cris, rires et chants qui remplissaient les rues et les ruelles de la vieille cité bretonne.

Après la messe, il y eut un banquet. Festin gigantesque, mais peu recherché.

Que les sybarites et autres adeptes du baron Brisse et de Brillat-Savarin qui aiment les soupers fins et rendent hommage à la truffe et au champagne frappé, fassent, s'ils le veulent, les dédaigneux :

A ce banquet de compagnons bretons, le cidre coulait à flots et l'eau-de-vie à pleins pots... pouah!!!

Il y avait bien aussi de gigantesques poissons qui, une heure avant d'être dévorés, dévoraient leurs frères plus petits ou plus faibles qu'eux; des bœufs entiers, des pyramides de gibier, des soupes au jambon, des fritures d'anguilles de haie... et... et ce n'était pas tout...

Les restes de ce festin, on nous l'a affirmé, alimentèrent, en subissant de sérieuses transformations, tous les restaurants de Nantes, durant huit jours pleins.

En ces temps d'héroïque gloutonnerie, il ne fallait pas aller à Nantes, un lendemain de Saint-Éloi, pour y manger de la cuisine fraîche.

XI

UN ASSAUT ENTRE COMPAGNONS, TRAGIQUEMENT TERMINÉ PAR UNE COLÈRE DE NIVART, DIT *la Tempête*.

Après le déjeuner, il devait y avoir, dans une grande salle disposée à cet effet, un grand assaut, qui, à la nuit, devait être suivi lui-même d'un bal, qui durait habituellement toute la nuit. Le programme était complet et la fête splendide comme on peut en juger.

Les compagnons et leurs adhérents, tous grands amateurs d'escrime, — l'escrime comprend la pointe, la contre-pointe, la canne et le bâton; — de boxe, de lutte et de pugilat, avaient pensé à tout.

Certes, si leurs femmes et amies devaient trouver au bal tous les plaisirs aimés et recherchés par le sexe faible; eux-mêmes, les hommes forts, se réservaient les émotions de l'assaut; et beaucoup, parmi eux, attendaient avec une vive impatience le moment de se mesurer amicalement avec des adversaires connus depuis longtemps.

D'ailleurs, il faut le dire, une pensée de haute philanthropie avait présidé à l'organisation du bal et de l'assaut. Ces deux derniers étaient publics, mais moyennant une faible rétribution, payée à l'entrée par les cavaliers seulement. Le produit de ces versements devait être abandonné aux pauvres, qui souffraient des rigueurs de l'hiver et de la cherté du pain.

Quels que soient les plaisirs que les gens aisés se procurent, qu'ils soient bénis, s'ils doivent donner du pain et du feu aux indigents!

César la Bretèche s'était, depuis longtemps, acquis une sorte de célébrité dans divers assauts du genre de celui que nous allons décrire. Sou-

Et par la route à travers les bois (page 70.)

vent, les armes à la main, ou après la lutte; il avait été proclamé vainqueur dans ces jeux qui rappellent les anciens tournois. Sur l'arène, notre compagnon était un adversaire redouté, mais généreux.

Des rivaux sûrs d'eux-mêmes et ayant une réputation à soutenir osaient seuls se mesurer avec lui.

Dans la circonstance, César n'était pas homme à laisser échapper cette magnifique occasion de signaler sa force, son adresse, son courage et son agilité.

C'était surtout en de semblables occasions qu'il se souvenait de son surnom significatif : *La Terreur des braves*; et qu'il faisait de son mieux pour en soutenir l'éclat

Dans leur complot, la Boucherie et la Flèche n'avaient oublié aucune de ces circonstances : ils avaient compté sur le caractère ombrageux et colère de Pierre Nivart; quelques basses intrigues, ourdies par l'assassin, devaient faire le reste.

Après le banquet, quand on eut bu à la Saint-Éloi, au compagnonnage, à la France, etc., etc., que les tables commencèrent à se vider, la Bretèche dit à Armandine et à Pierre Nivart :

— Allons, mes amis, partons et allons voir l'assaut, je me sens de force à opérer des prodiges.

César parlait avec volubilité; il avait déjà le geste bref et le teint cramoisi; suivant son expression, Armandine, sa voisine à table, n'avait pas négligé de lui verser à boire.

Nivart n'avait jamais assisté à aucun assaut; sa curiosité était éveillée, il se rendit facilement au désir de son ami, que la moindre opposition eût du reste vivement contrarié.

Les trois amis se rendirent donc dans la salle où se donnait l'assaut, depuis longtemps commencé.

La séance d'escrime était déjà terminée. On en était à la lutte; et certes, pour des amateurs enthousiastes, comme la plupart des assistants, ce n'était pas la partie la moins curieuse de l'assaut.

La salle était pleine. Plusieurs lutteurs occupaient l'arène; et, chose remarquable, les spectateurs du premier rang du cercle formé autour d'eux étaient en majeure partie des ouvriers des forges de Lindreck.

Si Nivart eût remarqué cette particularité, parmi ce premier rang il n'eût presque aperçu que des visages hostiles.

Inutile de dire que la Boucherie et son or n'étaient pas étrangers à ce qui se passait.

Comme il s'agissait d'assaut entre amis, et en dehors des règles ordinaires, les lutteurs ou spectateurs qui voulaient se procurer les plaisirs de l'estomac avec celui des yeux avaient introduit des tables et des tabourets, non seulement dans la salle, mais encore sur le sable de l'arène. Sur ces tables étaient alignées des rangées de bouteilles et des légions de verres.

Un vestiaire avait été disposé près de la salle de bal, afin que les lutteurs pussent y changer de vêtements ou prendre un peu de repos

Que le lecteur nous pardonne ces détails, qui pourront lui sembler puérils; ils sont absolument nécessaires pour l'intelligence des faits qui vont suivre.

Quand César et ses amis entrèrent dans la salle, un mouvement s'opéra parmi les assistants; un murmure, puis ces mots : *Voilà César* la Bretèche, circulèrent de groupe en groupe et remplirent toute la salle; puis on fit place; le cercle qui environnait les lutteurs s'ouvrit jusqu'au premier rang; et sans efforts, sans difficulté, César, Pierre et la Flèche arrivèrent sur l'arène.

Cette entrée fut une sorte d'ovation, dont la Bretèche ne pouvait remercier le public qu'en prenant part à la lutte commencée. Dans cette ovation, il y avait le même enthousiasme que dans l'accueil que le public de nos grands théâtres fait à l'acteur aimé et toujours applaudi, dont il connaît le talent et apprécie le mérite.

Puis le cercle se referma; la foule devint plus compacte autour des lutteurs; et les derniers rangs, afin de voir ce qui se passait sur l'arène, hissèrent des tabourets sur des tables, et escaladèrent les premiers.

Enfin ces mots se chuchotèrent d'oreille à oreille.

La Bretèche est là... il va lutter... Nivart dit *la Tempête* aussi. Ce sera curieux, si le dernier connaît la lutte; mais on dit qu'il ne la connaît pas.

Au moment où le trio qui, en ce moment, attirait l'attention de tous les assistants, avait pénétré dans l'arène, deux lutteurs reprenaient haleine.

La lutte fut immédiatement interrompue; tous ceux qui l'avaient soutenue, ou qui devaient y prendre part, se réunirent et allèrent au-devant de la Bretèche et de ceux qui l'accompagnaient, pour les conduire à la buvette improvisée.

Les verres furent aussitôt remplis et vidés. Nos lutteurs buvaient du vin, boisson chère et digne, à Nantes, de tenter tous les gosiers.

Inutile de dire que les verres furent remplis une seconde et une troisième fois. Et quels verres, bon Dieu! Ils étaient à la taille des nouveaux athlètes.

— Pourquoi viens-tu si tard? dit à César le doyen des compagnons, une sorte de mestre-de camp, jugeant des coups et proclamant les noms des vainqueurs.

— Ne m'en parle pas dit César; on sait quand on se met à table, mais on ne peut jamais prévoir quand on en sortira, mais il me semble que vous avez mené rondement l'assaut, pour en avoir déjà fini avec la pointe, la canne et le reste.

— Dame! il n'y avait pas d'amateurs; mais, si tu veux tenir contre les vainqueurs déjà proclamés.., ils sont encore au vestiaire; on les préviendra, suivant la règle; et s'ils y consentent, comme c'est probable, tu tireras une botte avec ceux d'entre eux que tu désigneras. Que diable! un jour de Saint-Éloi on peut oublier l'heure d'un rendez-vous.

— Non, dit la Bretèche, les choses se sont passées dans les règles, je n'ai rien à dire; les vainqueurs ont été proclamés après avoir vaincu, dans les délais prescrits, les adversaires qui se sont présentés pour les combattre; ils ont mérité leurs lauriers, je n'en suis point jaloux, j'ai les miens; qu'ils gardent les leurs.

Le désir de voir César lutter, surtout au grand bâton, genre de combat où il excellait, fit accueillir sa réponse par un murmure presque désapprobateur.

La Bretèche promena un regard tranquille sur la foule. Le murmure fit aussitôt place à un profond silence.

— Où en est la lutte? demanda la Bretèche au doyen.

— Voici les parties engagées et les manches gagnées, répondit le doyen en remettant à la Bretèche une ardoise sur laquelle le jeu des lutteurs était consciencieusement marqué.

César consulta l'ardoise et dit :

— Je lutterai en trois coups avec l'Andalou et avec le Bordelais, que j'ai eu de la peine à faire l'an dernier; les autres ne sont ni de leur force ni de la mienne; tous trois nous devrions les laisser lutter entre eux, et même leur abandonner le prix en nous mettant hors de concours.

— Il sera fait comme tu veux, dirent le Bordelais et l'Andalou, en serrant la main à la Bretèche.

Les autres lutteurs applaudirent nécessairement à la décision de leurs maîtres.

César vida encore une fois son verre, et passa au vestiaire, où une singulière confidence l'attendait.

Un commissionnaire, tenant une lettre à la main, l'aborda au moment où il y entrait.

— Cette lettre est pour moi? lui demanda la Bretèche.

— Oui.

— D'où vient-elle?

— Je ne sais, mais elle est bien pour vous, lisez-là; vous saurez sans doute d'où elle vient et de qui elle est.

La Bretèche avait déjà quitté sa redingote. Il prit la lettre et lut :

« Monsieur la Bretèche,

« Votre femme vous trompe ou est sur le point de vous tromper. Pierre Nivart est son complice. En les observant, vous vous assurerez, aujourd'hui même, que je ne vous fais pas une révélation mensongère.

« Un ami. »

La Bretèche pâle, stupéfait, laissa tomber la lettre. Il chercha le commissionnaire qui lui avait remit la missive dénonciatrice. Fidèle aux instructions qu'il avait reçues, celui-ci avait déjà disparu.

César était loin d'aimer Armandine d'un amour insensé ; mais, par orgueil, il était attaché à cette femme et était fier de sa fidélité. La révélation anonyme fut pour lui comme un coup de foudre. Il était impossible, du reste, qu'elle produisit un autre effet sur une bonne et franche nature comme la sienne.

Dans un premier moment d'exaspération, il faillit se précipiter dans la salle, et provoquer immédiatement une explication, mais, après avoir réfléchi, il finit par se dire :

Ce qu'on m'écrit est faux. Qu'Armandine me trompe, c'est possible ; car je n'ai qu'une confiance très limitée dans sa vertu ; mais que Nivart soit son complice, ce n'est pas vrai; Pierre n'est pas un homme à forfaire à l'amitié d'une façon si lâche, à violer avec tant de cynisme et d'infamie les lois de l'hospitalité, qui sont respectées dans sa vieille Bretagne; enfin, Pierre n'aime-t-il pas éperdument Céleste, la sœur d'Ange l'Ormeau, qu'il épousera, dès qu'il aura fait quelques économies? Non, plus j'y pense, plus je crois que le fait est faux et que cette lettre n'est que le résultat d'une malveillance dont je ne saisis pas encore le but. En tout cas, l'auteur me recommande d'observer, pour n'avoir qu'à découvrir la vérité. Eh morbleu ! j'observerai; je ne suis pas plus bête qu'un autre ; je saurai bien découvrir ce qui est.

La Bretèche s'habillait pour lutter, tout en se faisant ce raisonnement dont la conclusion était loin de valoir une explication claire, précise et immédiate ; car, suivant ses conventions avec la Boucherie, la Flèche, afin de remplir son rôle dans cette triste comédie, devait agir de facon à faire supposer à son amant ce qui n'existait pas.

César reprit :

Au diable les mauvaises langues! Ce que j'ai de plus simple à faire, je crois, c'est d'oublier tout cela, de mépriser cette calomnieuse délation et de boire un coup pour m'aider à chasser ou à noyer cette mauvaise impression.

Le compagnon alla vers une table chargée en conséquence, et but, d'un trait, un verre de vin : libation qui, bien certainement, devait produire sur la Bretèche un effet contraire à celui sur lequel il comptait.

— La Bretèche, es-tu prêt? demanda un compagnon, en entrebâillant la porte du vestiaire, ton tour de lutter avec le Bordelais est venu.

— J'y suis, répondit César.

En effet, il sortit du vestiaire en se disant :

Ayons l'œil ouvert et le bon...

Il est inutile de dire à qui pensait la Bretèche, en prononçant ces paroles...

Le malheureux! il subissait malgré lui, malgré la franchise de sa nature, le fatal effet de la lettre anonyme. Le soupçon, au lieu de s'effacer de son esprit, ne faisait que s'y imprimer davantage.

Deux secondes plus tard, le compagnon était sur l'arène.

Un murmure prolongé de satisfaction accueillit, comme toujours, son entrée.

D'ordinaire, en pareil cas, César avait l'habitude de remercier le public par un sourire au moins. En cela, il s'efforcait d'imiter les *hercules* forains qu'il avait vus lutter.

Cette fois, rien! il ne regarda même pas la foule. Il ne voyait rien, n'entendait rien.

Sombre et frémissant de colère, il arrêtait un regard déjà étincelant de colère sur sa maitresse et sur son ami.

Il avait surpris Armandine la tête penchée sur l'épaule de Nivart et lui souriant d'un sourire provocateur et voluptueux, tout en lui parlant à l'oreille. Les visages des deux complices supposés se touchaient presque. César crut s'apercevoir que Pierre souriait à la Flèche, et répondait à ses avances.

Ils se moquent de moi, à mon nez et à ma barbe! se dit-il, gare dessous! S'il en est ainsi...

Le vin et plus encore ses soupçons grisaient le malheureux, et le disposaient à l'hallucination.

Ceux des assistants qui connaissaient bien César s'aperçurent de son état de surexcitation.

— La Bretèche n'est pas dans son assiette ordinaire, dit un lutteur au doyen.

— Non, il est sans doute contrarié de ne pas avoir pu prendre part à l'assaut de bâton; mais que veux-tu que j'y fasse? il n'avait qu'à arriver à l'heure.

La Bretèche et le Bordelais, avant de lutter, comme c'était alors l'usage entre compagnons, s'approchèrent de la table pour y vider un verre qu'ils devaient boire par moitié.

— Bois, la Bretèche; dit le Bordelais, à son adversaire, en lui tendant la main.

— Je n'en ferai rien, bois, répondit César, en mettant sa main dans celle qui s'offrait à lui.

Le Bordelais s'aperçut bien que la main de César était brûlante et qu'elle tremblait; mais il était trop tard pour faire aucune observation.

Il regarda César, et pensa qu'une colère sourde agitait ce dernier.

Il prit néanmoins le verre et dit :

— A ta santé, frère! Que nous soyons toujours unis, malgré la lutte que nous allons soutenir l'un contre l'autre, comme le vin que nous allons boire l'est dans ce verre que je tiens à la main.

Il en but la moitié et reposa le verre sur la table.

César le prit, l'éleva et répondit :

— A ta santé, frère! que ton souhait s'accomplisse!...

Puis il vida le verre d'un trait.

Cette cérémonie préparatoire terminée, les rivaux se séparèrent, gagnèrent leurs places, se mirent en position et attendirent le signal.

La foule était silencieuse.

On eût entendu voler une mouche.

— Allez! dit le doyen.

Un instant après, les deux compagnons étaient aux prises. La lutte était commencée...

Elle ne fut pas longue.

La Bretèche avait hâte d'abréger une scène qui prolongeait son supplice; car, autant qu'il le pouvait, il ne perdait pas de vue le groupe que formaient la Flèche et Pierre Nivart; et il lui semblait que ces deux derniers se livraient de leur côté à un assaut de coquetterie. Du reste, Armandine n'épargnait rien pour que son amant conçut des soupçons. Quant à Nivart, comme tous les hommes forts, peu instruit, et d'une nature en quelque sorte primitive, il suivait avec un vif intérêt et en véritable connaisseur la lutte qui avait lieu sous ses yeux; il ne prêtait pas la moindre attention aux tendres propos que lui tenait sa voisine.

Un sportman, petit crevé, fils de famille de la tête aux pieds, se passionne bien aujourd'hui pour voir courir deux chevaux. En 1823, un Breton, ouvrier forgeron, pouvait bien s'oublier à voir lutter deux hommes; surtout deux hommes comme la Bretèche et le Bordelais, deux modèles de plastique : surtout deux hommes qui ne subissaient que l'influence de leurs instincts et de leur amour-propre, et que ne conduisait aucun jockey acheté à prix d'or par la partie adverse.

Décidément, et toute réflexion faite, au risque d'être accusé de mauvais goût, encore aujourd'hui, nous préférons les luttes athlétiques aux courses de chevaux; surtout depuis que les poules et les paris ont fait de ces dernières une sorte de jeu de mauvais aloi, de tripotage coupable exercé au grand air, en plein soleil; car aux paris sur les courses, il y a les voleurs et les dupes. Si les enjeus sont considérables sur un cheval, le meilleur coureur, au dernier moment, le propriétaire lui-même parie contre, et dit à son jockey d'arriver second, troisième, et même dernier; et il y a rafle sur les paris des dupes.

Nivart s'amusait donc énormément et était enchanté d'être venu *faire la Saint-Eloi*, avec son ami La Bretèche. D'ailleurs, il n'était pas aussi étranger qu'on pourrait le supposer aux exercices de lutte.

Quelques années auparavant, il avait souvent lutté, en amateur, à Lindreck, à Nantes et à Lorient, contre des matelots et des ouvriers, et jamais il n'avait trouvé son maître. Il avait même vaincu un certain matelot provençal qui avait la réputation de faire, quand il était à terre, les délices des arènes de Nîmes et d'Arles.

De véritables arènes celles-là, d'anciens cirques romains, en un mot.

Quoiqu'il ne pratiquât plus, Pierre Nivart connaissait parfaitement les règles, les coups, les tours et les feintes de la lutte à main plate. Du reste, les lutteurs descendus ce jour dans l'arène n'étaient point des lutteurs de profession, mais des amateurs, luttant à l'occasion, dans des circonstances exceptionnelles du genre de celle qui se présentait.

C'était affaire de compagnonnage, et de bon ; peut-être...

Tout à ce qui ce passait sur l'arène, Pierre Nivart ne voyait point la foule, et ne se gênait pas pour témoigner, par une pantomime expressive quoique silencieuse, qu'il approuvait ou désapprouvait les feintes que faisaient les deux adversaires.

Des émissaires de la Boucherie, de concert avec les ennemis personnels du contremaître des forges, firent courir le bruit que Nivart connaissait la lutte, qu'il était facile de s'en apercevoir à ses gestes significatifs, et qu'il allait lutter contre le vainqueur.

Ce bruit s'accrédita tellement qu'il entra bientôt dans la conviction de la foule ; Pierre Nivart seul l'ignorait.

La Bretèche, dans sa précipitation d'en finir, à l'encontre de ses généreuses habitudes, usa de tous ses avantages et de sa force herculéenne contre son premier adversaire.

En trois coups, ou plutôt trois engagements, le Bordelais fut vaincu trois fois, en moins de sept minutes.

Après la dernière fois, il dit en se relevant un peu confus à son vainqueur, et en lui tendant la main :

— Je ne sais, la Bretèche, ce que tu as aujourd'hui ; mais je ne te reconnais pas. En luttant contre toi, j'étais sûr d'être vaincu, mais j'espérais que tu me laisserais au moins prendre une manche. Enfin, il n'y a ni honte ni déshonneur à être vaincu par la Bretèche. Je t'offre la main, afin que tu sois convaincu que je ne te garde pas rancune.

— Très bien, bravo ! Bordelais ; dirent des voix dans la foule, sympathique au vaincu comme au vainqueur.

La Bretèche prit la main de son adversaire et la lui serra vigoureusement, en lui disant :

— Me garder rancune ! tu aurais grandement tort.

La foule n'entendit que cela ; mais César se pencha vers le Bordelais et lui dit :

— Je ne sais pas ce que je fais, je t'expliquerai cela plus tard. Sois toujours mon ami.

Le Bordelais répondit à la Bretèche par un regard de profond étonnement. Il ne comprenait rien à l'émotion, au trouble secret de l'homme qu'il avait toujours vu, en pareille circonstance, superbe de sang-froid et de générosité.

La lutte de La Bretèche et de l'Andalou commença. Ce ne fut qu'une reproduction exacte de la partie précédente.

La foule murmurait ; sa curiosité n'était point satisfaite ; elle n'avait pas son compte d'émotion. Enfin les meneurs de la Boucherie et les ennemis de Nivart étaient là pour l'exciter au mécontentement.

César promena un regard de défi sur le cercle qui l'entourait, et dit d'une voix calme en apparence, mais où perçait néanmoins une colère à peine contenue.

— Si parmi ceux qui murmurent, il en existe quelques-uns qui veuillent relever le gant, qu'ils viennent.

Cette provocation n'était pas dans les règles ; mais les murmures l'avaient autorisée, et personne ne la trouva déplacée.

— Pour lutter contre toi, dit une voix — celle de Jacques la Boucherie — il n'y a que le contremaître des forges de Lindreck, Pierre Nivart, dit la *Tempête*, qui en soit capable.

Le premier coup était porté.

La foule applaudit à une proposition qui tendait à exaucer ses vœux et à combler ses désirs.

César se retourna vers Pierre, et lui dit, en adoucissant sa voix et en éteignant le feu de son regard, afin qu'il ne devinât rien de sa colère et de ses soupçons.

— Que dis-tu de la proposition, Pierre ?

— Que je ne puis être ton homme, César.

— Pourquoi ? dit ce dernier avec un certain dépit.

— Parce qu'il y a trop longtemps que j'ai renoncé à la lutte, et que je ne lutte plus, dit Nivart d'un ton où perçait déjà son indécision :

— Crois-tu, reprit César, que je fasse métier de lutter tous les jours ?

— Non ; mais...

— Nivart veut se faire prier, dirent quelques voix.

— C'est mal à vous, dit la Flèche à Nivart, de nous refuser l'occasion de voir une belle lutte et de savoir quel est le plus fort de César ou de vous !

La sirène accompagna cette phrase d'un charmant sourire, plein de séduisantes provocations.

La Bretèche la vit et l'entendit.

— La coquine ! pensa-t-il, elle l'irrite contre moi, avec l'espérance de le voir triompher, il n'en sera pas ainsi ; s'il accepte, je le battrai à plates-coutures.

Nivart n'avait été qu'ébranlé par le reproche d'Armandine. Tout à coup, ces mots circulèrent de bouche en bouche.

— Nivart a peur d'être vaincu, de trouver son maître, etc ; etc.

La *Tempête*, le bien nommé, était un de ces hommes à qui il ne faut qu'indiquer le danger, pour qu'ils se précipitent au-devant tête baissée. On l'a remarqué, d'ailleurs, le jour de l'incendie des forges de Lindreck. Le mot : *peur*, lui arriva comme un pavé au milieu du front.

César la Bretèche et Armandine n'existaient plus pour lui ; le reproche de la foule seul bourdonnait à son oreille :

Une accusation de lâcheté, à lui qui mille fois avait fait ses preuves. Il avait pâli ; ses sourcils s'étaient froncés. Son étonnement avait d'abord été si grand que de stupéfaction il avait presque vacillé sur son siège.

Cette première émotion passa comme un éclair, mais la colère sourdait, à l'état de germe peut-être, mais toute prête à se développer dans d'effroyables proportions.

Les mots *Nivart à peur* étaient dans la bouche de tous les esprits malveillants ; quelques ennemis acharnés du contremaître, qui d'un regard les faisait d'ordinaire trembler, les répétaient, afin d'éveiller dans la foule un écho irritant pour celui à qui ils s'adressaient.

Nivart était debout.

Le silence se fit aussitôt.

Un silence lourd et terrible à force d'être profond.

— Qui a dit ici que j'avais peur, quand tous vous savez que je suis homme à ne reculer devant aucun danger ? Ceux qui l'ont dit sont : ou des lâches, ou des imposteurs ; et je vais le leur prouver en luttant contre la Bretèche, mon ami, dont les succès me rendaient fier.

Les deux insultes de Pierre ne furent relevées par personne ; ceux-là mêmes qui avaient provoqué l'ardente colère de Nivart, s'éloignèrent le plus qu'ils purent.

Ils le connaissaient.

Quant à Nivart, il fit encore deux pas en avant, afin de se rapprocher de la Bretèche.

Il lui tendit la main :

— Frère, lui dit-il, je suis ton homme.

La sortie de Nivart était si naturelle, si courageuse, que César en fut frappé, et revint un instant sur ses injustes préventions.

— Si je me trompais, pourtant, se dit-il ? Il me semble qu'un tel homme est incapable du fait dont la lettre l'accuse...

La Bretèche serra la main à Nivart, en lu sant :

— Si tu es mon homme, je suis le tien.

Pierre ne l'écoutait déjà plus ; en deux bonds, il avait gagné le vestiaire, en se répétant vingt fois :

— Ils m'ont dit que j'avais peur !...

Pendant la courte absence de Pierre, la foule resta inerte, stupide ; elle prévoyait une lutte terrible, terminée par quelque grand événement.

Dans un coin, le lâche la Boucherie se disait :

Le taureau a été difficile à lancer ; mais il l'est, qui sait où il s'arrêtera, maintenant qu'il est furieux ?

Sur l'arène on pensait différemment.

Là, autour du doyen, il y avait d'honnêtes gens et des hommes de cœur.

— Faut-il autoriser cette lutte ? disait le doyen à quelques compagnons qui l'entouraient.

Non, dit le Bordelais ; la Bretèche a quelque chose. Quoi ?... je n'en sais rien, mais vous verrez que tout cela finira mal...

La Tempête est furieux de ce que la foule l'a taxé de lâcheté ; et la foule dans un assaut, sauf les applaudissements, doit rester muette, dit l'Andalou. César et Pierre sont amis ; il serait déplorable que, pour quelques braillards, la lutte qui va avoir lieu se terminât en bataille, et que deux amis sortissent ennemis de cette salle.

— Je vous demande seulement, reprit le doyen, si je dois les laisser lutter.

— Non, dit le Bordelais.

— Non, dit l'Andalou.

— Non, non, non, dirent les autres.

César s'était approché ; ses soupçons lui étaient revenus :

— La lutte aura lieu, dit-il ; vainqueur sur l'arène jusqu'à présent, je ne le suis qu'autant qu'aucun amateur ne se présente. Nivart est un amateur ; la victoire est encore à gagner Ni vous ni moi n'avons le droit de repousser un lutteur de l'arène, à moins que ce ne soit un homme taré. Pierre est loin d'en être un, nous nous déshonorerions, vous et moi, en l'évinçant sans motif.

Le raisonnement de César était juste et suivant les règles établies. Tout le monde se tut.

— La lutte aura lieu, dit le doyen.

— Bravo ! bravo ! vive la Bretèche ! crièrent quelques voix.

Ces cris allèrent jusqu'au vestiaire exciter encore la colère du contremaître.

— Vous tairez-vous, criards ? vous ne devez manifester de préférence pour aucun des lutteurs, s'écria César avec emportement.

En ce moment, Pierre Nivart sortait du vestiaire pour paraître sur l'arène ; quand il était dominé par la colère, ce vice d'organisation qu'il n'avait jamais su ni dominer ni vaincre, il était indomptable. Il alla droit à sa place, et attendit.

Malgré son irritation, il ne songeait nullement à vaincre son ami. Il l'avait dit, et il le pensait en le disant : il était fier des succès de ce dernier ; mais ce qu'il voulait prouver à la foule, c'était qu'il n'avait nullement peur de se mesurer avec La Bretèche. Celui-ci eût été l'avalanche qui brise et pulvérise, le volcan qui éclate et brûle, la foudre qui touche et anéantit, l'inondation qui nivelle, la tempête qui engloutit, qu'il eût marché contre lui, et lui eût dit : Me voici.

Il ne raisonnait déjà plus; il ne se demandait pas s'il était de force à vaincre La Bretèche; il ne cherchait même pas à prévoir l'issue ou le résultat de la lutte; mais il sentait en lui une force invincible. Quant à l'agilité, l'adresse et la souplesse, et, disons-le, tous les avantages, étaient de son côté.

La foule fit silence.

Malgré elle, et c'était une foule toute populaire, elle subissait l'influence du prestige qu'exerce toujours la force, quand elle est jointe à la grâce, et qu'elle n'a rien de matériel.

Deux acteurs principaux subirent surtout cette influence : La Flèche et César.

La Flèche eut un remords, en pensant qu'elle trahissait un homme vers qui elle se sentait, à chaque instant, de plus en plus entraînée, par un amour complètement matériel, il est vrai, mais matériel vis-à-vis d'un chef-d'œuvre de la nature comme formes, proportions et modelé.

César, qui, sur l'arène, était toujours si sûr de lui, sentit naître un doute dans son esprit, quand il se trouva, séparé seulement par un espace de quelques pieds, en face d'un adversaire comme Nivart, adversaire qu'il ne connaissait pas, qui ne lui demandait aucune grâce, qui le regardait fixement, et qui certes n'attachait aucun prix à une *manche* gagnée, due à la complaisance d'un ennemi généreux.

Ce doute qu'il sentait grandir, sous l'insistance du regard de son antagoniste, lui faisait perdre de son assurance habituelle.

Il n'avait jamais lutté contre Pierre, comme il avait lutté contre le Bordelais et l'Andalou. Le premier pouvait, devait même, avoir son côté faible, comme les deux autres, mais ce côté faible, il ne le connaissait pas.

Ignorance qui le faisait hésiter pour l'attaque. D'habitude, confiant dans sa force, il prévenait son adversaire, n'attendait jamais.

La foule le savait, et elle augura de l'hésitation de César en faveur de Pierre; car La Bretèche était de beaucoup plus fort dans l'attaque que dans la défense.

Une demi-minute s'écoula ainsi.

Elle parut un siècle aux deux lutteurs.

Quant à la foule, en proie à une sorte de malaise pendant cette longue attente, elle promenait ses mille regards de César, qui, gros, fort et trapu, semblait aussi difficile à renverser qu'un roc, à Pierre qui, droit, élancé, flexible comme un jeune chêne, paraissait aussi difficile à abattre que l'arbre que nous venons de nommer.

Le doyen ne donnait pas le signal.

Il attendait, pour le donner, que les deux antagonistes eussent échangé quelques politesses et bu, par moitié, le verre de l'amitié, suivant l'usage.

César et Pierre pensaient bien vraiment à perdre du temps à ces banalités de la porte. Le premier songeait qu'il avait l'honneur de sa réputation à soutenir; et, à cette heure, cette réputation lui semblait lourde. Le second n'éprouvait que la rage d'avoir été humilié, insulté publiquement. Cette rage, certes, était contenue; elle n'en était peut-être que plus terrible.

— Quand vous voudrez... dit enfin la Bretèche au doyen.

Il y eut un moment solennel. Pendant trois secondes toutes les respirations restèrent suspendues.

— Allez, dit le doyen.

Les deux lutteurs furent bientôt aux prises. César essaya d'aborder Pierre, par un tour de *hanche*, mais celui-ci le devina et le prévint; cette attaque ne servit qu'à enlacer les deux rivaux.

Ils étaient beaux alors, beaux tous deux de force et de souplesse, les muscles tendus, les chairs raffermies par l'effet d'une puissante contraction nerveuse.

La lutte durait depuis trois minutes environ. L'issue était difficile à prévoir, quand tout à coup Nivart, profitant d'une négligence de son adversaire et de l'avantage que lui donnait, pour certains effets, sa haute taille, fit perdre pied à César, qui, surpris, étonné, furieux et se débattant, se sentit enlever rapidement et d'un trait par le contremaître, qui le tint ainsi, pendant dix secondes, au-dessus de sa tête.

La foule eut de frénétiques applaudissements.

Pierre reposa la Bretèche à terre; celui-ci reprit pied aussitôt.

Les applaudissements de la foule étaient loin de faire oublier à Nivart l'affront qu'il avait reçu; au contraire, la lutte qui venait d'avoir lieu, si courte qu'elle eût été, n'avait fait que l'irriter et éveiller ses mauvais instincts, semblable en cela à ces animaux féroces que la vue et l'odeur du sang excitent au carnage.

César lui dit :

— Nivart, tu ne me ferais pas une seconde fois le coup que tu viens de faire.

En disant cela, le compagnon, surexcité par le vin et la jalousie, jetait à son adversaire des regards de défi.

— Non, il ne le fera pas, dirent, en s'accompagnant de rires railleurs les hommes payés par la Boucherie.

Ces voix produisirent sur le vainqueur l'effet qu'eussent produit sur un sanglier, poursuivi par une meute haletante, autant de coups d'épieu lui déchirant les flancs, sous ses soies hérissées.

Il ne firent que le mettre hors de lui.

— Je ne recommencerai pas! s'écria-t-il avec toute la fureur qu'il eût mise à jeter un cri de rage. Eh bien, moi j'offre de parier contre ceux qui le voudront que je recommencerai.

— Ils ne recommencera pas, dirent les gens hostiles au contre maître.

— Il recommencera, dit la Flèche de façon à être entendue de César.

Cet applaudissement si précis donné par sa maîtresse à son rival ne fit qu'irriter l'humeur jalouse de César.

— Tu me dois ma revanche, dit-il à son adversaire. Donne-la-moi, nous verrons bien ce qu'il en résultera...

— Nivart a parlé de parier, dirent les hommes de la Boucherie, nous y consentons; mais il faut que ce soit argent sur jeu.

— Soit, dit le contremaître.

Et il délia une longue et large ceinture de laine rouge qui lui ceignait les flancs. Dans les plis de cette ceinture était renfermée une bourse de cuir qui, elle-même, renfermait vingt pièces de quarante francs. Ces huit cents francs étaient ceux que Nivart avait voulu le matin même verser à la Caisse d'épargne; c'était donc le produit de ses économies et de celles d'Ange l'Ormeau.

On sait combien cet argent, si péniblement amassé, devait être sacré pour Pierre, puisque chaque pièce d'or le rapprochait d'autant de jours de l'heureux moment où il épouserait la femme qu'il aimait par-dessus toutes choses.

Mais Nivart, déjà emporté par la colère, ne voyait rien, et surtout était incapable de réfléchir. Dans cette ivresse aussi brutale que terrible, il oubliait Ange et sa sœur. Il ne se souvenait plus de l'amour si pur et si sincère de celle-ci et de l'amitié si dévouée de celui-là.

Il eut bientôt jeté les 800 francs sur la table où les athlètes de circonstance avaient bu au commencement de la lutte.

— Combien y a-t-il? demanda une voix.

— Huit cents francs, répondit Nivart.

— C'est bien, le pari est tenu, reprit la voix.

La Boucherie aidant, les huit cents francs furent bientôt réunis.

Cependant, afin d'éviter de faire naître quelques soupçons, plusieurs des assistants, qui trempaient dans le complot monté contre Pierre Nivart, feignirent de se cotiser pour réunir la somme.

Quand elle le fut, l'un d'eux la posa à côté de l'or de Nivart et dit :

— L'enjeu est complet.

Au premier décembre les jours sont courts. La nuit était venue et depuis quelques instants on avait allumé des lustres qui, avant d'éclairer la salle de bal, éclairaient l'arène, mais d'une lueur incomplète qui devait permettre à bien des détails de la lutte intéressante qui allait avoir lieu, d'échapper à l'attention de la plupart des spectateurs.

La Bretèche ne comprenait rien au nombre et à l'ardeur de ses partisans. Il ne cherchait même pas à s'expliquer cette singularité.

Il avait été vaincu; par amour-propre, il voulait une revanche, dont il espérait sortir vainqueur à son tour.

Nivart ne s'apercevait pas de l'animosité dont une partie de l'assemblée faisait preuve contre lui.

— Es-tu prêt? demanda César à Pierre.

— Oui, répondit ce dernier.

Le doyen prononça la phrase sacramentelle :

— Allez! dit-il.

Cette fois, ce fut avec une véritable fureur que les deux antagonistes se précipitèrent l'un sur l'autre. De part et d'autre, il n'y avait plus cette courtoisie qui doit, en toute circonstance, présider au jeu de l'arène.

Après deux minutes de lutte, la Bretèche avait porté le premier coup et l'avait encore une fois manqué; Nivart allait recommencer le sien; déjà son adversaire avait quitté terre, quand il poussa un cri, et eut un de ces mouvements qui trahissent généralement la rupture de quelque organe intérieur par suite d'un violent effort.

Nivart avait, en enlevant César, le torse renversé en arrière, il porta vivement le corps en avant, comme s'il eût voulu fuir un coup frappé par derrière.

Dans ce mouvement il laissa en quelque sorte tomber La Bretèche, et on le vit chanceler une seconde.

Mais la foule n'eut pas le temps de s'en apercevoir; Nivart se redressa brusquement, et se retournant avec vivacité vers la partie du cercle de spectateurs près duquel l'accident lui était arrivé.

— Quel est le lâche, s'écria-t-il avec colère, qui m'a porté un coup au flanc, au moment où j'employais toutes mes forces pour enlever la Bretèche.

Un silence de glace accueillit d'abord la menaçante interrogation du terrible contremaître; puis quelques voix assez éloignées de lui firent enfin entendre ces cris :

Puis le geôlier-guichetier qui s'était habitué à le voir. (Page 84.)

— Il dit qu'on l'a frappé; c'est faux; il ment; c'est un prétexte qu'il prend pour ne pas avouer qu'il a perdu et surtout pour ne pas donner son argent.

Ces cris devinrent bientôt une rumeur unanime.

Cette rumeur fit monter le sang à la tête de Pierre et le mit hors de lui; aussi bien un des agents de la Boucherie l'avait-il frappé au flanc, ce qui lui avait fait perdre la respiration au moment où il allait achever d'enlever le compagnon charpentier.

Un sifflement rauque sortait de sa poitrine oppressée par la colère, et il s'écria :

— Ah! je mens!... Ah! je suis un homme assez faux pour ne point vouloir payer un pari perdu... Viles canailles, ce ne sera pas impunément que vous m'insulterez.

Nivart n'était plus un homme, mais un tigre, un être incapable de s'expliquer la portée de ses actions ou de raisonner le danger.

Il se jeta avec furie au milieu du cercle qui l'entourait et y fit une large trouée, renversant tout, ou mettant tout sous ses pieds sur son passage.

Innocents et coupables, femmes et hommes, supportèrent indistinctement le choc terrible de ce premier mouvement.

La Boucherie, blotti dans un coin et à l'abri des coups, assistait à ce dramatique dénouement qu'il avait prévu et fait naître; il éprouvait l'ignoble satisfaction de la perfidie et de la lâcheté.

— Allons, se disait-il, mon rival auprès de mademoiselle Céleste est maintenant en bon chemin pour se perdre...

D'abord aucun des spectateurs n'osa opposer la moindre résistance aux coups de la Tempête; tous s'empressèrent, au contraire, de fuir devant ce furieux, et de gagner les portes de sortie de la salle.

Mais, soit qu'elle obéît aux secrètes instructions données par la Boucherie, soit qu'elle fût sous l'impression du sentiment de terreur et d'épouvante que lui avait inspiré la scène à laquelle elle venait d'assister, la foule s'enfuyait par les rues adjacentes en jetant des cris qui n'étaient guère faits pour rétablir les affaires déjà singulièrement compromises de Pierre Nivart.

A l'assassin...! Au meurtre...! Quelle boucherie...! Au secours...! tels étaient les cris, qui, sur différents tons, se faisaient entendre aux abords de la salle de bal, qui, mieux gardée encore que l'antique palais des rois, l'était par la gendarmerie.

Ce jour, la gendarmerie, nous l'avons dit au début de cette description, était sur pied depuis le matin.

Comment l'administration eût-elle pu, un jour de fête populaire, se dispenser de mettre sur pied et d'armer jusqu'aux dents, le plus petit fonctionnaire de la force et de la sûreté publique dont elle pouvait disposer ?

Cependant, les gendarmes et autres personnages qui ne se trouvent jamais que pour prêter mainforte dans ces sortes de circonstances, ne s'émurent que très médiocrement en entendant les cris d'alarme que nous venons de dire.

Un brigadier tempéra même, d'un mouvement brusque, l'ardeur de ses hommes qui s'élançaient pour envahir la salle et porter secours à ceux que menaçait la colère de Pierre Nivart.

Il est bon d'ajouter qu'il tempéra la brusquerie de son mouvement par ces mots d'une naïveté vraiment sublime :

— Ces compagnons se tuent et s'écorchent, tant mieux ! ce sont les ennemis du gouvernement ; moins il en restera, mieux cela vaudra ; avons-nous besoin de nous exposer pour faire régner l'ordre parmi des gens qui ne savent que semer le désordre partout où ils passent.

Les Pandores comprirent à demi-mot l'ordre ou plutôt la consigne improvisée que leur donnait leur supérieur.

« Brigadier, » répondirent-ils, « vous avez raison. »

Et ils restèrent dans une immobilité qui eût fait l'admiration d'un conscrit qui fait ses classes, et n'ayant poussé son instruction militaire que jusqu'à la première leçon.

Cette immobilité, qui avait une grande analogie avec certain principe de non-intervention, ne devait en rien faire les affaires de certain personnage que nous n'aurions guère besoin de nommer pour qu'on nous comprenne.

Nous voulons parler de la Boucherie.

Il fallait une intervention de la gendarmerie pour que, à ses yeux, la fête fût complète, et pour que Nivart fût décidément perdu.

Ayant entendu les paroles du brigadier, bien que celui-ci les eût prononcées à voix basse, il chercha un moyen de mettre la brigade de piquet en mouvement.

Il se mêla à la foule, rentra dans la salle et en sortit peu après, après s'être assuré de ce qui s'y passait en criant à tue-tête :

— Les misérables!... ils ont prononcé ces vociférations révolutionnaires et régicides : A bas les Bourbons! A bas Louis XVIII!

Il n'en fallait pas davantage pour faire dresser l'oreille à un brigadier aussi fidèle observateur de ses devoirs que celui dont nous avons parlé.

— L'ordre véritable est menacé, mes amis ! s'écria-t-il en s'adressant à ses compagnons. On a crié : A bas le Roi !... En avant ! camarades !...

Puis il s'avança le premier dans la salle où avait lieu la lutte.

Sur-le-champ, les six gendarmes s'élancèrent, le sabre à la main, à la suite de leur chef.

Les gendarmes, en entrant dans la salle, se trouvèrent en présence d'un spectacle vraiment étrange.

Cette salle était à peu près évacuée. Il n'y avait plus que ceux chez qui la curiosité de savoir comment la querelle finirait l'avait emporté sur l'effroi d'être mêlés à cette boucherie et d'être exposés à recevoir des coups.

Ces curieux se contentaient, bien entendu, d'assister au combat en simples spectateurs.

Au milieu de la salle, Jean Nivart était aux prises avec les principaux lutteurs, c'est-à-dire avec la Bretèche, le Bordelais et l'Andalou, qui avaient voulu s'opposer à ce qu'il chargeât la foule, qui lui prodiguait, il est vrai, les huées et les quolibets, mais ne faisait rien pour lui tenir tête, ou tout au moins lui résister, tant sa force herculéenne et sa colère inspiraient d'épouvante.

En effet le contremaître était effrayant:

Ce n'était plus un homme en colère ; les invectives qu'on lui avait prodiguées, la perte de son argent, l'avaient rendu fou, épileptique.

Il écumait du reste comme les malheureux atteints d'épilepsie, quand ils sont en proie à leurs affreuses convulsions. Ses yeux lui sortaient de la tête, et ses cheveux hérissés ressemblaient à la crinière d'un lion furieux.

Néanmoins cette exaltation, en lui enlevant toute conscience du danger et en le rendant indifférent aux coups, triplait ses forces et lui donnait une invincible énergie, une témérité irrésistible.

Mais il avait cinq hommes à combattre; et la Bretèche, presque aussi fort et aussi irrité que lui, était du nombre. Cependant, les cinq lutteurs n'essayaient point de frapper Nivart, ils cherchaient seulement à s'emparer de lui pour l'attacher: *afin de l'empêcher de faire quelque malheur*, avait dit le Bordelais.

Pierre ne les frappait pas non plus, mais, sachant leurs intentions, il eût préféré la mort à la défaite; il essayait de leur échapper. La lutte ainsi engagée était terrible. Les cinq lutteurs ne pouvaient se rendre maîtres du furieux, qui les tordait, les terrassait, les uns après les autres, avec tant de facilité que tous cinq, honteux d'être vaincus, malgré leur vigueur et leur nombre, commençaient à s'importer, si pacifiques qu'eussent été tout d'abord leurs intentions.

Le brigadier arriva au moment où la mêlée allait prendre des proportions sérieuses. Les premiers coups avaient été déjà portés. Un des lutteurs était étendu à terre: il n'avait reçu qu'un seul coup de poing de Nivart, mais il l'avait reçu en pleine poitrine.

— Arrêtez-le...! Arrêtez-le...! cria la foule des spectateurs en apercevant la gendarmerie, sans quoi il va tout tuer ici; c'est un brigand, un assassin.

Le brigadier, sûr de trouver un appui chez les lutteurs, déjà aux prises avec Pierre, dit à ses hommes:

— Puisqu'il ne s'agit que d'arrêter cet homme, allons! rengainez vos sabres et en avant... ! Surtout qu'il ne fasse pas le rodomont.

Sur cet ordre, les six gendarmes se mêlèrent à la bagarre. Quant au brigadier, sans doute afin de ne pas avoir à compromettre sa dignité au milieu d'un déluge de coups de poing, il garda son épée à la main; semblable à ces généraux, qui, les jours de bataille, se placent à une certaine distance de leur armée, afin de mieux juger des mouvements de leurs troupes et de l'ensemble de l'action, il alla prudemment se poster à l'alignement des spectateurs, d'où il donnait ses ordres, avec ces deux variantes:

— *Empoignez-moi ce polisson!* ou bien: *Que faites-vous donc que vous ne m'ayez pas encore empoigné ce gaillard-là?*

Les ordres étaient faciles à donner, mais la chose était plus difficile à faire. Nivart, dans son exaspération, s'était à peine aperçu que le nombre de ses ennemis avait doublé. Il voyait bien des gendarmes, mais sans se rendre compte de ce qu'ils lui voulaient. Attaqué par eux, il les frappait tout aussi bien que les lutteurs.

Du reste, pouvait-il savoir à qui s'adressaient ses coups?

Il répugnait aux gendarmes d'employer leur sabre contre un seul homme complètement désarmé.

Un instant, cette lutte inégale sembla devoir toucher à son dénouement. Les assaillants, à force de resserrer leur cercle autour du contremaître, le tenaient par les bras ou les jambes. On n'avait plus qu'à le renverser par terre, et à l'y maintenir jusqu'à ce qu'il fût garrotté.

Nivart s'était, de son côté, approché d'un gendarme; se voyant sur le point d'être vaincu, d'un mouvement brusque, il arracha du fourreau le sabre de ce dernier, et se débarrassa des ennemis qui l'entouraient, l'infortuné gendarme tomba, frappé d'un coup de son propre sabre...

Les spectateurs poussèrent un cri de terreur, et ce mot: assassin! retentit de tous côtés.

— Qu'on prenne une couverture pour s'emparer de ce forcené...! vociféra le brigadier, sans faire un mouvement qui pût compromettre sa dignité.

L'ordre était inutile.

La colère de Nivart s'était tout à coup apaisée comme par enchantement.

Le contremaître, en voyant tomber le gendarme et couler le sang versé par lui, s'était subitement calmé.

Il jeta le sabre sanglant à ses pieds, et ne laissa échapper que ce cri d'indignation et de douleur:

— Lâche! misérable! bête féroce que je suis..... m'être laissé aller à une si terrible colère, après les serments que j'avais faits...

Sombre mais calme, il n'opposa aucune résistance à ceux qui l'arrêtèrent.

— Garrottez-le, dit le brigadier.

Pierre se laissa garrotter sans dire un mot.

Le soir, il couchait à la prison.

Quelle nuit affreuse pour lui! Les plus sombres et les plus terribles réflexions troublèrent son repos et le tinrent éveillé, et l'ombre sanglante de son pauvre père vint lugubrement planer sur le cauchemar de sa longue et pénible insomnie.

XVII

L'HOMME EST NÉ POUR LA LIBERTÉ

Deux ans et quelques mois s'étaient écoulés depuis les derniers événements que nous avons racontés.

On était au printemps de l'année 1825.

Le temps était beau, mais de cette beauté printanière, qui résume en elle ces trois qualités exquises : grâce, jeunesse et fraicheur.

La verdure se montrait partout, aux champs, au bois, dans les jardins, les petits oiseaux chantaient leurs chansons, cachés sous la feuille nouvelle, et l'abeille allait, bourdonnante, recueillir le miel et la cire dans le calice des fleurs fraiches écloses.

Le soleil était à peine levé; ses premiers rayons éclairaient gaiement la ville de Nantes, qui s'animait des milles cris de sa population industrielle et laborieuse.

Le port surtout semblait plus animé, sous ces rayons de soleil qui faisaient briller les coques goudronnées des navires des mille feux de l'escarboucle ; les mâts ruisselants de rosée scintillaient sous ce joyeux baiser du matin, qui irisait de mille feux les perles que la nuit avait suspendues à leurs cimes.

Dans la campagne, les bourgeons foisonnaient sur les arbres et commençaient à étendre leurs petites ailes vertes, qui, alors, ressemblent à autant de petites mains jointes élevées vers le ciel, pour remercier le créateur d'avoir fait disparaitre l'hiver et ses frimas, et le glorifier d'avoir enfin fait éclore le printemps, ses fleurs et ses folles brises de mai si chères aux amants.

L'onde du fleuve après avoir bondi en lames jaunes et bourbeuses, après les pluies d'automne, qui avaient presque produit une inondation. sautillait en petites vagues gaies et transparentes, et laissait apercevoir un joli fond de gravier, sur lequel couraient de grandes touffes d'herbes marines, qui ondulaient et ressemblaient à de longues et soyeuses chevelures de femme.

Sur le bord fleurissaient des fleurs hâtives, de celles que nous aimions à consulter, adolescents grisés d'illusions, quand un premier regard de femme nous avait fait tressaillir, et qui commencent toujours par dire un *peu* et finissent souvent par *pas du tout*, ce qui nous rendait tristes pour quelques heures.

Ce matin-là, donc, tous ceux qui étaient dehors paraissaient heureux et dispos de respirer à pleins poumons un air frais et pur.

Cependant un jeune homme qui traversait la partie la plus ancienne de la ville ne paraissait pas disposé à partager la gaieté générale, ou plutôt paraissait trop préoccupé pour rien remarquer de ce qui l'entourait. A certains moments, pourtant, son front soucieux s'éclairait comme d'une auréole ; et à lui seul ce passant était aussi joyeux que tous les autres. Son cœur débordait de joie et son visage resplendissait.

Alors il hâtait encore sa marche précipitée.

Puis, tout à coup, sans raison apparente, il retombait dans son effrayante taciturnité primitive. Alors il marchait moins vite.

Cet homme était-il fou ? On eût pu le supposer. Qui était-il...? Où allait-il...? C'est ce que nous allons dire au lecteur.

C'était Ange l'Ormeau. Quand il s'arrêta, ce fut devant la porte épaisse et bardée de fer de l'ancien château-fort de Nantes, château qui, en 1825, servait de prison et qui, depuis cette époque, est resté affecté à cet usage.

Depuis deux ans et quelques mois, combien de fois Ange était-il venu soulever le marteau de l'horrible demeure...? Combien de fois le bruit de toute cette ferraille qui garnit d'ordinaire la porte d'une prison avait-il douloureusement retenti sur son cœur...? Nous ne saurions le dire, et bien certainement il l'avait oublié.

Depuis deux ans et demi, il venait de Lindreck deux fois par semaine frapper à cette porte, qui, chaque fois, finissait par s'ouvrir comme à regret devant lui ; puis le geôlier-guichetier, qui s'était habitué à le voir, était arrivé à lui adresser quelques paroles ; et quelques minutes plus tard Ange se trouvait auprès de son ami Pierre Nivart ; car c'était ce dernier qu'il venait voir.

Quatre fois, en deux ans, à l'insu de son père, de Jacques la Boucherie et de tous les habitants du Mesnil, Céleste avait accompagné son frère dans ses pèlerinages à l'amitié.

Quelles fêtes pour le prisonnier...!

Deux mots d'explication suffiront à expliquer la position actuelle de nos personnages, et à mettre le lecteur au courant des événements accomplis depuis 1823.

Nivart, d'abord, grâce à sa belle conduite lors de l'incendie de Lindreck, que son avocat avait fait ressortir, n'avait été condamné qu'à deux années de prison pour meurtre involontaire, rébellion et le reste. Le jury avait admis des circonstances atténuantes ; car il avait été avéré que, dans cette affaire, le contremaitre avait été le jouet d'une excitation mystérieuse, dont les auteurs, bien que soupçonnés, n'avaient pas été positivement découverts.

Le jour où, par une belle matinée de printemps, Ange se rendait à la prison, était celui où Nivart devait être rendu à la liberté. A huit heures du matin, les portes de la sombre demeure devaient s'ouvrir devant lui, et Ange était arrivé à la prison à 7 heures et demie.

Expliquons les alternatives de joie folle et de sombre tristesse dont Ange ne pouvait se défendre :

L'Ormeau aimait Pierre autant qu'il eût aimé un frère ; il était heureux d'être le premier à se jeter dans les bras du prisonnier, enfin rendu à la liberté.

Depuis deux ans, quelle preuve de dévouement sa robuste et sainte amitié n'avait-elle pas donnée au malheureux privé d'air et d'amour, et que, sans lui, le désespoir eût immanquablement tué !

Il était venu le voir aussi souvent que nous avons dit ; et certes, bien que Nivart ne se plaignît jamais, il ne l'avait jamais laissé manquer de rien. Mais en quoi l'affection dont nous parlons avait été sublime, c'est qu'Ange avait voulu que la leçon que recevait son ami fût une leçon aussi fructueuse qu'elle était terrible. Sans accabler Pierre de reproches, qui eussent fini par devenir insupportables, et n'eussent fait qu'aigrir le caractère du prisonnier, il lui avait sans cesse et très adroitement répété que la patience triomphe de toutes les difficultés. Il lui avait fait entrevoir la réalisation du bonheur par la patience, en lui parlant de la possibilité d'épouser Céleste et d'être heureux auprès d'elle.

Réalisant en pratique ce qu'il conseillait en théorie, à force de patience et de courage, lui, faible et d'un tempérament délicat, il était parvenu à devenir contremaître de la fabrique.

Dans sa modestie, il ne se citait pas comme modèle à son ami, mais il lui parlait de ses études, de ses travaux, de ses peines, et lui faisait part de ses progrès. De cette façon, Pierre pouvait lui-même faire la comparaison entre ce que produit la colère et ce que rapporte la patience. En cela Ange avait réussi. Pierre avait eu des regrets, des remords et se repentait profondément. Il s'était intérieurement fait des reproches plus durs que ceux qu'eussent pu lui faire des juges, autorisés à les lui adresser.

— Après la mort de son père, Nivart avait également eu des regrets, des remords et s'était repenti ; il s'était aussi adressé sincèrement les reproches les plus cruels.

Ange avait été plus loin.

Il avait soutenu le courage défaillant de sa sœur ; il l'avait surtout encouragée à aimer Pierre, et à ne pas en désespérer. Cette partie de sa tâche avait été difficile et délicate à remplir. La certitude que Pierre était un assassin avait tellement effrayé Céleste que, tremblant pour son avenir lié à celui d'un tel homme, elle avait d'abord pris le parti de tout faire pour l'oublier et combattre son amour. L'absence forcée de Pierre l'eût peut-être, sans Ange, aidée à sortir triomphante de cette lutte contre elle-même et contre son amour.

Mieux encore, Ange avait déjoué toutes les intrigues de la Boucherie, qui s'était naturellement mis en tête de profiter de l'absence de Nivart pour se faire accorder la main de Céleste par Nicolas l'Ormeau. En cela, la Boucherie avait échoué, et la jeune fermière, qui, alors, avait dix-neuf ans, était toujours la plus jolie fille à marier du pays.

Quant à son père, Ange, à différentes sorties échappées au vieillard, comprenait bien que ce dernier ne souriait pas précisément à l'idée du mariage projeté entre sa fille et le meurtrier involontaire ; mais comme Nicolas ne disait rien de ses méditations, Ange évitait toute discussion, dont le résultat eût pu être d'envenimer les choses. C'était facile à prévoir.

Dernier sacrifice :

Ange, le contremaître le plus utile et le plus largement rétribué de la forge, était devenu d'une avarice vraiment sordide. Etait-ce son cœur ou son ambition qu'il fallait accuser de ce changement ?

Non, ce changement ne devait être attribué qu'à son amitié pour Pierre Nivart.

Le généreux jeune homme, s'appliquant à faire des économies, s'imposait de cruelles privations pour arriver à compléter la somme que Nicolas l'Ormeau voulait que son futur gendre possédât avant de lui accorder sa fille. A chaque versement qu'il faisait à la Caisse d'épargne ou à toute autre caisse, Ange se faisait ce raisonnement, si minime que fût la somme versée :

— C'est toujours d'autant que j'avance le bonheur de Pierre et de ma petite Céleste. A ce sujet, il se livrait à des calculs dont notre peu de connaissances en arithmétique ne nous permet pas de sonder la profondeur.

L'amitié d'Ange pour Pierre Nivart, amitié si profonde et si désintéressée, peut donner la mesure de la joie qu'il éprouvait, en venant chercher son ami ; il nous reste à dire les causes de la tristesse du jeune contremaître.

Il était d'avis que la prison est plutôt faite pour aigrir les caractères que pour les moraliser, et il craignait que Pierre, qui paraissait corrigé dans l'isolement, sous les verrous, et en menant une vie uniforme, dont aucun incident ne pouvait réveiller ses mauvais instincts, ne redevînt, une fois libre, plus colère et plus emporté que jamais. La chose était d'autant plus facile à supposer qu'Ange, sans aucune certitude pourtant, prévoyait tous les désagréments qui attendaient Nivart, aussi bien sous le rapport du travail que sous celui de ses amours.

Nicolas l'Ormeau et M. Cousin, le directeur des forges de Lindreck, ne disaient rien, il est vrai, quand on parlait de Nivart en leur présence, mais ils fronçaient les sourcils, de façon à faire supposer que le souvenir du contremaître n'éveillait en eux aucune pensée de bienveillance.

Sous l'empire de toutes ces pensées et de tous ces souvenirs, Ange tremblait pour le bonheur de sa sœur, à laquelle il avait si souvent promis de la rendre heureuse, et n'envisageait l'avenir qu'avec un anxieux effroi.

Si fatalement, s'était-il dit plus de vingt fois en venant, pour la dernière fois de Lindreck à la prison, il arrivait que Pierre rendit Céleste malheureuse, quel reproche n'aurais-je point à me faire....? Que répondrais-je à mon père et à ma sœur, quand, dans leur chagrin, ils m'accuseraient d'être l'auteur de tout ce qui s'est passé... ?

C'était en faisant ces réflexions peu encourageantes qu'Ange ralentissait le pas, et qu'il laissait monter un souci de son cœur à son front.

Cependant, quand il aperçut la prison, sa joie domina tout autre sentiment.

Il s assura de l'heure.

— Sept heures et demie, dit-il, dans une demi-heure...

Il se mit à compter les instants en pensant au bonheur qu'il allait éprouver à embrasser son ami.

La demi-heure lui parut une éternité.

Enfin la sonnerie de l'horloge fit entendre la vibration sourde qui précède le tintement de la cloche, huit heures sonnèrent.

Les geôliers, quoi qu'on en ait dit, sont généralement aussi exacts à ouvrir les portes aux prisonniers sortants qu'aux prisonniers entrants. Cela tient sans doute à ce que des peines sévères sont édictées contre l'emprisonnement arbitraire, et nullement à leur exactitude et à leur bonne volonté pour les détenus de la première catégorie.

Les portes de la prison s'ouvrirent au dernier coup de huit heures. Trois prisonniers sortirent; parmi eux était Pierre Nivart.

Les deux amis furent bientôt dans les bras l'un de l'autre.

L'homme qui briserait les lourdes parois de sa tombe et en sortirait pour renaître à la vie, l'aveugle qui recouvrerait tout à coup la vue, en ouvrant seulement les yeux, n'éprouveraient pas plus de joie que n'en ressentit Nivart en se voyant libre, en admirant à la fois et d'un regard toutes les merveilles printanières que nous avons dépeintes, en sentant sa main trembler d'allégresse dans la main d'un ami aussi ému que lui.

D'abord il ne put parler.

Puis deux grosses larmes se formèrent dans ses yeux, et glissèrent lentement sur ses joues.

Ces larmes soulagèrent sa poitrine oppressée; il recouvra la voix, mais ne put que murmurer ces deux mots :

— Et Céleste?...

— Viens, suis-moi, tu la verras aujourd'hui, lui répondit Ange.

Ce fut à pas précipités, et comme s'ils eussent commis une mauvaise action, que les deux amis s'éloignèrent de la petite place sur laquelle s'étend la sombre façade du monument qui a entendu gémir Chalais et vu souffrir les nombreuses victimes du féroce Carrier, l'homme aux noyades.

En sortant de prison, Pierre Nivart se laissa conduire où Ange voulut bien le mener.

— Nous allons commencer, lui dit ce dernier, par entrer à la forge; au reste, c'est notre chemin d'y passer pour aller au Mesnil. A Lindreck, nous irons voir M. Cousin, afin de nous assurer si, malgré ce qui s'est passé, il consent à te reprendre comme ouvrier.

Ange observait attentivement Pierre à la dérobée.

Pas une fibre du visage de ce dernier n'eut le moindre tressaillement.

— Tu supposes bien sans doute, reprit Ange, que, depuis deux ans et demi que tu es absent de l'usine, ta place de contremaître a été donnée à un autre.

— Que m'importe! je travaillerai comme ouvrier, dit Nivart d'une voix parfaitement calme.

— Mais faut-il encore que M. Cousin le veuille, dit Ange; nous allons donc aller le lui demander.

Cette réponse d'Ange parut assez singulière à Nivart; il ne s'était jamais demandé si M. Cousin avait le droit de lui refuser du travail, à lui, qui, dans plusieurs circonstances, avait exposé sa vie pour sauver celles d'ouvriers de l'usine, ou pour sauvegarder et défendre les intérêts des propriétaires de cette dernière.

— Et pourquoi M. Cousin me refuserait-il du travail ? demanda Nivart à son compagnon.

La voix de l'ancien contremaître tremblait quand il prononça ces paroles. Ce tremblement de la voix trahissait évidemment un premier mouvement de colère de la part de Pierre.

— Parce que M. Cousin est le maître de faire travailler qui bon lui semble, répondit Ange avec une laconique froideur.

Nivart comprit la raison du changement de ton de son ami, se calma aussitôt et dit :

— Tu as raison, Ange ; allons trouver M. Cousin, il est le maître.

— Cette démarche est la première que nous devions faire, Pierre, parce que mon père n'aura rien à dire quand il saura que tu as retrouvé du travail, et que tu vas te remettre tout de suite à ton affaire ; il ferait, au contraire, une triste figure si, en arrivant chez lui, nous lui apprenions que tu es sans travail et que tu ne sais que faire.

— Un ouvrier comme moi n'est jamais embarrassé, dit Pierre.

— C'est vrai, répondit l'Ormeau ; mais, pour toi-même, il vaut mieux que tu rentres aux forges de Lindreck. De cette façon, au moins, nous ne nous séparerons pas.

— Et tu pourras veiller sur moi.

— Pour ton bonheur et ton bien, Pierre.

— Je le sais, Ange ; aussi dois-je convenir franchement que tu as raison, et qu'il faut que je rentre aux forges.

En arrivant à Lindreck, les deux amis ne virent aucun ouvrier. — Ange avait ses raisons pour agir ainsi. — Ils se rendirent immédiatement chez M. Cousin, qui éprouvait pour son contremaître mécanicien une affection et une estime toute particulières.

Ce fut Ange qui prit la parole.

A sa prière, M. Cousin consentit à la rentrée de Pierre Nivart à la forge, sans faire la moindre observation sur le passé à son ancien contremaître, dont il connaissait le caractère.

Les deux compagnons s'éloignèrent de Lindreck enchantés de M. Cousin, et sans prévoir la scène qui allait se passer à l'usine aussitôt après leur départ.

Ce fut en devisant joyeusement qu'ils prirent la route du Mesnil du père Nicolas l'Ormeau.

Pierre se sentit bientôt absorbé par ses réflexions, pendant que son ami lui parlait de Céleste, et lui racontait ce qui s'était passé à la ferme depuis sa dernière visite.

Dans son empressement à revoir Céleste, le colosse faisait marcher son compagnon d'une allure de deux lieues à l'heure.

A deux cents pas du Mesnil, quand les deux amis aperçurent le toit de chaume de la ferme entre les branches noueuses des arbres, encore dépouillés de feuillage, Nivart dit à son compagnon :

— Ange, arrêtons-nous un moment afin de reprendre haleine.

— Volontiers ; car j'en ai au moins autant besoin que toi. Quelle course !

Nivart regarda son compagnon. Celui-ci était haletant ; et, bien que la chaleur ne fût pas excessive, il avait le front ruisselant de sueur.

Seulement alors, il comprit le tour de force qu'il venait d'imposer aux petites jambes d'Ange l'Ormeau.

— Je t'ai fait marcher d'un pas trop rapide, mon cher Ange ; pourquoi ne t'en plaignais-tu pas ? dit le colosse.

— Me plaindre ? ah ! bien oui, reprit l'Ormeau ; je comprenais trop bien le plaisir que tu vas éprouver à revoir Céleste.

— Que tu es bon !

— Mais je te rappellerai le proverbe, dit Ange en souriant malicieusement.

— Lequel ?

— Tu sais qu'il n'y a pas de roses sans épines.

— C'est vrai, mais où veux-tu en venir ?

— Eh bien, ici et aujourd'hui, reprit Ange, si Céleste est la rose, mon père est l'épine. Méfions-nous, c'est peut-être sur lui que nous allons tomber tout d'abord.

— J'y pensais, c'est pourquoi je t'ai proposé de nous arrêter.

— Le courage te manquait ?

— Dame !...

— Ne crains rien, je suis là ; et rappelle-toi que, pour le père l'Ormeau et ce traître de la Boucherie surtout, je ne suis plus le petit apprenti que tu as connu, mais bien le premier des contremaîtres de l'usine : une puissance avec laquelle il faut compter, en un mot ; car je ne dis pas tout. Tu verras...

— Que tu as dû travailler pour arriver au point où tu en es ! dit Pierre.

— Non, pas trop, répondit Ange.

— Car tu n'étais pas fort.

— Et je suis toujours d'une complexion fort délicate, dit Ange, c'est pourquoi, autrefois, j'ai choisi l'atelier de mécanique. Je n'avais pas l'instruction de mon état, Pierre, c'était une nouvelle difficulté ; mais j'étais doux, patient, plein de bienveillance pour tout le monde. On fut pour moi ce que j'étais pour les autres. Tout le monde se plut à m'apprendre mon état ; aujourd'hui je travaille moi-même... je cherche, je cherche, et quelquefois je finis par trouver... j'invente, si tu aimes mieux...

— Dis-tu vrai ?

— Sans doute ; maintenant, Pierre, pardonne-moi de t'avoir parlé comme je viens de le faire, et ne tremble pas plus qu'il ne faut devant le père l'Ormeau ; du courage.

— J'en aurai.

— As-tu repris haleine ?

— Non, à la pensée que je vais revoir Céleste,

dit Pierre, l'émotion m'étreint au cœur et m'étouffe.

— Si ce n'est que ça, en avant ! dit Ange.

Quelques minutes plus tard Ange et Pierre pénétraient dans la ferme. Il était midi, l'heure à laquelle ils devaient trouver réunis tous les habitants du Mesnil; car c'était celle du déjeuner.

Devant les bâtiments s'étendait un large tas de fumier chauffé par le soleil, et sur lequel gloussait une armée de poules et d'autres volatiles.

La porte de la salle commune, qui servait à la fois de cuisine et de salle à manger, était toute grande ouverte. Deux énormes rosiers semblaient en garder l'entrée, comme deux sentinelles vigilantes. Un milan récemment tué, et crucifié sur la porte, indiquait assez que Nicolas l'Ormeau avait quelques penchants au braconnage.

Au bruit de fourchettes, au cliquetis des verres, qu'on entendait du dehors, il était facile de savoir à quel genre d'exercice se livraient les habitants du Mesnil.

Le Breton est peu communicatif, et n'est bavard qu'après boire ; aussi les sons métalliques de fourchettes et le cliquetis des verres étaient les seuls bruits que l'on entendit.

— On est à table, dit Ange à Nivart; hâtons-nous, si nous voulons arriver à temps et trouver le couvert mis.

— Je n'ai pas faim, répondit Pierre, en ralentissant le pas et en se plaçant derrière son compagnon.

Ange était arrivé sur le seuil de la porte. Son père, en l'apercevant, fit un mouvement pour se lever et aller à sa rencontre; mais il s'arrêta tout à coup. Derrière son fils, il avait aperçu Pierre Nivart; cependant après une seconde de réflexion, il se remit en marche, et tendit la main au nouvel arrivant.

Ange avait remarqué jusqu'au moindre mouvement. L'hésitation de ce dernier surtout ne lui avait point échappé, et lui avait donné à penser que son père, en recevant Pierre à la ferme, n'agissait pas sans une arrière-pensée peu favorable nécessairement à ce dernier.

— Tiens, c'est toi! Comment vas-tu? demanda le fermier à son fils, en abordant ce dernier.

— Très bien! répondit Ange, et toi?

— Mais très bien aussi, comme tu vois! répondit le fermier; mais tu n'es pas seul; et il me semble que je connais le camarade qui t'accompagne; mais attends donc... si mes souvenirs ne me trompent pas.

— Comment, dit Ange d'un ton de reproche, tu ne reconnais pas l'ami Pierre Nivart?

Ange connaissait trop bien son père pour être dupe du manège de ce dernier; il pensait avec raison que le rusé vieillard feignait de ne pas reconnaître, afin de donner à penser qu'il avait depuis longtemps oublié, non seulement ce dernier, mais encore toute les conventions passées autrefois au sujet de Céleste et sous les auspices de son fils.

— Oh! oui, j'y suis, c'est bien cela; je le reconnais parfaitement. La prison et la misère ne l'ont point trop changé. Enfin vous voici dehors, tant mieux, mon garçon! il s'agit de ne point vous faire enfermer de nouveau, mais je crains bien qu'avec le caractère que vous avez...

Nicolas l'Ormeau, ayant saisi au passage un froncement de sourcils unanime des deux compagnons, continua après un court silence:

— N'en parlons plus; car, en définitive, votre caractère, mon garçon, ne me regarde pas. Seulement, pardonnez-moi d'avoir pensé à vous donner un conseil; je n'agissais ainsi que dans votre intérêt. Soyez toujours le bienvenu; car il ne sera jamais dit qu'à sa ferme Nicolas l'Ormeau aura mal reçu un ami de son fils.

Et Nicolas s'effaça du seuil de la porte, afin de livrer passage aux deux jeunes gens.

Ceux-ci se regardaient avec indécision, comme s'ils se fussent demandé comment ils devaient répondre au singulier accueil du fermier. Mais Ange, d'un signe imperceptible, fit comprendre à Nivart qu'il devait accepter l'offre qui venait de leur être faite, si ambiguë qu'elle fût.

Puis il entra suivi de Pierre, qui prit la main que le fermier lui tendait.

Tous deux, en pénétrant dans la salle commune, s'aperçurent aussitôt que Céleste l'Ormeau n'était pas à table à sa place accoutumée. Ils échangèrent un regard où se manifestait leur étonnement; mais Ange, ne voulant à aucun prix demander à son père en présence des domestiques de la ferme, une explication qui, dès le premier mot, pouvait dégénérer en discussion, feignit de ne point s'apercevoir de l'absence de sa sœur.

Nicolas fit ajouter deux couverts pour les nouveaux arrivants; et jusqu'au moment du départ des domestiques le repas se continua sans aucun incident. Pierre ne mangeait pas et se demandait où était Céleste. On peut ajouter qu'il avait également à cœur les paroles peu amicales dont le fermier l'avait salué à son arrivé; préparé d'avance aux mauvaises réceptions qu'on pouvait lui faire à sa sortie de prison, il n'en prenait cependant pas tout l'ombrage qu'il en eût pris dans d'autres circonstances.

Ange et son père causaient bien un peu, mais ils ne parlaient que de la pluie et du beau temps, des

Il semblait voir le génie de la dévastation brandissant son épée. (Page 93.)

récoltes de l'année et de l'état de prospérité des forges de Lindreck.

Les domestiques se levèrent bientôt de table, laissant les trois hommes en présence.

Ange n'était pas homme à attendre longtemps pour amener la conversation sur son véritable terrain.

— Mon père, dit-il de but en blanc au fermier, où est ma sœur?

— Céleste, par mon ordre, dit l'Ormeau froidement, est restée aujourd'hui dans sa chambre, et elle n'en sortira pas de la journée.

— Et le motif de cette séquestration? demanda Ange, en prenant un ton tout aussi rogue que celui de son père.

— Le motif en est, ma foi bien simple, dit Nicolas l'Ormeau, et franchement je ne vois pas pourquoi je vous en fais un mystère. Si, aujourd'hui d'après mon ordre, Céleste n'est pas descendue de sa chambre, c'est tout simplement, Messieurs, parce que j'attendais votre visite.

— Ah! ah! dit Ange.

Pierre répéta l'exclamation de son ami, mais d'une voix étranglée par la colère et par l'émotion.

— Et ce motif en vaut bien un autre, il me semble, reprit le fermier.

— Alors, reprit Ange avec la fermeté inaltérable qu'il mettait à discuter toute affaire sérieuse, si je vous comprends bien, vous n'avez empêché ma sœur de se trouver ici lors de notre arrivée qu'afin de l'empêcher de se trouver avec Pierre Nivart, son fiancé; car ma visite ne doit être pour rien dans votre inconcevable détermination.

— Mon inconcevable détermination! se récria le vieillard.

— Sans doute, reprit Ange; Pierre est-il, oui ou non, le fiancé de ma sœur? S'il l'est, quel inconvénient pouvez-vous trouver à ce qu'il vienne la voir après une absence de deux ans?

— Les inconvénients que j'y vois sont très grands, mais je t'en prie, laisse-moi m'expliquer sans m'interrompre : Il y a deux ans et demi, ton ami, ici présent, à ta prière et à celle de Céleste, devint de mon consentement le fiancé de ma fille. Pour vous plaire à tous, j'avais repoussé la demande d'un homme riche, mon voisin, qui de différentes façons pouvait me faire beaucoup de tort, me ruiner même : je n'ai guère besoin de nommer la Boucherie pour que vous deviniez de qui je veux parler en ce moment. A cette même époque nous fîmes une sorte de pacte, dont l'exécution de toutes les conventions devait immédiatement aboutir au mariage que vous désiriez tous, et auquel je ne prêtais les mains que pour ne point vous contrarier.

— Vous êtes dans le vrai jusqu'à présent, mon père, dit Ange.

— Il y a deux ans, reprit Nicolas sans paraître attacher la moindre importance à l'approbation de son fils, Pierre, malgré sa réputation d'homme enclin à la colère, était un excellent sujet; il passait pour être un des meilleurs ouvriers des forges et gagnait beaucoup d'argent.

— Votre passion pour la terre et l'argent vous perdra, père l'Ormeau; pourvu qu'elle n'en perde pas d'autres, des innocents avec vous... dit Nivart d'une voix sombre.

— Des passions, chacun a les siennes, mon garçon, répondit laconiquement le fermier; et, crois-le bien, tu n'en es pas exempt, tu en as, même de terribles.

Ange poussa sous la table le genou à son camarade, afin de lui faire comprendre que s'il voulait voir tourner les choses à son gré, il ne se mêlât en rien à la discussion, puis il dit :

— S'il ne s'agit que d'une question d'argent, tout peut s'arranger.

— Tu te trompes, dit Nicolas; il ne s'agit plus aujourd'hui d'une question d'argent, je sais que tu pourrais la résoudre ; car tu as gagné beaucoup d'argent aux forges; mais je ne veux pas, je ne souffrirai pas que tu te sacrifies, que tu te dépouilles pour les autres, et peut-être pour faire le malheur de ta sœur.

— Mais je suis libre de donner ce que j'ai à qui bon me semble, dit Ange assez surpris du raisonnement et du ton modéré de son père.

Inutile de dire que durant ce dialogue Pierre était littéralement sur les épines. Vingt fois il avait été sur le point de se lever et de se retirer en éclatant. La violence de son amour pour la fille du fermier l'avait seule retenu.

— Oui, reprit l'Ormeau, tu es parfaitement libre d'enrichir qui bon te semble, mais Céleste, jusqu'à un certain âge, ne peut se marier sans mon consentement, et je jure que jamais je ne le donnerai, tant que ton ami sera l'homme qui devra en profiter.

Ces derniers mots trouvèrent Pierre Nivart debout.

— C'est bien, s'écria-t-il ; je vois, père l'Ormeau, que vous voulez mon malheur et celui de Céleste. Je sais ce qu'il me reste à faire...

Nicolas l'Ormeau ne répondit rien à cette sortie, qu'il avait prévue; car ses paroles n'avaient produit que l'effet qu'il en attendait.

Pierre s'était dirigé vers la porte ; mais Ange, qui s'était levé, l'atteignit en même temps que lui, lui barra le passage, et lui demanda d'un ton de sévérité que la gravité des circonstances autorisait:

— Que veux-tu dire en affirmant que tu sais ce qu'il te reste à faire ?

— Rien, dit Pierre, je ne savais ce que je disais.

— Tant mieux, alors! viens...

Ange entraîna Pierre, le fit sortir de la ferme, puis lui dit, quand ils furent sur le chemin de Lindreck :

— Vois-tu, Pierre, il n'y a rien à obtenir de mon père aujourd'hui. Il est buté, et il y a bien un peu de quoi, il faut l'avouer, quand on réfléchit aux fâcheux événements qui te sont survenus depuis l'époque où nous avions décidé ton mariage. Il tremble pour l'avenir de son enfant en pensant à tout cela; avons-nous le droit de l'en blâmer? Cependant il ne faut désespérer de rien ; tu vas retourner à Lindreck et te remettre au travail avec acharnement. Quant à moi, je vais rester ici quelques jours, comme cela m'arrive parfois depuis que je suis contremaître. Quand mon père apprendra que tu t'es remis au travail, il reviendra à de meilleures dispositions à ton égard ; et, sois tranquille, ma sœur qui t'aime autant que tu peux l'aimer et moi, nous finirons bien par le décider à réaliser nos projets.

— Tu crois ? demanda Nivart incrédule.

— Non seulement, je le crois, mais j'en suis sûr. Du courage ! de la patience surtout ! et viens dimanche, au carrefour du Vieux-Chêne, je m'arrangerai de façon à m'y trouver avec Céleste, de deux heures à six heures.

— Tu me le promets ? demanda Nivart.

— Oui, ne nous fais pas attendre.

— Que tu es bon ! reprit Pierre en serrant avec effusion les mains à l'ami dont les bonnes paroles l'avaient calmé et à peu près consolé.

— Allons ! sauve-toi, dit Ange, afin que je puisse voir ma sœur et lui parler de toi.

Pierre quitta aussitôt son ami et reprit à grands pas le chemin de Lindreck, où un contre-temps bien plus fâcheux l'attendait.

. . . .

Ange et Pierre, en venant à Lindreck demander du travail pour ce dernier à M. Cousin, ne s'étaient pas cachés, à quoi bon ? Plusieurs ouvriers, et parmi eux des ennemis de Pierre ou des émissaires de la Boucherie, les avaient vus. Ceux-ci, les uns et les autres, se réunirent aussitôt, tinrent conseil, et, après avoir adopté une résolution dont nous allons parler, ils se mirent aux aguets aux abords du cabinet de M. Cousin, afin d'en voir sortir les deux ouvriers.

Ceux-ci ne restèrent que quelques instants chez M. Cousin. Les malveillants qui les épiaient s'informèrent aussitôt du motif de leur visite à l'industriel, et n'eurent pas de peine à apprendre que, comme ils l'avaient d'abord supposé, Pierre Nivart, sorti de prison, n'était venu à la forge que pour demander à y rentrer comme ouvrier.

Ils apprirent également que M. Cousin, quoique d'assez mauvaise grâce, et seulement pour céder aux instances d'Ange, avait consenti à admettre Pierre Nivart au nombre des ouvriers de l'usine.

Les malveillants dont nous racontons les ignobles complots, avaient formé le projet d'empêcher Pierre Nivart de rentrer à la forge.

Ils coururent immédiatement semer l'alarme dans les ateliers.

— Pierre la Tempête revient parmi nous, disaient-ils ; avant un mois, bien que M. Cousin le reçoive aujourd'hui à regret, il sera encore contremaître. C'est un fort ouvrier ; il est impossible que les choses tournent autrement ; alors il nous malmènera encore ; nous serons plus malheureux que les pierres, et il arrivera quelque malheur. Quand il est en colère, il ne se connaît plus, ce n'est pas un homme, mais une bête féroce ; M. Cousin a tort de vouloir en essayer encore une fois ; on voit bien qu'il n'est pas forcé de vivre avec *lui*.

Ces lamentations, qui avaient certaines apparences de raison, ne manquèrent pas d'éveiller des échos dans les ateliers.

Les contremaîtres, d'abord, qui avaient à craindre d'être supplantés par la Tempête, excitèrent les ouvriers à s'opposer à l'admission de ce dernier.

Tous les ouvriers enfin, même les plus justes, reconnaissaient qu'à ses heures Nivart était un *fort mauvais coucheur*.

Dans tout complot il y a des meneurs. Ces emplois sont, généralement, tenus par les plus lâches.

L'un de ces meneurs, dans la cabale montée contre Pierre, s'écria tout à coup :

— Vous demandez ce qu'il faut faire ? C'est bien simple, pardieu ! Il s'agit de battre le fer pendant qu'il est chaud, de choisir le moment où M. Cousin est mal disposé et Ange absent pour adresser une pétition collective au premier.

Nous lui dirons que, sous aucun prétexte, nous ne voulons travailler avec un homme que ses colères rendent fou, et qui, autrefois, nous a traités comme de véritables bêtes de somme.

Cette motion fut adoptée par tous ces hommes, que le souvenir des mauvais traitements supportés irritait.

La pétition fut rédigée tant bien que mal en dix minutes ; cinq autres minutes suffirent pour qu'elle se couvrît de signatures.

Enfin, on la fit parvenir chez M. Cousin, une heure après que Pierre et Ange eurent quitté la forge. Ils n'étaient pas arrivés au Mesnil que M. Cousin avait lu la pétition et pris un parti en faveur des pétitionnaires.

Ceux-ci l'avaient prévenu qu'ils suspendraient plutôt les travaux et feraient plutôt grève que de travailler avec Nivart. En ce moment M. Cousin avait des commandes pressantes qui ne lui permettaient pas la moindre suspension de travail. Ses intérêts l'obligeaient donc à donner raison à ses ouvriers.

Au surplus, quand il avait autorisé la rentrée de Pierre, il ne l'avait fait qu'à regret, car le caractère de l'ex-contremaître, si habile qu'il fût, avait fini par faire concevoir de sérieuses inquiétudes. Il n'avait donc cédé que pour obliger Ange.

En adhérant à la pétition de ses ouvriers, il était enchanté de trouver un prétexte excellent pour revenir sur sa première décision.

— Je vais garder cette pétition, se dit-il ; quand

Ange et Pierre viendront, je la leur ferai voir, et ils seront forcés de convenir avec moi que je ne puis faire autrement que de sanctionner une demande faite par tous mes ouvriers en masse.

Le soir du même jour Nivart, dans l'état d'irritation intérieure où l'avait mis le mauvais accueil de Nicolas l'Ormeau, pénétrait dans le cabinet de M. Cousin.

Celui-ci était à son bureau.

Il tressaillit en voyant le contremaître, qu'il n'attendait pas de sitôt, mais ce fut tout.

— Ah! vous voici, mon ami : où donc est Ange? demanda-t-il à Pierre Nivart.

— Ange est resté chez son père, Monsieur.

— Tant pis... ! dit M. Cousin.

Celui-ci avait compté sur Ange pour calmer la colère que devait exciter chez Pierre la décision prise en son absence.

— Pourquoi tant pis, Monsieur? demanda Nivart qui, au pressentiment de quelque mauvaise nouvelle, sentait son irritation grandir.

— J'ai une mauvaise nouvelle à vous apprendre, reprit M. Cousin.

Celui-ci fit une pause.

—Continuez, dit Pierre, je m'attends a tout.

— Avant de rien préjuger, mon cher ami, lisez cette pétition.

M. Cousin tendit le malveillant opuscule à l'homme qu'il avait si longtemps aimé et protégé et qu'il estimait encore.

Nivart prit la pétition ouverte et la lut, en pâlissant à chaque mot ; quand il passa aux signatures, chaque nom lui fit faire une sorte de soubresaut nerveux.

L'industriel, qui l'observait attentivement pendant cette lecture, fit cette réflexion.

— Il n'est point corrigé ; ses colères sont toujours les mêmes. Il est inutile de songer à le reprendre ici.

Quand Pierre eut terminé sa lecture, son irritation était devenue de la colère.

Il s'écria avec emportement, en reposant la pétition sur le bureau de M. Cousin :

— Les brigands! les coquins ! ils veulent m'empêcher de manger du pain. J'aurais dû m'attendre à cela de leur part. Les misérables, que je les reconnais bien ! ce sont les mêmes qui, il y a deux ans, m'ont excité contre la Bretèche. Ils ont causé la mort du malheureux gendarme.

— Mon ami, je vous en prie, calmez-vous !

— Me calmer, Monsieur ? mais comment voulez-vous que je fasse ? Ne faudrait-il pas avoir la patience d'un saint pour vous entendre sans colère donner raison à ces lâches? Mais j'y pense ; quand je réfléchis à l'accueil que vous nous avez fait ce matin à Ange et à moi, je me demande si ce n'est pas vous qui avez provoqué cette pétition que vous me mettez sous les yeux, afin d'avoir un motif pour revenir sur une parole que vous ne m'aviez donnée qu'à contre-cœur?

En parlant, Nivart s'animait au bruit de ses paroles. Il était facile de prévoir que sa colère atteindrait bientôt les dernières limites de l'exaspération.

— Je vous jure, Pierre ! protesta M. Cousin.

— Ne jurez point, malheureux ! s'écria Pierre ; maintenant, je crois les hommes capables de tout, et vous ne parviendrez pas à changer la mauvaise opinion que j'ai d'eux. Parmi les ouvriers qui ont signé cette hideuse pétition, il en est à qui j'ai sauvé la vie. A d'autres j'ai tendu la main quand ils étaient à l'hospice ou gênés ; j'ai donné du pain à leurs femmes et à leurs enfants. Vous, Monsieur, je vous ai sauvé une partie de votre fortune, lors de l'incendie de l'usine, et tous aujourd'hui, fatigués du fardeau de votre reconnaissance, ou honteux de ne me l'avoir jamais témoignée, vous vous réunissez, maîtres et ouvriers, pour m'empêcher de gagner ma vie dans ces ateliers que j'ai protégés contre les flammes au péril de ma vie. Vous vous réunissez pour me repousser comme un chien enragé.

Eh bien, soit ! je m'en irai, mais en m'éloignant je vous maudis, et prenez garde qu'un jour où ma haine et ma colère égaleront les vôtres à tous, je ne revienne ici pour détruire ce que j'ai sauvé autrefois.

— Que dites-vous, malheureux ?

— Je dis, misérable ingrat, riche au cœur dûr qui t'engraisses des sueurs du pauvre, que le jour où je viendrai incendier ton usine, tu seras seulement puni du mal que tu me fais aujourd'hui.

Sur cette dernière menace, Pierre s'éloigna, laissant M. Cousin pâle, tremblant, anéanti, et sans force pour appeler du secours.

Nivart traversa les cours de l'usine comme un ouragan et sans rien voir. Les ouvriers, prudemment enfermés dans leurs ateliers, se gardèrent bien de se trouver sur son passage.

Quant à lui, il se précipita dans la campagne comme un véritable fou furieux.

Instinctivement il prit le chemin qui devait le conduire au mesnil de Nicolas l'Ormeau.

La colère est un vice d'organisation terrible. Il rend fou ; nous l'avons déjà démontré.

L'homme colère, dans ses accès les plus terribles, oublie tout, jusqu'au sentiment de sa dignité : il est capable de tout, même des plus grands crimes. En effet, que lui importent l'existence et le bonheur des êtres qui lui sont chers, quand il ne jouit plus, même pour lui-même, de l'instinct de la conservation, si profondément enraciné chez la créature.

Pierre Nivart le parricide, en quittant les forges, ne songea ni à prendre un peu de nourriture, et il n'avait pas mangé depuis la veille, ni à s'occuper d'un gîte pour la nuit; et pourtant le crépuscule commençait déjà, assombri encore par un léger brouillard à travers lequel les choses se confondaient avec les ombres.

Au loin, derrière lui, retentissait la cloche de l'usine qui annonçait la sortie des ateliers.

Un son qu'il connaissait bien.

Ce bruit, ces accents argentins lui étaient insupportables, et il doublait le pas, afin de s'éloigner assez pour ne plus les entendre; mais, quoi qu'il fît, ces sons, qui n'existaient plus que dans son imagination, — car la cloche des ateliers avait cessé de tinter depuis longtemps, — retentissaient toujours à ses oreilles.

L'irritation du cerveau avait fait du malheureux une sorte d'halluciné.

Ainsi, dans les vibrations imaginaires qui frappaient son oreille, par moment, il s'imaginait voir le génie de la Dévastation brandissant son épée; il semblait l'entendre lui crier d'une voix stridente :

— Misérable ! toi qui as tué ton père, toi qui sors de prison ce matin, tu viens de menacer un homme d'incendier sa maison ! Tremble ! Si cet homme porte une plainte contre toi, il sera cru; et tu seras séquestré de nouveau, soit dans une prison, soit dans une maison de fous.

A cette menace de la conscience et pour éviter le cauchemar qui le poursuivait, bien qu'il fût debout et éveillé, Nivart reprenait sa course à toutes jambes.

Il allait à travers bois.

S'il chancelait, quand ses pieds s'embarrassaient dans quelque ronce, il croyait que c'étaient les mains de ceux qui le poursuivaient qui l'avaient un instant arrêté.

S'il se heurtait le front contre quelque branche basse, il se figurait que c'était le spectre du gendarme tué par lui qui lui disait :

— Halte-là ! tu n'iras pas plus loin !

Dans l'un et l'autre cas, il reprenait sa course, et précipitait sa marche sans ressentir la douleur des chocs qu'il recevait sur son passage.

Autre supplice.

Quand les voix qu'il entendait devenaient railleuses, elles s'exprimaient ainsi, comme pour le narguer dans son infortune :

— Comment, misérable assassin ! c'est toi qui oses élever tes regards audacieux sur cette blonde enfant qui porte le nom de Céleste : un nom d'ange ! qui est aussi pure que tu es souillé ! mais, au moins, pour lui plaire, va laver tes mains teintes de sang, va te purifier, et encore, non, elle ne sera pas à toi, jamais !... jamais !... Elle t'appartiendrait, qu'un jour, dans un accès de colère insensée, tu l'étoufferais, en croyant lui prodiguer d'enivrantes caresses...

Et les voix s'éloignaient en ricanant au fond des bois, pour faire place aux infernales vibrations de la cloche maudite.

Au milieu de ce désordre d'idées, que le défaut d'aliments et de sommeil ne faisait sans doute qu'augmenter, la colère, ou plutôt la rage de Pierre ne faisait que grandir...

Car, tout en souffrant un supplice affreux, il ne cessait de se répéter intérieurement :

— Mais je suis innocent, qu'ai-je fait pour subir ce supplice de damné ?

Et il courait toujours...

Il courut longtemps. La nuit était si sombre qu'il ne voyait pas à trois pas devant lui.

Le hasard l'avait fait rencontrer un sentier qu'il suivait, en portant les bras devant lui, afin d'éviter de tomber sur quelque obstacle invisible.

Il allait ainsi en murmurant des paroles entrecoupées : paroles de haine, de colère et de vengeance.

— Ah ! les hommes me repoussent ! disait-il ; eh bien, j'aurai mon tour. J'incendierai Lindreck...

Ou bien :

— Céleste m'aime, et son misérable père ne veut pas nous unir. Eh bien, Céleste sera à moi, je la déshonorerai ; alors le père l'Ormeau sera bien forcé de nous marier... Et ce sera un bonheur si pareille chose arrive; car une fois que Céleste sera ma femme, je n'aurai plus le courage d'incendier Lindreck, les ouvriers ne seront pas brûlés et je leur pardonnerai !...

Mais il faut avant tout que Céleste soit à moi...

Au moment où il se répétait cette phrase au moins pour la vingtième fois, ses mains rencontrèrent un mur qui barrait le sentier.

Pierre s'arrêta.

— Où suis-je ? se demanda-t-il.

Et il chercha à s'orienter.

Il reconnut bientôt qu'il était auprès du mur du Mesnil du père l'Ormeau.

Il était minuit.

Tout était calme et silencieux à pareille heure, dans une campagne aussi déserte que celle qui entourait la ferme.

Pierre leva les yeux vers la fenêtre de la chambrette de Céleste, qu'il connaissait bien.

En voyant la lumière qui brillait à la fenêtre de

celle qu'il aimait, notre forcené laissa échapper un soupir de soulagement et presque un cri de joie. Une pensée d'amour traversa tout d'abord son esprit, mais elle ne fit qu'y passer avec la rapidité de l'éclair.

Quant il se souvint que le matin même Nicolas l'Ormeau lui avait formellement refusé la main de sa fille, il sentit sa rage grandir et revint fatalement à l'odieux et lâche projet qu'il avait déjà arrêté en disant :

— Je la déshonorerai, elle sera à moi, et alors il sera impossible au fermier de ne pas me la donner en mariage.

En cet instant terrible où l'homme créé à l'image de Dieu, mais subjugué par la colère, passe à l'état de brute, Nivart, l'intrépide, qui avait poussé le courage et le dévouement jusqu'à sauver ses ennemis des flammes d'un incendie, se voyant chassé de partout, se décida à commettre le plus odieux des crimes : abuser de l'amour d'une enfant chaste et pure qui priait pour lui.

Car, faut-il le dire, à l'heure où Nivart arrivait, comme une bête farouche au pied des murs du Mesnil, Céleste l'Ormeau, prosternée à genoux devant un crucifix, le seul souvenir qui lui restât de sa mère — priait avec faveur, afin que la Providence intervînt et renversât les obstacles qui s'opposaient à son bonheur et à celui de Pierre.

. . . .

Trois mois s'écoulèrent...

Un soir, vers neuf heures, Ange revenait de Nantes, où l'avait appelé le règlement de quelques affaires concernant l'usine.

La nuit était belle, mais un peu voilée.

Ange pressait le pas, en pensant que ses amis, qui l'attendaient, pouvaient s'inquiéter de son absence prolongée.

Tout à coup, il lui sembla que le ciel, d'un bleu sombre et mat, s'éclairait d'une lueur fauve.

Cette lueur, d'une teinte fort légère d'abord, s'empourpra peu à peu au point de ne laisser aucun doute à Ange.

— C'est de la fumée ! C'est le feu ! se dit-il.

Et il doubla le pas aussitôt.

Puis, comme de grands bois lui cachaient le foyer de l'incendie, il chercha à s'orienter et finit par s'écrier :

— C'est à Lindreck qu'est le feu, et il n'y a que l'usine qui puisse alimenter un incendie aussi considérable.

Il se mit à courir.

Il venait de penser que, dans le tiroir de son bureau, il avait laissé quarante mille francs, provenant de la succession de son père. Ces quarante mille francs constituaient la plus forte partie de la fortune de sa sœur et de la sienne. Ils étaient en billets.

Ange ne courait plus, il volait sur la route. Il fit une lieue et demie en quarante-cinq minutes et arriva enfin, épuisé, meurtri, sur le lieu du sinistre. Il en avait depuis longtemps le terrible pressentiment. Il arrivait trop tard ; l'usine était détruite encore une fois. Dès le principe, le feu ayant éclaté en cinq endroits presque en même temps, on ne s'était fait aucune illusion sur l'importance du désastre. On s'était appliqué à faire la part du feu. Les ateliers n'étant pas habités la nuit, personne n'avait péri.

Quand Ange arriva, il ne vit même pas, au milieu des flammes et des laves se dégageant des monceaux de minerai, où était l'emplacement des ateliers de mécanique, au centre desquels était le bureau où il avait laissé ses quarante mille francs, et les secours, du consentement de l'autorité, avaient cessé de fonctionner.

Mais ouvriers et paysans avaient une attitude terrible : Où est-il ? où se cache-t-il ? Il faut faire une battue dans tout le pays, tel était le cri général.

Et les ouvriers agitaient les marteaux et les tenailles dont ils s'étaient armés. Les paysans gesticulaient, des fourches ou des bâtons à la main.

C'était un vacarme épouvantable. Une horde de démons, de sorciers ou d'esprits diaboliques n'eût pas fait un sabbat plus affreux.

— En avant ! à l'assassin... ! s'écriaient-ils avec rage.

— Sus à l'incendiaire... !

— Au parricide... !

Et tous s'armaient de falots et de torches.

Nivart allait être traqué comme une bête fauve. La Boucherie était au milieu des gens qui le poursuivaient, et sa joie était grande.

Ce fut sur ses indications, à lui, qui espionnait Nivart depuis le matin, qu'on commença la battue par le bord de la mer, presque sur le théâtre du crime commis par Pierre le matin même.

On arriva en vue de la *Roche penchée*.

Là tous les paysans s'arrêtèrent stupéfaits !...

Au sommet de la roche formant colonne, et sur laquelle on n'avait point entendu dire que personne fût jamais monté, brillait un grand feu, qui, sur ce pic solitaire, produisait l'effet d'un phare.

Auprès du feu, se détachait en noir la silhouette d'un homme de haute taille.

Cet homme, bien que séparé de la foule assemblée sur la falaise par un abîme, était à son niveau. De sorte qu'elle pouvait parfaitement le voir, éclairé par le feu comme il l'était.

Elle le reconnut :

— C'est lui ! c'est lui ! vociféra-t-elle avec d'autant plus de rage que Nivart, où il était, se trouvait hors de sa portée.

Pour monter au sommet de la colonne, il fallait être fou, tant le danger était grand, et être un homme de la force, de la taille et de l'agilité du contremaître. En outre, la marée qui montait rendait la base de la Roche penchée inabordable.

La foule hurlait de colère impuissante et blasphémait Dieu, qui ne lui livrait pas l'assassin, qu'elle eût volontiers mis en pièces.

Nivart ne faisait aucun mouvement, bien qu'il dût entendre toutes les menaces qu'on lui adressait.

La foule attendit avec impatience jusqu'au jour. Le dénouement approchait. Quand le soleil se leva, Nivart se mit à genoux, fit une courte prière et un signe de croix ; puis, entre vingt abîmes qui l'entouraient, il choisit le plus hérissé de rochers, le plus effrayant, et se précipita la tête la première, comme s'il eût plongé dans une lame liquide.

La foule jeta un cri d'horreur.

Le crâne s'étant broyé sur le roc, le corps avait rebondi et restait accroché sanglant et mutilé à une arête de rocher. Il y resta dix secondes; les palpitations de quelques membres l'entraînèrent enfin, et il roula dans la mer houleuse.

La foule qui, quelques instants auparavant, criait vengeance, devint tout à coup silencieuse. Elle revint épouvantée à Lindreck, sans se douter que le véritable auteur de tous les crimes commis était dans ses rangs.

Quelques mots suffiront pour expliquer cet épouvantable dénouement.

Dans un accès de furieuse folie Pierre avait déshonoré Céleste.

La sainte fille lui avait pardonné, et tout mariage entre eux étant devenu impossible avant que Pierre ne fût réintégré comme principal ouvrier à l'usine, elle avait résolu d'obtenir cette réintégration.

Elle voulait aussi que personne ne connût sa participation à cet acte de justice, et pour cela elle avait prié M. Cousin de lui accorder une entrevue hors de ses bureaux et hors de l'usine. M. Cousin, qui devinait le pourquoi de la démarche, avait fait dire à Céleste par un ouvrier, son voisin, que le lendemain soir il se promènerait sur la plage, au bas des rochers.

L'ouvrier chargé de transmettre cette réponse était un des affidés de la Boucherie, qui en fut immédiatement informé.

Deux heures après, une lettre anonyme dénonçait à Pierre les relations coupables de Céleste avec M. Cousin, avec indication du rendez-vous projeté.

Pierre, armé de son fusil, était aux aguets.

La lettre disait vrai : M. Cousin et Céleste s'étaient rencontrés, et quatre mots n'avaient pas été échangés entre eux que tous deux tombaient foudroyés.

Une heure après l'usine était en feu . . . .

. . . .

Cinq années s'étaient écoulées depuis la mort si tragique de Pierre Nivart.

Lindreck était reconstruit, et était devenu une de nos plus belles forges de France.

Ange avait reçu la récompense due à ses vertus : riche et considéré, il était le gendre de M. Cousin, et occupait la place de sous-directeur de l'usine.

Il eût été heureux, complètement heureux, s'il n'eût pas souvent pensé à sa sœur, et à Pierre, son ami et le meurtrier de sa sœur.

FIN DE PIERRE-LA-TEMPÊTE

www.ingramcontent.com/pod-product-compliance
Ingram Content Group UK Ltd.
Pitfield, Milton Keynes, MK11 3LW, UK
UKHW020301220726